이산怡山의 인생 이야기

미완의 삶과 사랑

— 홍승표 지음 —

한누리미디어

주역의 대가인 나의 친구 같은 선배, 청암(淸岩) 선생이 있다. 가끔 만나서 세상 이야기하면서 지낸다. 하루는 너의 호(號)가 뭐냐고 하길래 없다고 하니까 마땅한 호를 연구해 보자고 했다. 나이 들어 이름 부르는 것이 때로는 천박할 때도 있어 옛날 어른들이 별도의 이름으로 호를 만들어 부른 것은 무척 현명한 처사로 보인다는 것이다.

호는 좋아하는 자연, 예를 들면 산이나 바다, 바위, 강, 계곡이나 꽃이나 나무 또는 추상적 의미를 포함한 여러 가지 중에서 하나를 택하고 여기서 글자의 조화를 조합해서 만들어 낸 것인데 나에게 붙여진 호가 이산(怡山)이다. 이(怡)자는 기쁘고 온유하고 포용력 있는 의미로, 산(山)은 인자(仁者)나 덕자(德者)가 즐겨 쓰는 글자라는 뜻에서 택했다. 따뜻하고 온유함이 있는 아름다운 산이라면 누구나 안기고 싶지 않겠는가.

산에는 이름 모를 들꽃들이 지천에서 피고 지고 그곳에는 내가 정답게 관찰하는 꿀벌들이 모여들어 서로 벗하며 평화롭게 사는 곳이다. 꿀벌은 참으로 매력 있는 곤충이다. 꿀벌은 꽃에서 좋은 꿀을 발견하면 절대로 혼자 독식하지 않는다. 밖을 순찰하다가 꿀을 가진 꽃밭을 발견하면 자기 집, 벌집에 돌아와 춤부터 추기 시작한다는데 이것이 반가운 소식을 전하는 소통의 수단이다.

그 벌은 동료 벌들에게 꿀의 소재지가 얼마나 멀리 있는지, 얼마나 많이 있는지, 어느 방향으로 가야 하는지를 날갯짓으로 알리는 것이라고 한다. 그러면 그것을 본 다른 꿀벌들이 서로 의논하여 어떤 방향으로 몇 마리를 파견해야 할지를 결정한다. 그렇게 해서 꿀벌들은 서로 협력해서 같이 꿀을 모아가는 것이다. 그리고 함께 저장하고 함께 꿀을 먹는다.

그런데 그들의 방어전략이 더욱더 감동적이다. 꿀벌의 집에 천적인 말벌이 침입하면 어떤 일이 벌어질까? 말벌 한 마리는 꿀벌보다 대개 2~4배 크다. 일단 꿀벌들이 말벌 주위를 둘러서 에워싼다. 그러고는 열심히 날갯짓을 한다. 온도를 높이기 위해서 죽을힘을 다해 도전한다. 말벌이 고온에 약하다는 사실을 꿀벌들은 잘 안다. 45°까지 온도가 상승하면 말벌은 죽게 된다.

이 과정에서 꿀벌은 말벌의 공격에 무수히 죽어간다. 그러나 자신이 죽

어도 절대로 포위망을 풀지는 않는다. 이것이 꿀벌의 방어적 생존전략이다. 말벌이 죽고 나면 다시 날갯짓을 하여 체온을 낮춘다. 48°가 넘게 되면 자신들도 죽는다는 사실을 잘 알기 때문이다.

이러한 꿀벌의 행위를 나는 희생, 화합 그리고 협력의 정신, 즉 꿀벌적 리더십이라고 부른다. 내가 좋아하는 덕(德)이나 온유함이 모두 녹아 있다고 본다. 무슨 거창한 미사여구로 설명하지 않더라도 간단한 한 미물의 속성이 인간의 생존에 큰 교훈을 던져준다고 보여진다.

작금에 지도자를 자청하고 있는 사람들 중에 이런 리더십은커녕 인간의 기본적 인격을 갖추지 못한 사람들을 도처에 보고 있기에 나라가 걱정되고 미래가 염려되지 않을 수 없다.

나의 이야기도 제1장에서 나라 경제를 걱정하는 이야기로부터 시작한다. 내가 경제학을 공부하고 30년 넘게 그 그늘에서 살았기에 조금이나마 보답해야만 하고 오늘날 이 나라 경제를 이만큼 만드는 데 보탬이 되었기에 말할 자격이 있다고 생각한다. 우리는 참으로 꿀벌처럼 일했고 나라를 지켰다. 소위 싸우면서 일한 세대였다.

제2장에서는 우여곡절이 많았던 젊은 시절의 인생 이야기를 기술하였다. 평생 동안 나를 지탱해 온 그리스도의 사상을 만났던 과정이 그려졌고, 젊은 시절에 폐결핵에 걸려 육사를 그만두고 방황하던 시간들은 너무도 괴로워 죽을 것만 같았다. 그러나 대학을 졸업하고 직장생활을 하면서 소중한 나를 되찾게 되었고 동경 근무를 하면서 행복을 느꼈다.

제3장에서는 인생을 살면서 만났던 소중한 만남들을 몇 가지 정리해 보았다. 여수 봉소당 형님은 마치 조선 말에 거상 임상옥을 만난 듯 소탈한 성품과 사람을 중시하는 철학 때문에 내가 무척 좋아하고 많은 사람들이 정겹게 대한다. 다음은 내가 도산 안창호 선생 기념사업회 사무총장을

백석과 김영한의 러브스토리가 서려 있는 성북동 비탈길

하면서 알게 된 도산 선생의 기러기 사랑을 기술하고 싶었다. 사진을 배우면서 길상사에 올라가 꽃무릇을 찍을 때가 있었다. 그곳에서 내가 좋아하던 백석과 김영한의 러브스토리를 작가들과 회상하며 토론하게 되었는데 이것도 남기고 싶었다.

제4장 크리스천의 길에서는 우리나라의 교육과 의료 등에 지대한 영향을 미친 선교사의 활동 중 한글에 대한 사랑과 보급, 평가를 살펴보고 고마움을 표했다. 신앙의 사표가 된 조덕삼 장로와 이자익 목사 이야기도 너무 아름다운 이야기라 담아 두고 싶었다.

제5장에서는 사랑하는 내 아들들에게 몇 가지 당부하는 말로써 마무리하고자 하였다.

끝으로 이 책이 나오기까지 우리집 박 권사와 두 아들, 며느리에게 사랑과 고마움을 전하며 한누리미디어 김재엽 대표와 임직원들에게도 감사의 인사를 드린다.

차례

제4장 크리스천의 길

제5장 사랑하는 아들들에게

공부를 좀 더 하자고 생각해서,
문자 그대로 주경야독해서 연세대 대학원 경제학석사,
숭실대 대학원에서 경제학박사 학위를 받았다.
그 시절 참으로 열심히 공부하며 일했다.
산업과 경제가 발전하고 국부가 쌓여가는 것이
눈에 보이는데 얼마나 신나는 일인가?
우리는 정신없이 일했고,
자랑스런 나라를 만들어 갔다.

제 **1** 장

이산의 경제 이야기

• 우리 경제의 우려되는 열 가지 과제

우리 경제의 우려되는 열 가지 과제

산업은행 조사부에서 한국의 산업개발을 위해 20년을 고민했고, 좀 더 시야를 넓히기 위해 시작한 공부가 경제학박사 학위를 받고 나니 한국경제에 대한 책임감이 더욱 생기는 것 같았다.

본래는 육사 생도에서 의병전역하고 방황하다 택한 학과였기에 나에겐 취직이 잘 되는 경제와 무역계통이 좋겠다고 생각했던 것이다. 경제학을 공부하면서 이 나라는 양질의 노동력과 탄탄한 기술력을 바탕으로 개방경제에서 우위를 차지해야만 살 수 있다는 철학이 생기고 그 방안이 무엇인가를 생각하며 지금까지 살았던 것이다.

육군사관학교에서 군인이 되겠다고 결심했던 사람이 뜻하지 않게 병원에서 일 년 넘게 치료받다가 의병전역으로 중퇴하고 부산대학교를 졸업, 경제학으로 산업은행에 입행한 것이 경제학과 살게 된 나의 인생이다. 1974년 조사부로 발령받아 산업 발전을 리드해 갈 기업금융 전담 은행의 직원이 된 것이다.

내친김에 공부를 좀 더 하자고 생각해서, 문자 그대로 주경야독해서 연세대 대학원 경제학석사, 숭실대 대학원에서 경제학박사 학위를 받았다. 그 시절 참으로 열심히 공부하며 일했다. 산업과 경제가 발전하고 국부가 쌓여가는 것이 눈에 보이는데 얼마나 신나는 일인가? 우리는 정신없이 일했고, 자랑스런 나라를 만들어 갔다.

드디어 세계적인 경제대국이 되었다. 그런데 지금이 가장 조심해야 할 시기라는 점에서 그 시대에 일한 사람들은 참으로 걱정이 많다. 정치하는 사람들의 생각이 너무 다르니 더 걱정이다.

제1테마 _ 한때 잘 나가던 나라들이 왜 무너졌나?

선진국의 문턱에서 왜 그만 주저앉았나? 냉정한 입장에서 나라의 먼 장래를 생각하면서 살펴보자. 1960년대 우리나라보다 잘 살았던 필리핀, 아르헨티나, 브라질을 보면 답이 나온다.

필리핀은 우리나라에 장충체육관을 지어준 나라였고, 아르헨티나는 국력의 상징인 철도망이 미국에 버금가는 나라였다. 브라질은 아마존 고무 집산지 마나우스에 거장 카루소를 초청할 만큼 잘 나가던 나라였다. 그런데 지금은 모두가 번영과 먼 나라가 되었다. 20세기에 선진국 진입에 성공한 나라는 하나도 없다. 21세기에 유일하게 선진국 문턱을 넘볼 가능성이 있는 나라는 한국이다.

이렇게 도약하게 된 배경에는 무엇보다 탄탄한 산업구조를 형성하고 있기 때문이다. 철강, 자동차 같은 옛날 구산업과 반도체, AI 등 새로운 신산업을 가진 나라는 세계에서도 미국, 일본, 독일 등에 한국을 포함한 다섯 나라뿐이고 이어 중국이 열심히 따라오고 있는 정도이다.

우리 한국은 여기에 반도체, 5세대(5G) 이동통신, AI 같은 4차 산업혁명의 핵심산업이 선도함으로써 좋은 모양을 보여주고 있다. 이러한 발전 양상을 차질 없이 유지하면서 경쟁력 있는 기업을 양산해야만 새로운 시대를 열어갈 수 있는 것이다.

그럼 과거 잘 나가던 나라들이 왜 몰락했는지를 한 번 분석해 보면 대체로 감을 잡을 수 있을 것이다. 한 국가가 빠르게 쇠퇴하는 원인은 대체로 네 가지 정도의 유형으로 구분할 수 있다.

첫째, 단순특화산업주도(mono-culture)형 산업구조의 지속이다.

한두 개의 특정산업에 지나치게 의존하는 산업구조를 갖고 있던 브라질이 전형적인 나라이다. 이런 나라는 새로운 경쟁자가 나타나면 버티지 못하고 급격히 쇠퇴한다. 한 시대에 고무와 커피시장을 제패했던 브라질은 동남아시아에서 재배에 성공한 고무와 커피시장이 부상함에 따라 순식간에 주도권을 빼앗기며 쇠퇴하고 말았다. 이런 예는 거의 예외가 없었다.

둘째, 반기업-친노조형 정책이다.

한때 영국이 그랬듯이 정부가 노조에 질질 끌려다니면서 사사건건 기업하기 어려운 입법규제를 하는 것이다. 이때 노조나 정치인이 자기 최면적으로 착각하는 것은 기업은 때려도 이 땅에서 도망갈 수 없으며 누가 경영해도 그 정도는 할 수 있다는 것이다.

때로는 정치가나 노조 간부가 장악해도 괜찮다고 생각하는데 그 순간부터 기업은 망가지고 쇠퇴하게 된다는 것을 모른다. 기업은 철새와 같이 움직이는 것이다. 기업환경이 나빠지면 상대적으로 좋은 조건인 해외로 탈출하고 떠나게 된다. 그리고 국내기업은 공동화로 진행될 것이다. 그 책임은 자기 탓이 아니라 그전 사람들이 그렇게 만들었다고 변명한다.

셋째, 재정파탄형 복지정책이다.

복지 포퓰리즘에 빠지면 국가 재정은 금방 눈덩이처럼 늘어난다. 그러면서도 괜찮다고 오도하고 자만한다. 남유럽의 그리스를 비롯한 PIGS, 그리고 중남미의 베네수엘라 같은 나라의 예를 보라. 사회주의적 선동정치가들이 나라 재정을 풀어 국민에게 퍼주면 그 국민 유권자는 달콤한 유혹에 빠져 계속적으로 표를 판다.

그러는 사이 나라 재정은 거덜나고 국민은 거지로 전락하게 된다. 대부분의 국민이 자각할 때에는 이미 늦은 시기라는 점을 인식해야 한다.

마지막으로 저출산-고령화 진행형 국가이다.

우선 일본처럼 고령화 수렁에 빠지면 연금, 의료비, 복지 등 3대 사회보장 비용이 급속도로 증가하면서 국가 재정이 어려워진다. 일본은 2000년부터 2015년까지 불과 15년 사이에 정부 예산에서 차지하는 사회보장비용이 무려 두 배 정도 폭증한 것을 보면 알 수 있다. 따라서 당연히 성장을 견인해야 할 공공투자, 연구개발 같은 예산이 줄어들 수밖에 없고 국민경제의 성장동력이 저하된다.

진보를 표방한 좌파들의 정책을 돌아보자. 반기업, 재정누수, 고령화가 우리 경제를 얼마나 어렵게 할 수 있는지를 인식해야 하는데 그에 대한 반성이 없다. 경제가 예상 못한 충격을 받게 되면 위기에 직면할 수 있고, 회복력을 상실할 수 있다는 시장경제 원리를 전혀 인식하지 못한 것 같았다.

가장 큰 우려는 좌파정부가 씨 뿌린 반기업-친노조 환경이 디지털 혁명시대에 직면한 기업의 대응력을 약화시키는 독소가 되어 회복에 시간이 걸린다는 것이다. 자칫 운동권 세력이 기업의 생리는 잘 모르면서 아직도 그 과실만 보고 욕심내고 있다면 이 나라의 장래는 망하는 것이다.

기술개발의 주기가 날로 빨라지고 헛발질 한 번이면 순간적으로 밀리는 냉혹한 국제환경이다. 과거 세계 반도체와 전자산업을 지배하던 일본이 밀려 떨어지듯 우리의 반도체, 자동차도 한두 번 실기하면 나락으로 떨어진다고 생각해야 한다.

이를 방지하기 위해서는 정부와 노사가 합처서 새로운 상장동력을 만들어야 하는데 근로시간 제한, 노조활동 지원 등 기업활동을 발목 잡는 일만 한다면 미래는 어두운 것이다. 한국의 노조는 이미 강성해져서 대통령도 밀어내는 세력이 되었고, 그들의 기득권은 기업 채용을 좌지우지할 정도의 세습화 단계로 넘어가고 있다. 이렇게 기업환경이 악화되면 외국 기업의 국내 진출이 어렵고 우리 기업도 해외로 나갈 수밖에 없다. 모두 해외로 나가면 친노조, 반기업이 어디 있나? 기업활동을 도울 수 있도록 법적 뒷받침을 착실히 해 주어야 하는데 참으로 한심하다.

어떤 지도자가 아직도 우리나라는 재정에 여유가 있다고 했다. 더 퍼줘도 된다는 발상이다. 우리는 세계에서 가장 고령화가 빠르게 진행되고 출산율이 낮은 나라에서는 지금부터 재정 운용을 매우 건전하게 해야 한다.

포퓰리즘의 망상에 젖은 일부 정치 세력처럼 퍼주기 재정 운용, 인기위주의 예산 운용 등 건전화에 거꾸로 가면 안 된다. 저출산—초고령 쓰나미가 몰려오면 대한민국은 다시 IMF보다 더 혹독한 위기를 피할 수 없게 될 것이다. 우리는 미국과 다르다. 미국은 재정위기가 오더라도 경제가 순조롭게 돌아가면 회복할 수 있기 때문에 비교 대상이 아니다.

우리 사회에서도 언제부터인가 중남미 베네수엘라 같은 포퓰리즘의 망령이 맴돌고 있는 것은 사실이 아닌가. 아마 몇 번의 선거에서 돈 풀기에 재미를 봐서 그런지 그 매력의 단맛을 못 잊어 하는 것 같다. 잘 알려진 바와 같이 아르헨티나도 이러한 포퓰리즘의 수렁에 빠져 후진국 경제로 떨어져서 아직도 헤어나지 못하고 있다.

포퓰리즘은 무서운 사회정치적 병리현상이기 때문에 하루 빨리 배격하고 벗어나야 될 질병이다. 그러나 일단 자기 세대 혹은 지금 당장 어려워지는 것은 아니기에 저질러 놓고 보자는 식이다. 미래는 내 책임이 아니라는 사고는 범죄행위인 것이다. 이런 세력이 아직 정치권에 많이 남아 있는 것 같아서 걱정이다.

헬조선이란 말이 있다. 2030세대가 자신들이 기성세대보다 어려운 점이 많고 살기 힘들 것 같다고 한다. 지금 무상 복지가 자행된다면 그 부담은 자연히 자신들이 뒤집어쓸 것이라고 걱정하고 있다. 맞는 이야기다.

나는 지난 20년 동안 학생들과 경제학 공부를 하면서 이 점을 지속적으로 강조해 온 바인데 이제야 그 결과가 나타나고 있는 것 같아 다행스럽게 생각한다. 더불어 이것은 우리 국민 모두가 제대로 각성해서 혼탁한 정치에 놀아나지 않도록 유념해야 할 것이다.

제2테마 _ 한국과 독일의 재정 운영 비교

이제 우리 경제의 재정부문이 얼마나 방만한지 한 번 검토해 보자. 우리가 과연 흥청망청 지출해도 되는지를 원론적으로 몇 가지만 비교해 보면 알 수 있다. 정확한 수치는 아니고 대충 알기 쉬운 통계로 분석해 보면 우선 한국의 인구는 5,000만 명으로 인구 8,300만 명의 독일보다 작은데 한국 공무원 수가 2배가 많다고 한다. 인구 수로 대비하여 비교를 하면 무려 4배가 더 많은 것이다.

한국은 탐욕적이고 불필요한 국회의원 그리고 시군구 의원의 세비, 공무원의 급여 등 각종 공무원의 활동비용이 세계에서 가장 많이 지출되는 나라다. 이것은 시급히 시정되어야 할 중요한 과제이다.

2차대전 직후 폐허가 된 독일엔 먹을 것, 입을 것도 없이 엄청난 전쟁배상금 때문에 국민경제는 엉망이었다. 무너진 폐허 위에 겨울이 찾아왔다. 냉혹한 추위지만 연료나 에너지는 턱없이 부족하여 서민들의 생활은 더욱 힘들었다. 그러자 정부가 국민들에게 방송을 했다.

산에서 나무를 베어다가 연료로 충당하라고 허락했다. 패전으로 실의에 빠진 국민들을 얼어 죽일 수는 없다는 정책적 판단이었을 것이다. 그러나 독일 국민은 누구도 산의 나무를 베어다가 땔감으로 쓰지 않았다. 옷을 껴입고 식구들끼리 붙어 자거나 제자리 뛰기를 해가며 추위를 견뎠다는 것이다.

산에 나무는 30년 이상 가꿔야 숲이 된다는 사실을 아는 국민이었기에 나무 하러 산으로 들어가지 않았다. 그래서 검은 숲(black forest)은 보전되었고, 세계적으로 으뜸의 산림이 보존되었다. 그런 정신으로 라인강의 기적을 이루어 엄청난 전쟁배상금을 다 갚고 오늘날 최대의 채권국이 되었다.

위기는 그렇게 극복하고 나라는 그렇게 발전하는 것이다. 정부가 하는 말이 옳지 않다고 생각하면 국민이 '아니다' 라는 집단지성이 살아 있었기에 나라다운 나라, 올바른 나라, 지속 가능한 나라가 되었다. 무상복지를 남발하면 국민이 단호하게 '노' 라고 해야 한다. 유럽의 그리스, 남미의 베네수엘라도 그러지를 못했다. 결국 몰지각한 정치가들이 득세하고 국가 재정은 거덜났다.

이것이 국가 존망사의 진리이다. 우리의 현실은 어떤가? 국가재정운영 예산은 660조 원(2024년) 정도로 적지 않다. 이 중에 공무원, 정치인을 위한 지출이 너무 많다는 것이다. 국가 규모에 비해 지나치게 지출이 많은데 특히 국회의원 세비는 세계에서도 제일 높은 수준이라 한다. 국회의원 수도 너무 많다. 이를 시정하자는 목소리가 나오다가도 이내 잠잠해진다. 이는 법을 바꿔야 하니까 그건 국회가 하는 일이고 공무원은 표를 의식해서 손을 못 대는 것이다.

2019년을 비교해 보면 우리 예산은 469조 원이고 독일은 439조 원으로 우리보다 적다. 그런데 독일은 대학까지 무상교육, 아동수당 만15세까지 매달 30만 원씩 지급한다. 직업 없는 사람, 노약자, 빈곤층에게 생계비와 주거비를 주기에 국민들 모두가 큰 걱정 없이 살아가고 있다. 50조 원 국방비로 17만 명의 직업군인들에게 1인당 최저 250만 원을 주고 있다. 우리보다 적은 예산으로도 더 많은 복지를 시행하고 있다는 것이다.

우리나라는 독일보다 예산도 많고 인구도, 영토도 훨씬 적은데도 복지혜택이 적다면 예산에 많은 누수가 있다는 점인데 그 중에 국회의원, 시군구의회 의원, 공무원 수 등의 지출이 과다하다는 분석이다.

여기에 포퓰리즘이 가세하면 재정은 가속적으로 악화 망가지는 것이다. 물론 우리나라에겐 특수 사정이 있고, 독일의 제도가 모두 옳다는 것은 아니지만 확실히 시정할 부분이 많은 것은 사실인 것 같다.

공무원이 많으면 국민을 위한 서비스가 좋아지는 것이 아니라 오히려 규제를 강화해서 국민을 괴롭히는 경우가 많아지고 갑질 횡포가 잦아지는 것이다. 일자리가 적어지니 궁여지책으로 공무원 수를 늘리는 어리석은 우를 범하지 말아야 한다. 공무원 수가 많아지면 국민에 대한 서비스가 좋아지는 것이 아니라 국민을 괴롭히는 일이 많아지게 되는 것이다.

공무원 모집인원이 많아지면 이에 따른 응시자도 많아져 오히려 젊은 실업자를 더 양산하게 되고, 민간의 고용수준을 저해한다는 통계도 있다. 일정 이상의 공무원은 생산집단이 아니라 생산저해집단 혹은 놀고 먹는 집단이 되고, 이는 모두 국민의 부담이 되고 만다. 지금 우리 사회에 나타나고 있는 병리가 서서히 보인다.

제3테마 _ 포퓰리즘을 어떻게 볼 것인가?

포퓰리즘(populism)은 대중의 지지를 얻기 위해 정책의 현실성을 따지지 않고 선심성 정책을 내놓는 정치형태로 규정된다. 이는 대중영합주의라고 부르는데 포퓰리스트는 자기를 추종하는 사람만을 국민으로 보는 특징이 있다.

그러나 현실에서는 어떤 정책이 포퓰리즘의 산물이고 누가 포퓰리스트인지를 구분하기가 쉽지 않다. 모든 정책과 정치행위는 어느 정도는 대중을 의식하는 포퓰리즘적 속성을 갖고 있기 때문이다.

그런 점에서 미국 프린스턴대 얀베르너 밀러 교수가 쓴 '포퓰리즘이란 무엇인가(What is Populism?)' 라는 책(김태철 논설위원 코멘트)은 우리에게 유익한 내용을 전해 주고 있다. 밀러 교수는 포퓰리스트의 공통점은 반엘리트주의, 반다원주의, 편가르기주의라고 보고 있다.

포퓰리스트는 기득권 엘리트들을 부패하고 부도덕한 집단이라고 매도한다. 그러면서 국민의 목소리를 대변할 사람은 오직 자신들뿐이라고 강변한다. 그리고 자신을 반대하는 정치세력은 절대로 인정치 않는 반다원주의적 태도를 취한다.

포퓰리스트는 끊임없이 국민을 찾고 국민의 뜻을 따르겠다고 한다. 하지만 자신을 따르지 않는 사람은 국민으로 보지 않는다. 이들에겐 추종세력만이 진정한 국민이 될 수 있는 것이다.

포퓰리스트들은 주요정책이 실패하면 외부 탓으로 돌리는 능숙한 기술을 갖고 있으며 집권해도 그들의 정당은 자신들이 희생양인 듯 행동한다는 것이다. 다수세력으로 부상하여 막대한 권력을 거머쥐었는데도 항상 학대받는 정의로운 소수자로 행세하며 이전 정권들이 추진한 정책들은 모두 반민주−반서민적인 것이라고 선전한다.

이는 공산주의자의 방식에서 다소 진화된 내로남불형 성향이라 할 수 있다. 우고 차베스 베네수엘라 전 대통령은 극심한 경제난의 원인을 부르주아 세력의 음흉한 방해공작 탓으로 돌렸다. 국내적 반대자 탓이 마땅치 않으면 미제국주의자 책동으로 몰아붙였다.

이처럼 포퓰리스트가 적으로 삼는 대상은 얼마든지 찾을 수 있었고 그 적은 국민 전체의 적으로 배척의 대상이었다. 예를 들면 2002년 우파주도의 총파업 때 차베스는 이것은 차베스 대 반차베스의 대립이 아니라 애국자 대 반역자간의 전쟁이라고 선언하고 국민들을 선동하였던 것이다.

포퓰리스트들은 "국민들과 가까이 가기" 연출을 좋아하고 능숙하다. 14년간 장기집권했던 차베스는 서민의 걱정거리를 덜어주는 방송프로그램을 진행하기도 했다. 그들은 친근한 정치 이미지를 구축하기 위해 수단과 방법을 가리지 않는다.

밀러 교수는 국가권력의 사유화, 지지세력에게 퍼주기, 반대세력 탄압 등이 포퓰리스트의 3대 통치기법이라 설명하고 있다.

국가권력의 사유화는 장기집권을 위한 대대적인 권력구조 개편을 수반하는 경우가 많은데 이는 자신들의 정치이념에 맞추어 국가를 재창조하려는 의도이다. 진정한 국민의 의사를 법제화한다는 명분을 내세워 영구집권이 가능하도록 헌법과 법률을 뜯어 고치려 한다는 것이다.

헌법개정으로 장기집권을 시도하고 무차별 복지로 대변되는 국가후견주의와 반대파에 대한 차별적 법치주의도 세계 모든 포퓰리즘 정권이 취하는 공통적인 통치기법이고 대중의 지지를 받는 대가로 유무형의 반대급부를 지급하게 된다고 한다.

국가가 국민의 생활을 보장하겠다는 구호는 국가보호주의의 대표적인 사례이다. 자신을 비판하는 세력에만 유독 엄격한 법치주의 잣대를 적용해 모질게 다루게 되는 것이 일반적이다.

역사적으로 보면 이런 현상들은 권위주의적인 독재정권에서도 나타나지만 포퓰리즘 정권하에서는 더 공공연하게 이뤄지고, 심지어 부정부패라고 볼 수 없는데도 국민의 이름으로 적폐행위로 몰아가면서 양심의 거리낌도 없다는 것이 뮐러 교수의 지적이다.

포퓰리즘 정권이 자유민주주의 정권과 다른 점은 도덕적 가치가 정치적 목적 달성을 위한 수단이라는 사회주의 전략 전술을 채택하고 있다는 점이다. 포퓰리즘 정당인 폴란드의 정의당은 국민의 이익이 법에 우선한다는 허울 좋은 구호로 국민을 호도하고 영구집권의 목표를 숨기지 않았다.

포퓰리즘에 감염된 중남미 국가도 만연한 정실인사와 부정부패에 전혀 죄책감을 느끼지 못하는 정권을 견제하지 못하고 피폐해져 갔던 것이다. 자원과 인력이 충분한 중남미 국가들은 훌륭한 경제 발전을 이룩할 수 있고 저력 있는 나라가 많은데 선진국의 문턱에서 좌절했거나 후진국으로, 난민국으로 전락한 것은 무분별한 사회주의와 포퓰리즘에 순응하거나 빠져 있었기 때문이라 분석된다.

이미 사회주의 경제제도는 실패한 제도라는 것이 지나간 시대에서 증명되었다면 이제 포퓰리즘도 경계해야 할 바이러스라는 점도 알아야 하고 자유민주주의 시장경제를 보완하는 범위에서 견제되어야 한다는 점도 인식되어야 할 것이다.

우리 사회에 건전한 좌파가 우파와 서로 정책 경쟁하여 보다 합리적인 정책으로 발전하는 것이 우리의 바람인데 사회주의적 포퓰리즘이 좌파 혹은 진보라는 가면을 쓰고 나타나서 선량한 국민들의 안목을 흐리게 한다면 그동안 우리가 이룩한 번영을 저해하고 미래를 어둡게 할 가능성이 높다고 하겠다.

제4테마 _ 통일문제를 환상적으로 볼 것인가?

나도 통일문제에 관심을 가진 지 꽤 오래된 것 같다. 산은 조사부장 시절에 북한중국연구팀을 두고 북한경제 산업 등 통일방안에 필요한 여러 가지 연구를 꾸준히 했고, 일본 동경지점에 가서도 우리보다 오랜 연구와 많은 자료를 갖고 있는 일본 아시아경제연구소를 여러 번 방문하면서 북한경제 관련자료를 수집하곤 했다.

2000년대 들어서도 북한대학원대학교 북한경제 최고위 과정 그리고 북한경제 아카데미 과정에서 공부했고, 뜻있는 사람들과 (사)통일미래포럼을 결성해서 한 달에 한 번씩 세미나를 개최하는 등 북한경제에 관심을 가진 사람들과 꾸준한 교류를 해 왔다.

그리고 통일부 산하에 통일교육위원도 10년 넘게 활동했고, 현재도 민주평통 자문위원으로 참여하고 있다. 통일은 자유시장 경제를 근간으로 하는 경제체제에 정체성을 두고 전개되어야 하는데도 때로는 정부 정책도 갈팡질팡한다. 그런 의미에서 북한대학원대학교에서 공부하면서 강의 듣고 질문하고 토론한 것이 많은 도움이 되었다.

물론 견해가 다른 학자들도 많지만 학자적 양심에 입각해서 진지하게 토론하고 반론을 제기하고 논쟁한 것이 참으로 신선하였다. 그 중에 서울대 경제학과 김병연 교수의 견해도 재미있었다. 그는 정치적으로 필요할는지 모르지만 경제적으로는 통일이 바람직한 선택이 아니라는 지론이다. 좀 더 자세히 살펴보자.

우선 독일의 통일과 비교해 보면 당시 서독의 소득은 15,000불, 동독은 10,000불로 동독 환율의 인위적 고평가가 인정되기도 하지만 경제력 차이가 그렇게 크지 않았다.

서독은 동독에 비해 인구는 동독의 4배, 경제규모는 6배 정도인 상황이었고, 동독은 당시 동구권 사회주의 국가 중에서 가장 부유한 나라로 전 국민이 가구당 한 대의 차량을 굴릴 수 있는 정도였다.

이렇게 격차가 적었음에도 불구하고 서독은 동독에 3,000조 원의 돈을 쏟아 부었고, 그 중 60%가 동독의 생활수준을 끌어올리기 위한 지출이었다. 마치 밑빠진 독에 물붓듯이 부었는데도 오늘날 동독 국민은 여전히 2등 국민의 굴레를 벗어나지 못하고 있는 것이다.

그럼 남북한의 경제 규모 차이는 어떤가? 남북한의 경제 규모 차이는 공식통계로 57배가 넘는 것으로 되어 있는데 실제론 80배에 달하는 것으로 추정되어 동서독의 6배에 비할 바가 아니다.

인구는 2배밖에 안 된다. 그렇다면 한 번 계산해 보자. 당시 최상위권 서독인이 중상위권 동독인을 서독인의 80% 수준까지 끌어올리기 위해 4

브라질 리우데 자네이루의 예수상

명이 1명의 비용을 부담했는데 현재 최상위권 한국이 세계 최하위 극빈층 북한을 끌어올리는 데는 2명이 1명의 비용을 부담해야 한다.

들어갈 돈은 수십 배요, 분담할 사람은 절반인데 이런 재정부담을 과연 감내할 수 있으리라고 보는가? 이 천문학적인 재원을 세금으로 그리고 국채로 조달한다면 미래 한국인들은 해결 불가능한 부담으로 귀착되고 부채 폭증으로 남유럽의 그리스나 PIIGS 같은 나라가 된다면 결국 남북 공동 몰락의 위기를 맞을 수도 있다는 것이다.

지금까지 노력과 행운으로 이룩한 번영을 맞바꿀 만큼 통일이 시급하고 중요한 일인가를 면밀히 검토해야 할 것이다. 당장 조그마한 복지에도 세금은 더 내기 싫어 부자증세만을 앵무새처럼 외치는 자들이 과연 대대적 보편증세를 받아들여 통일 비용을 감당하리라고는 생각되지 않는다.

현재 한국의 복지수요만으로도 50%가 넘는 면세계층 서민들에 대한 전면적 보편증세 및 간접세의 대대적 인상이 필요하다. 투표권 갖고 데모하지 않고 정치권력으로 밀어붙이면 된다고 보지만 자꾸 법인세 인상 타령만 하면 안 되고 그런 욕망은 버려야 한다. 법인세는 인하하는 것이 세계적인 추세이고 기업조차 망가지면 치유가 어렵다.

세계적으로 인구는 적고 자원이 많은 북유럽 2개국만 시행하는 무상복지를 무분별하게 받아들이면 안 된다. 북유럽 국가도 법인세 인하, 불요불급한 복지의 축소 등으로 복지의 재원 확보와 복지의 질적 향상을 꾸준히 추진하고 있다.

통일문제는 결국 경제적인 문제에 귀결되고 양국의 공동 번영의 관점에서 폭넓게 검토되어야 한다. 통일이 아니라도 얼마든지 좋은 방안이 있다고 한다면 그 방안도 충분히 검토해야 한다고 생각한다.

이제 통일문제는 감성적이고 정치적인 문제가 아니라 경제적이고 실리적인 방향에서 접근이 필요하다고 본다. 특히 정치적인 관점에서 보면 좌파세력의 권력독점을 위한 선전선동이 첨예화될 것이며, 특히 북조선 2,500만 명의 환심을 사고 표심을 잡기 위해 아르헨티나의 페론니즘 같은 포퓰리즘을 이용할 가능이 높은 것이다.

세계적으로 빈부의 격차문제는 참으로 해결하기 어려운 과제이기도 하지만 통일문제에서 야기되는 소득격차 문제는 더욱 더 복잡한 문제를 수반하고 있다. 한국의 서민들이라고 하면서 흙수저니 금수저니 하면서 부자나 기업의 돈으로 자기 삶을 끌어올려 주길 원하는데 기계적 평등개념에 길들여 있는 북조선 인민들의 요구는 더욱 강할 것이다.

통일이 된다면 잠시의 격차는 감수할 수 있지만 몇 년 안 가서 똑 같은 레벨의 대우를 받는 삶을 요구하게 될 것이고, 이는 사회적인 큰 갈등으로 통일 재앙이 될 수도 있다. 정치적, 문화적으로도 동독은 지금의 북한과는 그 수준이 달랐다. 여성 인권의 문제는 서독보다 오히려 그 수준이

높았다고 한다.

무엇보다 동서독이 통일에 대한 염원이 있었고 북한체제보다는 열린 사고를 하는 개방성이 높았기 때문에 적응하고 동화하는 데 훨씬 용이했다고 분석된다.

세계 유일의 신정국가 북한 출신들이 과연 한국이라는 문명사회에 쉽게 적응하고 자유만큼 책임도 중요하다는 개념을 받아들여 동화할 수 있을까? 지금 성향으로는 장담하기 어렵다고 보는 편이 타당하다.

일당독재에 일인독재 그리고 일인통치를 하고 있는 전근대적 국가를 정상국가로 만드는 일도 요원하고 그 다음 통합을 논의하는 평화적 방식은 더욱 오랜 시간이 필요할 것이다.

그렇다면 최선의 대안은 무엇인가? 우선, 외교적으로 최소한의 협력 외에는 자체적 개혁을 유도하도록 인내하는 노력이 필요하다. 중국과 베트남처럼 스스로 체제를 개혁하여 정상국가로 변모하고 시장경제로 나아가는 것이 그들의 살 길임을 잘 알고 있다.

그러나 아직도 변화의 조짐은 없다. 이제 서로 협력하는 방향으로 체제를 전환해야 한다. 우리는 중국, 베트남 같은 저렴한 노동력을 제공받고 판매내지 수출시장의 역할로 기능을 정립하는 것으로 발상 자체를 전환해야 할 것이다.

통일이 되면 한국의 기술과 자본이 북한의 자원과 노동력을 결합하고 유럽과의 철도연결 등 수많은 호재가 있어 통일대박론이 우리 사회를 지배한 적이 있다. 그러나 이것은 상당히 낙관론적인 견해이고 경제적으로 보면 식민지 개발이론과 같다.

독일의 재상 비스마르크는 식민지 확대 정책에 부정적이었는데 이는 식민지 인프라에 소요되는 돈에 비해 경제적 수익이 별로 없다는 이유이다. 실제로 식민지를 적극 경영하던 영국, 프랑스 등의 예를 보면 경제적 이유보다는 다분히 당시 제국주의와 민족주의에 입각한 국가 위신에 기인한 정치적 문제였다고 볼 수 있다.

횡단정책이니 종단정책이니 하면서 영국, 프랑스가 무리하게 밀어붙인 식민지 정책은 쓸모도 이익도 없는 빛 좋은 개살구였던 것이다. 그 결과 2차 산업혁명에선 미국, 독일이라는 후발 주자에게 자리를 내주고 말았다. 일본의 경우도 마찬가지다. 한반도에 쏟아부은 투자비용에 비해 회수는 극히 미약한 식민지 적자경영을 했다.

이러한 점을 미루어 볼 때 경제적 격차가 큰 북한과 무리한 통일정책은 여러 각도에서 면밀히 재검토할 필요가 있다고 생각한다. 북한의 자원이라 해봐야 경제성 있는 좋은 입지의 유용한 광물은 이미 중국이 오래 전부터 개발하였다는 점에서 남은 자원의 편익은 별로 없다고 봐야 한다.

역사적으로 같은 나라, 같은 민족이라는 개념 때문에 언어와 유전자가 비슷하다는 이유에 경도되어 한 나라여야 한다는 법은 어디에도 없다. 독일과 오스트리아, 룩셈부르크, 스위스, 리히텐슈타인 모두 한때 같은 나라였고 대독일주의에 의해 통일주장도 있었지만 따로 잘 산다. 네덜란드와 벨기에는 독립과정에서 입장 차이로 다른 나라로 갈라섰지만 잘 살고 있다. 우리도 지금처럼 떨어져 잘 살면 되지 무리한 통일을 꼭 해야 되는지 컨센서스를 모아야 할 때라고 생각한다.

민주평통 자문위원 그리고 통일교육 위원으로서 나의 생각은 어떤가, 내가 하는 일이 나라를 위해 필요한 일인가? 사색하고 고민하고 있는 나의 과제 중 하나가 통일문제다. 과연 저렇게 적대적이고 호전적인 북한집단을 통일 파트너로 협상하는 것이 유익한 일인가? 조폭처럼 언어적 순화도 모르고 마음대로 지껄여대는 상대에 자꾸 끌려다녀야 하는지? 조폭

의 중간보스의 한 마디에도 절절매는 정부 당국자를 보면 자괴감을 느낄 정도였다

북한은 지금 체제의 변화를 두려워하기에 당분간은 변화하기 어렵다고 본다. 어차피 중국이나 베트남식의 체제를 유지하고 개혁 개방으로 나가는 것이 최선의 선택이고 그것이 그들의 살 길이라 생각하고 있을 것이다. 그러나 백두산 혈통의 김씨 왕조는 더 많은 약점을 갖고 있기에 그런 결단을 내리지 못하는 것이다. 중국과 베트남과 다른, 가족 세습체제이기 때문에 한 번 무너지면 걷잡을 수 없다고 보기에 시기와 때를 계산하고 있을지도 모른다.

따라서 내부적인 감시를 강화하는 한편 외부의 적을 만들어 긴장을 조성하는 원시적 통치패턴을 고수하고 있다. 꿈에도 그리던 핵무기를 가지고 조폭적 기질을 마음껏 발휘하고 있는데 북핵! 그 북핵을 포기하는 일은 절대로 없다고 봐야 한다.

이제 그것을 사용하지 못하도록 하는 국제적 노력이 필요하고 비대칭적 무기체계를 보강하는 전략이 필요하다고 본다. 될 수 있으면 우리의 국력과 기술로 우리 주변의 가상적인 적까지 대응할 수 있는 군사강국을 만들되 우리도 핵을 가질 수밖에 없는 국제협력을 이끌어낼 전략을 세워야 한다고 본다. 그렇게 되면 문제는 보다 간단하다.

지금은 비적대적이고 위협적이 아닌 이웃나라로 만드는 정책이 제일 좋은 방법이라고 생각한다. 흡수통일이니 평화통일이 아니라 평화공존 정책이 적합하고 현실적이다. 적화통일의 망상을 버리고 협력하는 것이 장기적으로 이득이라는 인식을 심어줘야 하고 지금처럼 끌려다니는 외교정책이 아니라 끌려오도록 유연하고 힘 있는 외교를 전개해야 한다.

그런 의미에서 김 교수의 견해는 시사점이 많다고 본다. 통일에 수반하

는 수많은 리스크를 안고 고민하는 것보다 남북한이 서로 이웃하며 공존하는 것이 훨씬 낫다는 이론을 학계에서는 좀 더 활발하게 논의해야 한다고 생각한다.

제5테마 _ MZ세대를 잘 이해해야 한다

요사이 세대 구분이 복잡하여 머리가 어지러울 지경이다. 미국의 경우 20년을 주기로 세대 구분을 하는데 대체로 어린 시절 대공황(Great Depression)을 겪은 1901~1924년생은 그레이티스트 세대, 2차대전을 겪은 1925~1945년생은 전쟁의 공포속에 보수성을 강하게 띠는 사일런트(Silent) 세대, 전후세대인 1946~1964년생은 베이비부머(Baby Boomers) 세대, 이혼율이 높아 목에 열쇠를 걸고 다녔던 1965~1981년생의 불안함을 표현한 엑스 세대(Generation X), 새천년을 맞은 1982~2004년생은 새로운 희망을 기대하는 밀레니얼 세대(Millennials), 또 Z세대로 불리고 있다.

우리나라에서는 학계나 언론이 분류하는 정확한 구분은 없지만 대체로 베이비붐 세대 이후를 X세대라고 하고 있다. 베이비붐 세대와 분명히 차이가 많은데도 한 마디로 정의할 용어가 없다는 뜻으로 미지수 X를 붙여 부르기 시작한 세대가 X세대라고 한다.

그 이후로 일부 미국 언론이 Y세대 그리고 Z세대까지 알파벳 순으로 세 개를 정의하면서 통용되기 시작했으나 통일된 기준은 아니고 명확한 구분이 안 될 뿐 아니라 서로 겹치는 부분도 있다.

일반적으로 X세대는 1960년대와 1970년대에 태어난 세대로 베이비붐 세대 이후의 세대를 지칭하는 말로서 전체적으로 정확한 특징을 묘사하기 어려운 세대라고 정의하고 있다.

특히 X세대는 1990년대 초에 이르러 신세대 특징을 지칭하는 말로 사용되었으며, 1990년대에 오렌지족이라는 청소년들의 향략문화가 언론에 관심을 끌게 되면서 주목을 받게 되었다. 독특한 대중문화로 인해 사회 전체적으로 이들이 기존 세대들과 구분되는 특징을 지닌 것이 인정되면서 널리 사용되었다.

좀 더 구체적으로 보면 한국의 X세대는 청소년기에 1987년 6.29 민주화 항쟁을 경험하면서 정치적으로 민주화가 진행되는 시기에 성장하였고, 산업화의 수혜를 받아 물질적 경제적 풍요속에서 성장한 집단이라는 점에서 여유로운 시대의 특성을 갖고 있다. 이로 인해 이들은 기존의 가치나 관습에서 자유롭고 개인주의적이며 자신이 좋아하는 분야에만 집중하는 특징을 보인다.

또한 각종 다양한 대중매체 발달에 영향을 강하게 받아 그들만의 문화를 형성하고 대중문화에 열광할 뿐 아니라 강한 자기주장에 자신만의 세계에 빠지려는 경향이 강하다는 특징이 있다.

Y세대는 1980년대와 1990년대에 태어난 세대로 21세기 주역이 될 세대라는 의미를 포함하여 밀레니엄 세대(millenium generation) 혹은 디지털 세대(digital generation)라고도 불리운다.

정치적으로 민주화가 정착되어 시대적으로 안정된 환경에서 성장하여 정치에 무관심하며 국제화 정보화 컴퓨터화 등 인터넷 보급의 혜택을 받은 사람들이다. 이들은 매사에 긍정적으로 예스라고 대답한다 하여 Y세대라는 명칭을 붙였다고 한다. Y세대의 주된 가치는 개성과 다양성이며 오락과 즐거움을 중시한다. 낙천적 성격에다 지적 호기심이 많고 신속한

MZ세대 특징

다양성 인정
▶ 타인의 취향 존중
▶ 삶의 방식은 선택사항

여가 중시, 현실성
▶ 일과 삶의 균형 중시
▶ 노력 대비 보상, 현재 중시

환경·윤리적 가치 중시
▶ 가치관 기반 소비
▶ 선한 영향력

자기 중심적 소비
▶ 나만의 스타일 추구
▶ 맞춤형 선호

디지털 네이티브
▶ 신기술에 친숙
▶ SNS로 가치관 표현

재미 추구
▶ 즐기는 소비·투자·일
▶ 취향 공유

자료:이코노미조선 정리

정보력을 바탕으로 유행에 민감한 소비지향적 성향이 강하다고 한다.

그리고 Y세대가 과거의 다른 세대와 구별되는 것은 테크놀로지에 대한 우수성이라 할 수 있다. 어렸을 때부터 컴퓨터를 소유하고 즐기는 컴퓨터 문화가 일반화된 첫 세대로서 인터넷 정보검색, 구매, 커뮤니티 활동 등 광범위한 분야에 사용한다. 한편 Y세대는 긍정적인 가치관과 공동체 의식을 바탕으로 사회문제도 큰 관심을 보여 21세기를 이끌어 나갈 주역으로 평가되고 있다.

Z세대라 함은 1990년대 중반부터 2000년대 초반에 걸쳐 태어난 젊은 세대로 밀레니엄 세대(Y세대)의 뒤를 잇는 인구집단이다. Z세대는 1990년대 경제 호황기에 자라난 세대인데 부모세대인 X세대가 2000년대 말 금융위기로 인해 경제적 어려움을 겪는 모습을 보고 자랐기 때문에 안정성과 실용성을 추구하는 특징을 보인다.

상품을 판매하는 사람들은 이러한 Z세대에 관심을 기울이며 미래의 막강한 소비군단으로 보고 과자나 음료, 자동차 모델명 혹은 영화 제목까지 단어의 끝에 알파벳 Z를 사용하여 제품명을 만들었다. 대표적인 예를 들면 드림웍스 영화사는 자신들이 제작한 애니메이션 영화의 제목을 'Antz'라고 붙이고 Z야말로 새롭게 사고하고 독립적으로 행동하는 신세대를 대표하는 글자라고 소개하였다.

그럼 MZ세대란 무엇인가? 1980년대 초부터 2000년대 초까지의 세대를 말하는데 Y세대를 밀레니엄(millenium) 세대라고 하여 여기서 M자를 따고 그리고 Z세대를 아울러서 지칭한 것으로 보면 된다.

우리나라에서는 크게 두 세대, 즉 1980~1995년의 밀레니엄 M세대, 그리고 1995~2010년의 Z세대로 구분하여 MZ세대라고 하기도 한다.

아무튼 2021년 현재 10대 중반에서 30대 청년층으로 휴대폰, 인터넷 등 디지털 환경에 친숙한 세대이다. 이들은 변화에 유연하고 새롭고 이색적인 것을 추구하며 자신이 좋아하는 것에 돈이나 시간을 아끼지 않는 특징이 있다. 그들의 생활패턴이 기존 세대와는 완전히 다르다는 점에서 주목할 필요가 있다.

예를 들면 MZ세대가 금융산업에서도 판을 흔들고 있다. 이들의 자산과 소득은 아직 적지만 과감한 레버리지(대출)로 소비와 투자에 적극적이다. 이미 영끌 대출로 부동산, 주식, 암호화폐 등 투자를 주도하기도 했다. MZ세대가 주로 이용하는 카카오뱅크, 토스, 네이버페이, 카카오페이와 같은 금융플랫폼 업체 3~4개가 데카콘 기업(기업가치 100억 달러 이상 비상장사)으로 성장했다.

2021년 6월말 현재 카카오페이와 네이버페이의 가치도 10조 원을 넘어섰다는 평가다. 이들 빅4의 기업가치가 50조 원를 웃돈다면 KB, 신한, 하나, 우리 금융 등 기존의 4대 금융지주의 시총 합계 62조 원에 버금간다. 서서히 금융구조의 변화를 예고하고 있는 강력한 징조이다.

세계적으로 보면 현재 베이비붐 세대가 가장 많은 부를 차지하고 있는 계층이고 그 다음 자녀세대가 MZ세대이기에 부모세대가 노화와 사망 등에 따라 앞으로 20년간 자산이 MZ세대로 이전될 예정이다. 그래서 이들 세대에 대한 자산 이전 속도는 지금보다 더욱 빨라질 것이며, 그들의 금융 영향력은 눈에 띄게 커지게 될 것이다.

시대적 변화는 멀지 않은 장래에 이 세대가 지배하게 되겠지마는 너무도 급격하기에 기존 세대와의 충돌이 불가피하다고 보여진다. 특히 가부장적 유교문화에 오랫동안 길들여 있는 한국사회에서는 어려움이 가중될 가능성이 높다.

이들이 사회에 진출하게 되면서 이미 가정, 학교, 직장, 군대에서 여러 가지 변화가 일어나고 있다. 사고방식, 일하는 방식, 노는 방식도 기성세대와 다르기 때문이다. 그야말로 신인류가 출현했다고 표현하는 사람도 있다. 소통방식이 다르고 개성이 강하고 예의가 없는 신참들이 나타났으니 기존의 조직 문화에 젖어 있는 기성세대들은 놀랄 수밖에 없다.

기성세대가 선배로서 권위를 갖고 군기도 잡으려고 노력했지만 어려운 일이었다. 새로운 도구와 무기, 컴퓨터와 노트북 휴대폰으로 무장한 새로운 인재들이기 때문이다. 동시에 민주화 의식이 강한 이들은 어느 세대보다도 정의·공정·평등에 민감했고 권위주의와 갑질에는 강력하게 저항하였다. 이들의 의식과 태도가 기성세대와 완전히 다른 만큼 통제방식도 기존과는 달라야 했다.

그래서 기성세대가 이들을 보는 관점이 변해야 했다. 태도는 이해하기 어려워도 빠르고 정확한 업무처리에 막강한 강점이 있다는 것을 알게 되었다. 자율성을 주면 날고 뛰지만 간섭하고 통제하면 거침없이 대드는 특징이 있다는 것을 이해하게 되었다. 세상이 변한 걸 모르고 잔소리하고 간섭하는 기성세대를 꼰대(GGONDAE)라고 하며 이미 영어사전에도 올라 있다. 우리 사회는 한동안 MZ세대와 꼰대들이 뜨거운 세대 전쟁을 벌였고 아직도 벌이고 있는 것이다. 이 전쟁의 승자는 당연히 MZ세대이다.

신형무기로 무장했으니 기성세대는 당할 재간이 없는 것이다. 이것을 인정 못하는 사람을 '현대를 살아가는 원시인'이라 한다. 거대한 청국 군대가 영국 함대 몇 대에 무참히 무너져 홍콩을 내어준 것은 역시 우수한 무기 때문이라면 이해가 쉬울는지 모르겠다.

2007년이 특기할 만한 역사적 시점으로 보고 있다. 바로 미국의 스티브 잡스가 아이폰을 선보이며 스마트폰 시대를 열었다. 또 하나의 막강한 무기가 나타난 것이다. 스마트폰만 갖고 있으면 소통도 검색도 놀이도 업무도 24시간 실시간으로 할 수 있게 되었다.

스마트폰을 몸의 일부처럼 쓰는 사람들을 포노사피언스라고 부른다. 이것은 영국 이코노미스트가 2015년에 처음으로 사용하면서 널리 알려지게 되었다.

포노사피언스는 스마트폰을 24시간 끼고 사는 신세대를 말한다. 잘 때도 침대 밑에 두어야 안심이 되고 눈뜨면 스마트폰부터 찾게 되는 세대, 스마트폰이 생명을 지탱하는 도구이자 무기인 것이다. 그래서 휴대폰을 사용 못하게 하거나 뺏으려 한다면 무섭게 저항한다. 스마트폰이 생명줄이나 다름없기 때문이다.

MZ세대가 군에 입대하면서 또 한 번 충돌이 있었다. 군대는 합법적인 계급사회이고 위계질서가 중요한 집단이며 부하는 당연히 상관의 명령에 복종해야 한다. 자유분방하고 민주화 의식이 강한 MZ세대와의 갈등이 불가피해졌다.

처음에는 젊은 병사들을 교육과 훈육으로 바로잡으려고 하였으나 불가능하였다. 각 군에서 병영문화 개선을 위한 위원회가 설치되고 많은 대책이 나왔지만 초기에는 별 성과를 거두지 못하였다. 기성세대인 군 간부들이 변해야 하는데 신세대 병사들의 변화와 개혁을 추진했기 때문이다.

건전한 병영문화 개선은 오래된 규정, 문화 그리고 리더십을 바꾸는 것이 급선무였던 것이다. MZ세대가 군에 들어오면서 큰 논란이 되었던 구체적 사안은 스마트폰 사용에 대한 문제였다. 신성한 국방의무 수행은 좋지만 나의 생명줄 같은 스마트폰 사용을 못하게 하는 것은 받아들일 수 없다는 것이다. 병사들의 스마트폰 사용 여부를 놓고 뜨거운 사회적 논쟁이 벌어졌다.

결국 허용으로 가닥이 잡혔다. 보안문제, 게임 오락 등 문제점보다 순기능이 더 많다고 판단했기 때문이다. 실제로 스마트폰을 사용하게 했더니 병사들이 우울증이나 자살률이 크게 감소하였다고 한다. 자유롭게 돌아다니다가 군생활을 하게 되면 속박감을 느끼고 위축되는데 스마트폰 사용이 활로를 열어준 것이다. 특히 코로나 시대에 들어서는 휴가와 외출까지 제한되면서 젊은 병사는 심리적 위축이 심했는데 스마트폰이 숨통을 열어준 것이다. 따라서 코로나 시대가 시작되기 전 병사들에게 스마트폰을 허용한 것은 매우 잘한 조치였다.

MZ세대는 10대 말에서 40대 초까지 넓게 분포되어 있다. 지난 20년간 우리나라의 경제와 문화발전에 한 축을 담당하였던 MZ세대의 선두주자는 40세 전후가 되었고, 직장에서 팀장이나 중견 간부가 되면서 이 사회의 중추세력으로 성장하고 있다.

이제 다음 세대를 이을 신세대가 자라고 있다. 이름하여 '알파세대' 라고 하는데 2000년대 초반 이후 탄생한 신세대다. 이들은 노트북이나 스마트폰이 아니라 새로운 무기로 무장하여 등장할 것이다. 5G AI 빅데이터

로봇 드론 메타버스 등 새로운 기술이 이들의 생활도구이고 경쟁무기이다. 이들이 사회로 진출하면 MZ세대는 게임이 안 될 것이다. 훨씬 뛰어난 역량을 갖추고 있기 때문이다.

MZ세대가 새로 등장하는 알파세대를 어떻게 대할 것인가? 만약 MZ세대와 알파세대가 협력한다면 어떤 시너지 효과를 얻을 수 있을 것인가? 40대 이후의 기성세대와 꼰대들은 어떻게 살아남을 것인가? 급변하는 시대적 변화에 어떻게 대처하는 것이 좋은지? 각 분야의 리더들이 보다 선각적인 리더십을 갖고 이 시대를 잘 리드해 준다면 또 한 번의 도약한국을 이룰 수 있을 것으로 기대해 본다.

제6테마 _ 스마트폰 5G시대가 주는 의미

정보산업의 엄청난 발전에 따라 신세대와 기성세대의 괴리가 점점 벌어지고 있는 느낌이다. 우선 용어부터가 그렇다. 요즘음 스마트폰 기기 생산업체나 통신 3사에서는 5G 출시를 전후해서 선전 광고에 난리들이다.

그런데 정작 소비자들은 5G의 정확한 개념을 모른다. 많은 사람들은 4G, 5G를 컴퓨터 메모리 또는 파일 크기를 나타내는 Gigabite로 오해하고 있다.

여기서 5G라는 말은 단순한 영어의 세대, Generation의 머리글자로 아주 쉽게 생각하면 된다. 1G는 1세대라는 초기세대, 즉 음성만을 무선송신하던 휴대폰 세대인 것이고, 2G는 2세대로 음성과 문자를 무선으로 송수신하는 휴대폰과 삐삐의 결합이다. 3G는 3세대로 목소리로 들을 수 있고 문자와 동영상까지 송수신하는 세대를 말한다.

　그러나 우리나라 IT기술은 계속적으로 비약적인 발전을 해서 3G기술의 10배가 빠른 광속도의 4G를 발명하게 되었는데 여기서 문제가 발생하게 되었다. UN산하기관인 WRC(세계전파통신회의)에서 4G라는 용어를 사용하지 못하게 하는 것이었다. 3G를 미래세대라고 했기 때문에 4G에 미래라는 명칭을 포함할 수 없다는 이유로 4G를 사용하지 못하고 대신에 LTE(long term evolution)라는 말을 사용하였다. 오랜 동안 긴 기간을 두고 진화할 수 있는 발명품이라는 뜻이다.

　그러나 한국의 IT산업 기술은 여기서 그치지 않고 다시 4G보다 10배가 빠른 5G를 개발했다. 이것은 AR(증강현실)과 VR(가상현실)을 시현할 수 있는 최첨단 기술이다. 미국이나 일본 등 선진국들이 아무리 무인 자동차를 개발중이라 해도 5G기술이 없으면 이를 완성할 수가 없는 기술이다. 무인 자동차는 센서기술, GPS기술 그리고 5G기술 등 핵심 3개 기술이 융합되어야 만들 수 있기 때문이다. 우리 한국은 2019년 평창 동계올림픽 때 KT에서 대형버스를 서울에서 평창까지 시운전한 사례가 있다.

　5G는 5세대라는 가상세대로 명명되기도 하는 최첨단 기술인데 이 기술은 하루가 다르게 계속 발전하고 있는 분야다. 불과 수년 전만 하더라도 세계 휴대폰시장의 70%를 점유했던 스웨덴의 노키아도 기술개발이 부진하여 무대 뒤로 사라졌으며, 우수기술의 보유를 자랑하던 모토로라도 기술경쟁에서 뒤떨어져 폭삭 망해 자취를 감추었다.

　스마트폰의 3대 기술이라 하면, 첫째가 Speed(속도)이고, 둘째가 Connection(접속)이며, 셋째가 Capacity(용량)이다. 이 기술에 있어서 세계의 양대 산맥은 미국의 애플과 한국의 삼성전자인데 이미 이들 양사의 기술전쟁은 치열하게 전개되고 있다.

  그럼 기술내용에 대해 알아보자. 우선 접속력에 대해 살펴보면 공중에 떠다니는 전파를 끌어당겨 내 스마트폰에 끌어들이는 것이 접속 기술이다. 초창기에는 외장 안테나였으나 나중에는 내장 안테나로 디바이스 안에 집어넣게 된다.

  우리가 흔히 뿔이라고 말하는 안테나를 옥타코아라고 하는데 이것을 2개에서 4개로 늘리다가 갤럭시 4에서는 8개까지 확장한다. 전파의 접속력을 극대화하기 위해서다. 그런데 실험 결과 8개나 4개의 옥타코아나 큰 차이가 없는 것으로 나타났다고 한다. 그래서 갤럭시 5부터는 기기의 무게를 줄이기 위해서 4개를 설치한다고 한다. 바야흐로 접속 기술은 정점에 달한 것 같다.

  다음은 데이터의 용량에 대해서 알아보자. 1GB는 1024MB이고, 1MB는 1024KB이며, 1KB는 1024Byte이다. 그러니까 1GB는 10.7억 Byte가 넘는 셈이다. 손톱만한 마이크로 칩에 처음에는 8GB를 저장했는데 해마다 기술이 발전해 16GB에서 32GB로 증가하고, 또 64GB에서 128GB로 늘어나더니만 갤럭시 노트 9에서는 254GB로 껑충 비약된 칩이 내장된다. 32GB만 해도 방 한 칸에 가득한 서적을 다 집어넣을 수 있는 용량이다. 254GB라면 그 용량이 어느 정도인지 짐작이 안 될 정도의 용량이다.

이것이 반도체 기술 싸움의 단면이고 이 기술이 세계에서 한국이 최고이다. 마지막 기술이 속도의 전쟁이다. 3G일 때도 2시간짜리 영화 한 편을 다운로드 받으려면 약 15분 정도 걸렸다. 그것이 LTE 기종의 개발로 단 몇 분이면 복사가 되었다. 그런데 이번에 출시되는 5G에서는 단 1초면 다운로드가 된다고 하니 얼마나 획기적인 기술인지 짐작이 된다. 3G를 일반국도에 비하면 4G는 고속국도라고 말할 수 있으며, 5G는 10개 고속도로를 합한 것과 같다고 생각하면 된다.

스마트폰의 발전은 현재 진행되고 있는 첨단 전자기술 전쟁의 역사이기도 하다. 1993년 미국의 IBM사가 첫 출시를 했다. 8년 뒤 2001년 스웨덴의 노키아가 블랙베리로 시장을 주도하게 된다. 이어 7년 후, 2008년에는 미국의 애플사가 아이폰을 출시함으로써 숨가쁜 기술전쟁이 본격화되었다.

드디어 2010년 한국의 삼성전자가 갤럭시A로 스마트폰 시장에 뛰어들어 선전포고를 하였다. 그 해 바로 해를 넘기지 않고 갤럭시S를 세계시장에 내놓으면서 안드로이드의 역습이라는 신화를 남기게 되었다.

IT첨단기술 전쟁에서 일단 한국의 압승으로 한 경기는 끝난 듯하다. 참으로 자랑스런 일이다. 너무도 기쁜 일이다. 우리의 삼성전자와 LG전자가 꾸준히 개발한 기술을 이용해 광범위한 통신 인프라를 구축하여 국민들에게 제공해 주는 통신 3사도 자랑스럽다.

이제 우리는 우리 기업과 나아가 우리 국민의 저력을 확인하였다. 다음 단계로 이를 계승 발전시키는 노력이 늘 경주되어야 한다는 점이다. 기술전쟁이 날로 심화되고 있기 때문에 한시도 마음을 놓을 수 없다. 세계적인 경쟁력을 가진 원자력도 초일류 기업으로 도약시켰으면 좋겠다. 아직도 좋은 기업들이 많이 주저앉아 있을 텐데 이를 발굴해서 다시 세워야 할 것이다. 기업이 튼튼해야 나라가 부강해진다.

나라가 부강해야 국민이 잘 사는 것이다. 기업이란 것은 어떤 지도자나 어떤 세력의 호불호에 따라서 부침이 있어서는 안 된다. 그건 시장에 맡겨야 하고 전문가들이 깊이 숙고하여 5G시대에 맞는 사고를 하여야 한다. 5G시대에 맞는 지도자가 그리운 시절이다.

제7테마 _ 와신상담의 기술개발

여객선 선장을 하신 우리 아버지는 선박 엔진에 대해 관심이 많았는데 일본제 얀마디젤이 최고라고 칭찬하는 이야기를 여러 번 들었다.

1950년대 후반 당시 아버지가 운항하던 여객선의 엔진은 물론 일본제 야끼다마 엔진(燒玉機關)이었다. 그 엔진은 2미터 정도로 큰 김치단지 같은 실린더가 있었는데 그 머리 부분을 빨갛게 달구어 가스를 폭발시키는 내연기관이기 때문에 출발 전에 30분 정도 예열을 거쳐서 작동하였고 기동성이 부족하였다.

그러나 신기술인 얀마디젤 엔진은 기동성이 있고 예열이 필요 없어 금방 출발이 가능하였을 뿐만 아니라 성능도 우수하였다. 우리나라는 운행기술만 익히고 수리도 일본기술자에 의존하고 부품구입 등 불편이 많았다. 우리도 저런 기계를 언제쯤이면 만들 수 있을까 하는 부러움과 오기가 발동한 적도 있었다.

2000년대 초에 내가 대우종합기계에 고문으로 3년간 근무한 적이 있었다. 그 회사 5개 부문중 하나가 엔진 부문이었다. 가끔 일본 사람들이 오면 내가 일본 동경에서 근무한 적이 있어 합석한 적도 있었는데 놀란 사실은 우리가 생산하는 선박용 엔진이 얀마디젤보다 우수하고 저렴하다는 것이다.

얼마나 기뻤는지 모른다. 그 때만 해도 아버지가 생존해 계셔서 내가 자랑한 적이 있었다. 얀마디젤보다 우수한 제품을 생산하는 회사에 근무한다고 했더니 아버지가 흐뭇해 하시면서 우리 기술도 많이 좋아졌구나 하시던 기억이 난다.

아버지가 조금만 젊으셨다면 작은 배라도 하나 사서 우리 회사 좋은 엔진 하나 장착해 드리고 싶은 생각이 들었다. 내가 1980년대 초에 일본 미쓰비시경제연구소에 가서 객원연구원 겸 연수활동을 할 때만 해도 우리 산업의 단계가 아직 조립산업의 단계를 벗어나지 못하여 얼마나 주눅이 들어 큰 소리 한 번 못쳤는지 모른다.

항상 저자세로 배우는 자세로 그들의 일거수일투족을 주의 깊게 살피며 6개월을 지낸 적이 있다. 우리나라 회사들의 기술진들도 초창기에 얼마나 설움을 당하면서 그들의 기술을 배웠는지 가히 짐작이 갔다. 구박받고 쫓겨나는 수모를 무수히 당하면서 습득한 무용담이 초창기 대우기계 기술자들에게도 무수히 많다.

일본시대 기술자가 된 우리 당숙은 망치로 머리를 맞아 피를 흘리며 일한 적이 얼마나 많은지 머리를 깎아버리면 벌집 같다고 하면서 울듯이 웃으시던 모습이 선하다. 이처럼 기술의 대가는 무서웠던 것 같다. 그런데 그런 기술을 우리는 가까운 일본이 아니면 배워올 수가 없었고 일본에 대해 알지 못했다면 가져오기 어려웠던 것이다.

기술개발이 얼마나 배워오기 힘든지 이상준 포항공대 기계과 교수는 와신상담에 비유하였다.

와신상담(臥薪嘗膽)이란 중국의 춘추전국시대에 월나라와 오나라의 두 지도자가 복수의지를 잊지 않기 위해 실행하는 수단을 말한다. 우선 오왕합려가 월나라와의 전투에서 부상을 당해 죽게 되고 그 아들인 부차에게 원수를 갚아달라고 부탁한다.

부차는 아버지의 유언을 받들기 위해 잘 때도 가시 장작더미에 누워서 자면서 복수(와신)의 칼을 갈았다. 이 소식을 듣고 화가 난 월나라 구천이 충신 범려의 만류에도 불구하고 오나라를 침공하여 회계산에서 참패하고 항복하게 된다.

이때 오나라 충신 오자서가 구천을 죽여야 한다고 강력히 주청하였으나 화해하고 만다. 그래서 복수는 했으나 후환이 생긴다. 구천은 아내도 빼앗기고 볼모로 부차의 신하가 되어 온갖 수모를 겪는데 심지어 부차의 똥을 찍어 맛볼 정도로 충성을 맹세하고 풀려나게 된다.

귀국 후에도 월나라의 천하일색 서씨라는 여인을 바쳐 오나라 왕을 방심하게 하고 매일 쓰디 쓴 돼지 쓸개를 핥으면서 복수(상담)를 다짐하였다. 드디어 구천은 20년을 준비해 온 오나라를 쳐들어가 부차의 항복을 받아 복수하게 된다.

부차는 옛날 자기처럼 한 번만 용서해 달라고 하였으나 용동으로 유배를 결정하니 스스로 자결하고 말았고 오나라는 멸망하게 된다.

그래서 와신상담이란 말은 본래 오나라 부차의 와신과 월나라 구천의 상담이 합하여 원수를 갚기 위해 노력하는 말이었으나 후에는 온갖 어려움과 괴로움과 수모를 참고 견디어 자기의 목적을 달성한다는 의미로 넓게 쓰여지게 되었다.

포항공대 이상준 교수는 공학자답게 기술개발의 어려움을 자신의 경험과 지식을 바탕으로 절규하듯이 와신상담의 결과로 설명한 것이 인상적이었다. 일본 기술을 따라 잡기 위해 일본어 공부를 했다. 일본의 예법을 배웠다. 일본을 찾아다녔다. 일본 사람을 사귀었다. 일본 기술자를 초대했다. 일본 제품을 베꼈다. 일본의 정신을 파악했다. 일본을 이기기 위해 70년을 와신상담했다.

이런 일을 겪어보지 않은 "어떤 망나니 같은 놈"이 친일매국(親日賣國)이라 한다. 피와 땀을 흘려 전자산업, 철강산업, 조선산업 등 중화학 분야에서 일본과 어깨를 겨루게 되었다. 이제 겨우 자식들 배불리 먹이고 비바람 막고 잠자게 되었다. 세계에서 무시당하는 신세를 겨우 면했다.

이어 소재산업에서도 우리는 다시 70년을 은인자중(隱忍自重), 와신상담으로 일본을 이겨야 했다. 소재산업은 독일, 영국, 일본이 가지고 있는 기술이 보석인 것이다. 이런 기술은 100년, 200년 갈고 닦아야 얻을 수 있는 보석 같은 것임을 알아야 한다. 오기를 부리고 뻘대로 내지르고 전략도 없이 싸움이나 걸고 거짓말로 국민을 속이는 정신으로는 절대로 도전할 수도, 얻을 수도 없는 것이다.

박정희 정부에서 포항제철이 철강기술을 가져와 신일본제철과 유니언철강을 이겼듯이, 삼성이 반도체 기술을 가져와 마쓰시타와 NEC를 이겼듯이, 현대가 조선기술을 가져와 가와사키와 함부르크를 이겼듯이 은밀하고 치밀한 전략과 전술로 각고의 인내와 과감한 실행력 있는 사람들만이 이루어낼 수 있는 도전이고 성취인 것이다.

이제 한국은 중국을 물리치고 일본을 넘어서 독일, 영국, 그리고 미국을 이겨야 한다. 이것이 우리의 도전 대상인 것이다. 작금의 한일간의 갈

등에 대응하는 국민들의 정서와 정부의 전략을 보면 솔직히 너무 유치하고 한심하다는 생각을 금할 수가 없다. 한국의 통치력과 한계를 보는 것 같다.

시야는 완전히 우물 안이고 아집에 막혀서 포용력은 완전히 좁쌀 수준이다. 고집을 배짱과 리더십으로 착각을 하고 있다. 자신을 반성하고 실수를 인정할 용기는 눈곱만큼도 없어 보인다. 징용이니 정신대니 아픈 역사를 스스로 들추어 국민들의 아픈 정서를 자극하지 말고 한국 스스로 조용히 자신 있게 소화하자. 친일이니 매국이니 죽창이니 열두 척이니 이런 유치한 단어들로 선동정치 중단하고 더 높은 곳 더 먼 곳을 향해서 도전하자.

국민 여러분!

우리의 위상에 상응하는 품위와 위엄을 갖추고 지혜롭게 합시다. 이제 그만 기존 질서의 와해와 보복을 중단하고 자유민주주의의 기치 아래 멋진 미래설계와 추진력을 갖추면 어떨까요? 한때 어느 사람의 칭찬을 앞세워 자화자찬만 할 것이 아니라 검증되지도 않은 성과에 연연할 것이 아니라 닥쳐올 미래를 대비하는 원대한 계획이 필요하다고 생각합니다.

이상준 올림

기술개발을 산업발전의 생명으로 알고 있는 한 학자의 양심에 비추어 볼 때 정치논리가 산업기술 발전을 저해해서는 안 된다는 선언으로 들리기도 한다.

이 문제에 대해서는 일본측에도 할 말이 많지만 좀 더 세련되고 성숙하면서도 경제적으로 도움 되는 방향으로 접근되었으면 좋겠다.

기술한국의 개발과 발전이 중차대한 과제라는 점에서 보면 지금의 기술개발의 흐름이 중요한 시점인 것 같다.

제8테마 _ 제4차 산업혁명에 주목해야 한다

흔히 요즈음을 4차 산업혁명시대라 한다. 1차 산업혁명시대는 동력원이 석탄이었고 이를 이용했던 핵심기술은 증기기관이었다.

2차 산업혁명시대에는 동력원이 석유와 전기로 확장되었고, 3차 산업혁명 때에는 컴퓨터와 인터넷으로 상징되는 신기술이 시대의 아이콘이었다.

그렇다면 4차 산업혁명이란 무엇일까? 동일한 맥락으로 말하자면 석탄이나 석유에 해당하는 빅데이터 그리고 그러한 빅데이터를 움직이는 핵심기반 기술을 일컬어 인공지능의 시대, 즉 4차 혁명의 시대라고 말한다. 일반적으로 지능이라 함은 다양한 환경에서 복잡한 문제를 해결하는 능력이라 정의한다.

이렇게 정의하면 인간뿐만 아니라 그의 모든 생명체가 지능을 갖고 있다고 할 수 있는데 동물은 말할 것도 없고 식물이나 미생물조차도 어떤 문제에 봉착해서 이를 해결할 수 있는 진화적 능력을 갖고 있기 때문이다.

이를 자연지능이라 한다면 인공지능이란 이러한 자연지능을 규명해서 인공적으로 재현한 것을 말한다. 사실 인공지능을 과학적으로 정의하면 '지능을 모방해서 특정한 문제를 풀기 위한 기술'인데 이를 '약한 인공지능'이라 한다. 여기서 한 걸음 더 나아가 '인간처럼 생각하고 감정과 의식을 가지며 창의성을 발휘하는 기계'는 '강한 인공지능'이라 한다.

지금은 많은 과학자들이 말하는 인공지능은 인공지능 본연의 의무에 충실한 약한 인공지능 단계에서 비약적인 발전을 보여주고 있으며 '강한 인공지능' 단계는 아직 초기단계라 할 수 있다.

인공지능의 역사는 언제부터인가? 1950년 앨런튜링이 튜링테스트를 제안한 것이 상징적 시작점이라 할 수 있고, 1956년 존 메카시 등이 주도한 다트머스 회의를 본격적인 출발로 보는 것이 일반적이다.

이 회의에서 처음으로 AI(Artificial Inteligence), 즉 인공지능이란 용어가 탄생하게 되었다. 다트머스 회의 이후 AI의 역사에는 3번의 황금기와 2번의 침체기를 거쳐 1993년부터 3차 AI의 봄을 맞이하고 있다. 3차 AI의 봄을 이끌고 있는 과학자는 기계학습과 딥 러닝을 개발한 제프리 힌튼을 비롯해서 요수아 벤지오, 얀 르쿤, 앤드루 응 등 소위 AI의 4대 천왕이라 불리우는 네 사람이 유명하다.

최근 몇 년 동안에 우리 주변에서 일어난 AI의 주요 사건을 살펴보면 우선 알파고를 들 수 있다.

알파고는 구글의 딥마인드가 개발한 인공지능 바둑 프로그램이다. 2016년 3월 세계 최상급 프로기사인 이세돌 9단과의 5번기 공개 대국에서 대부분의 예상을 깨고 4승1패로 승리한 것을 비롯해서 중국 최고수 커제 9단과의 3번기에서 모두 승리해 현존 바둑 부문 최고 인공지능으로 등극하면서 세계를 놀라게 했다.

또한 IBM의 인공지능이 미국의 제퍼디 퀴즈프로에 출연하여 우승하는가 하면, 구글의 인공지능 픽셀버드(Pixel Buds)라는 동시통역 무선이어폰은 세계 40개국 언어로 20만 원대의 가격으로 출시하여 호평을 받았다.

IBM은 왓슨(Watson)의 의료진료 인공지능을 개발, 기계의 의료진료

단계를 앞당겼는데 한국에도 가천의대에서 이를 도입 진료보조를 담당하고 있다.

법률부문에서도 로스(ROSS)라는 왓슨과 연계한 인공지능이 미국 로펌에서 변호사 업무를 시작하였다고 한다. 일본의 호텔 카지노에서는 로봇 인공지능 딜러가 등장했고, 호텔의 룸서비스도 인공지능 로봇이 담당하고 있다고 한다. 그리고 스마트 방크 일본 매장에서는 일본이 개발한 페퍼(Pepper)라는 인공지능이 있는데 세계 최초의 감정인식 로봇이라고 한다.

이처럼 인공지능은 인간지능에 근접해 가고 있으며 어떤 분야는 인간을 뛰어넘는 분야도 많아지고 있다. 데미스 하사비스(Demis Hassbis)라는 사람은 구글 딥의 CEO로 알파고를 만든 회사 사장인데 알파고와 커제의 바둑대결 때 중국에서 리카싱(李嘉誠)을 만났다고 한다.

리카싱은 초기 구글 AI개발시에 투자해 준 고마운 지원자라서 인공지

능 AI의 최근 동향과 발전 방향에 대해 진지한 설명을 하게 되었고, 그 자리에서 너무 흥분하여 세 번이나 일어나 감탄하였다고 한다. 나이 90세에 이른 중국 최대 재벌의 노 사업가가 인공지능에 대해 깊은 관심을 보인 것은 놀랄 만한 미래의 예언이 아닐는지도 모르겠다.

인공지능이 인간의 지능을 능가하리라고는 아무도 알 수 없는 전망이지만 그 시점을 특이점(Singurarity)이라 하고 그 시점이 되면 인간은 더 이상 만물의 영장이 아닌 것이다.

마치 바벨탑을 쌓다가 무너져 내린 인간의 지식을 생각나게 해서 무서운 우려가 스며든다. 그도 그럴 것이 인간의 뇌를 다운로드 받아 영생을 꿈꾸는 연구가 계속되고 있다.

유전자 편집기술(Gene Editing Technology)인데 목적 유전자만 선택적으로 제거 또는 염기치환을 시킴으로써 돌연변의를 일으켜 해당 유전자의 기능을 없애고 그 결과 나타나는 생물학적 변화를 관찰할 수 있는 혁신적이 생명공학 기술이다. 여기에 나노기술, 장기이식기술, 인공피부 기술이 첨가되면 영생을 위한 기술이 어느 정도 구비된다고 보는 것이다.

구글에서 AI 연구를 하고 있는 레이몬드 커즈웨일(Raymond Kuzweil)은 공학자, 미래학자인데 특히 인공지능과 특이점 분야에서 유명한 컴퓨터 과학자이다. 그는 AI 덕분에 연간 11억 원의 영양제 소비를 반으로 줄였고, 본인이 살아 있는 동안에 영생을 위한 기술이 완성되리라고 믿는 AI 마니아이고 기술자이다.

정보통신기술(ICT) 부문의 디지털기술이 여러 방면에서 융합적으로 이루어지면서 4차 산업혁명의 발전 속도가 빠르게 진행되고 있기 때문에 생명공학 분야도 새로운 시대를 맞을 것으로 보고 있다. 이것은 빅데이터(Big Date)의 발전이 획기적이라는 것도 큰 영향을 미치고 있다.

빅데이터는 디지털 환경에서 생성되는 데이터로 그 규모가 방대하고 생성주기도 짧고 형태도 수치뿐만 아니라 문자와 영상데이터를 포함하는 것인데 이의 생성과 처리기술이 놀랄 만큼 성장하여 AI의 발전을 견인하고 있다.

실제로 아마존 고(Amazon Go)라는 미국의 AI무인점포를 보면 신기할 정도이다. 세계 최초 무인매장으로 소매유통사업에 정보통신기술이 접목되어 사고 싶은 물건을 구매바구니에 넣는 순간 계산되는 시스템이다. 나중에 물건만 싸가지고 가면 되도록 되어 있고 에러를 점검하는 직원 몇 명만 있으면 되기에 지금 미국 전역에서 증가추세를 보이고 있다.

주식투자에 있어서도 알고리즈(Algoriz)가 프로그래머 없이 알고리즘으로 변환하여 자동투자를 가능하게 하는 인공지능이다. 이로 인해 골드만 삭스에서는 증권투자 분석가 600명을 2명으로 줄이는 일이 발생하고 대신에 AI전문가를 대거 채용하였다고 한다.

이러한 추세에 따라 앞으로 고용시장에도 큰 변화가 예상되는데 전체적으로는 없어지는 일자리를 새로 생기는 일자리가 대체할 것인데 문제는 어느 쪽의 일자리가 많으냐는 것이다.

새로운 일자리가 적게 생기면 실업률이 높아질 것이고 많이 생기면 낮아질 것이다. 1~3차의 산업혁명기에는 오히려 새로운 일자리가 많이 창출되어 일자리도 많아지고 경제성장도 높아지는 현상을 보였으나 4차 산업혁명기에는 낙관적인 면과 비관적인 면이 모두 공존하는 시대라고 할 수 있다. 말하자면 불확실성이 너무 많은 시대라 할 수 있다.

컴퓨터 관련 직업이면 수요가 많을 것이라고 생각해도 오산이다. 인공지능이 발달하면 제일 위험한 직종이 프로그래머라 할 수 있다. 딥 코드(Deep Coder)가 일반화되면 프로그래머의 40%는 직업을 바꿔야 할 것이다.

우리나라의 법률구조공단에서 상담업무를 하는 AI를 도입한다고 한다. 아마 수년 내에 상담업무를 실행하게 되면 관련 종사자는 모두 직업을 옮겨야 할 것이다. 특히 단순 반복하는 상담업무는 인공지능이 장시간 지치지도 않고 자료도 계속 축적되기 때문에 훨씬 효율적이고 상냥하고 한결같은 장점이 있다고 할 것이다.

요리분야에서도 IBM의 셰프 왓슨은 수많은 레시피를 검색해 새로운 레시피를 내어놓고 있으며 왓슨의 레시피에 따라 조리해 서비스하는 식당이 미국과 일본 등 여러 곳에 생겼다고 한다.

인간의 뇌는 오랜 시간에 걸쳐 진화되어 왔고 이미 몸무게에 비해 커질 만큼 커진 상태라서 업무가 과도하게 부과되면 피로하게 되고 능률이 급격히 떨어진다. 반면에 인공지능은 용량에 제약이 없고 노동시간뿐 아니라 노동능률에도 제한이 없다.

그렇게 되니 자꾸만 사람이 밀려날 수밖에 없다. 2030년대에는 인공지능의 시장규모는 2000조 원이 넘을 것으로 예상되고 있다. 그렇지 않아도 팬데믹 때문에 실업문제가 사회적으로 초미의 관심사인데 현재 예상으로는 일자리가 줄어들 가능성이 높다고 하니 걱정되지 않을 수밖에 없다.

2013년 옥스퍼드 보고서에 의하면 2020년대에 인공지능 때문에 47%의 직업이 사라질 것이라 예측했고, 2016년 다보스 세계경제포럼에서는 앞으로 5년 사이에 선진국과 신흥시장 등 15개국에서 일자리 710만 개가 사라지고 210만 개가 생길 것이라고 예상했다.

이제 4차 산업혁명이 쓰나미처럼 밀려오고 2040년경에는 인간의 판단능력과 비슷한 인공지능이 나오리라고 전망하는 미래학자들도 많다. 물론 미래학자들의 예측의 정확도는 역술인들의 수준과 비슷하다는 조크도 있지만 시대의 변화에 능동적으로 대비하는 자세가 필요하다고 보여진다.

다행히 본격적인 인공지능 산업의 역사 70년 중 50년 동안 주춤거리며 정체하는 시기에 한국의 산업기술은 2차와 3차 산업혁명 단계를 빨리 학습하고 그 수준이 크게 높아졌기 때문에 AI산업시대에도 우리의 역량이 충분히 발휘되리라 기대된다.

그럼 지난 1~3차까지의 산업혁명과 어떻게 다른지를 좀 더 구체적으로 살펴보자.

제1차 산업혁명은 1760년 영국에서 시작하여 유럽대륙으로 번지며 1830년까지 확대되었다. 영국이 선두주자가 된 배경에는 식량증산과 인구증가로 신산업의 창출여건이 조성되었기 때문이다.

기술적 돌파구는 석탄으로 가동되는 증기기관의 보급, 방적기 개량 등 면직물 공업의 기계화가 주도했다. 나폴레옹의 군대가 군복의 화려함으로 유명한데 그 옷감이 영국산이었다고 한다.

철의 제련방식의 혁신으로 생산성이 크게 높아졌고 기계와 수송용 철도건설 수요를 충당한 것도 주요 요인이 되었다. 하지만 이 시기에 기술혁신은 기존 산업의 개량수준이었고 기초과학 연구에 기반이 되는 새로운 기술혁신도 아니었다.

오히려 1차 산업혁명의 기본동력은 기업가 정신이었다. 제임스 와트와 같이 장차 얻게 될 경제적 이익을 위해 당장의 리스크를 감수하는 대담한 기업가 정신이 돋보인 시기라 할 수 있다.

물론 이 시기의 금융지원도 중요한 사례가 되었다. 이런 의미에서 1차 산업혁명은 18세기가 낳은 사회혁명의 하나이고 다른 혁명을 견인한 중요한 사건이었다. 다른 두 혁명은 영국의 통치로부터 독립한 미국혁명

(1765~83), 자유민주주의 공화정을 세운 프랑스혁명(1789~99)이다.

여기서 또 다른 흥미로운 사실은 1810년대에 영국의 직물공업 지역에서 노동자의 기계파괴 운동이 일어났다는 사실이다. 러드라는 인물이 주도하는 비밀결사단체의 러다이트(Luddite) 운동이었다.

당시 상황은 기계화로 인해 직물산업의 일자리가 줄고 나폴레옹 전쟁 등으로 경기불황에 빠지게 되었다. 물가상승과 임금체불, 실업난 등에 분노한 노동자들이 들고 일어났는데 그들의 삶이 어려워진 원인이 기계화의 탓으로 돌리고 기계파괴 운동을 벌인 것이다. 이에 정부는 초기에 무력진압으로 탄압하지만 결국 산업화에 따른 사회개혁 운동으로 방향을 잡아 가는 계기가 된다.

제2차 산업혁명은 1870년대부터 전기통신 화학정유 자동차 등의 소위 중화학공업분야의 신산업을 중심으로 전개된다. 이 당시 기술혁신의 주체는 대기업의 부상이었고 기술의 주도권은 영국에서 독일과 미국으로 옮아갔다는 사실이다. 그리고 2차 산업혁명의 가장 큰 특징은 역사상 최초로 과학에 기반을 둔 기술(science-based technology) 혁신이 일어났다는 점이었다.

19세기 초반부터 독일에서 시작된 연구중심대학의 출현은 과학과 기술의 연결에 중요한 단초가 되었고, 이어 사회혁신으로 연결되었다는 점이 특이하다. 대량생산 방식의 포드주의(Fordism)와 과학적 관리의 테일러주의가 전 세계로 전파된 것이다.

크고 빠를수록 좋고 기술로 모든 문제를 해결할 수 있다는 기술지상주의도 이 시기에 만연되기도 했다. 말하자면 제2차 산업혁명은 기술혁신과 생산체제의 변화로 경제와 사회를 변혁시켜 현대산업사회라는 새로운 문명형태를 탄생시켰다. 이는 1960년대에 들어 반과학주의와 환경사회운동 등 대항문화(Counterculture)를 배태하게 되었다.

제3차 산업혁명은 1960년대부터 최근까지 진행된 정보통신기술 혁명을 말한다. 컴퓨터, 인터넷, 휴대전화에 기반을 둔 기술혁신으로 일상생활은 물론 제조업의 디지털화가 급속히 진행된 것이 특징이다. 그 과정에서 글로벌 네트워크가 구축되고 어디서나 가능한 컴퓨팅 파워를 이용하여 3D 프린트나 세계 곳곳의 공장과 연결함으로써 거대한 메이커 공간이 형성되고 있다.

공장은 자동화되거나 무인화되고 의사소통도 실시간 어디서나 가능하게 되었다. 석유에 의존하던 에너지도, 자동차도 수소와 태양열 전기 등으로 다양화되고 거래형태도 인터넷으로 신속 정확하게 거래되고 결제된다. 그런 의미에서 아직도 3차 혁명이 진행중이라 할 수 있다.

이러한 와중에 4차 산업혁명이 대두되기 시작했다. 3차 산업혁명이 정보기술의 확장과 그에 의한 생산 자동화 등 이차원적으로 설명한다면 4차 산업혁명은 사람과 사물 그리고 공간이 인터넷으로 다차원적으로 연결되고, 거기서 생성되는 빅 데이터를 기반으로 사이버 및 물리적 시스템이 연동된 복합시스템으로 재편되고 AI기술에 의해 제어되는 새로운 차원으로의 진화를 말한다.

4차 산업혁명의 핵심에는 AI, 사물인터넷, 로봇, 드론, 가상현실, 3D 프린터, 자율주행 등이 있으며 이를 바탕으로 생명공학 분야가 새롭게 부상할 가능성이 높다고 하겠다.

이들 기술의 융합으로 산업간, 기술간 경계가 무너져가고 있다. 독일의 인더스트리 4.0 플랫폼, 미국의 산업인터넷 컨소시엄, 일본의 로봇혁명 이니셔티브 등 이들 선도기술은 글로벌 경쟁과 함께 표준화 등의 국제협력도 강화되고 있다.

이와 같은 산업혁명에서의 기술 패러다임의 전환은 가치관의 변화와 함께 사회체제 혁신도 유도하게 될 것이며, 산업과 경제, 기업과 고용, 사회와 정부 형태까지 바꿀 것이다. 그렇다면 일자리 감소를 비롯한 기업과 사회, 정부 등 각계각층의 입체적 대책을 강구할 필요가 있다고 본다.

기술혁명기에 필연적으로 발생하는 충격, 즉 고용의 문제를 비롯해서 양극화와 불평등 심화 문제를 완화하기 위해서 다각적인 노력이 전개될 시기가 되었다고 생각한다.

제9테마 _ 21세기 국제정세와 세계경제 전망

우리나라를 포함한 미국·중국·일본 등의 국제경제를 분석한 미국 스트랫포(STRATFOR)의 CEO이자 설립자인 조지 프리드먼(Georgy Friedman)의 전망을 살펴보기로 하겠다.

그가 쓴 국제정치와 경제 정보 전쟁, 지식경영 등에 대한 수많은 브리핑과 칼럼은 전세계 언론과 정부기관에서 최우선으로 검토해야 할 정보로 분류되고 있다. 그는 20세기 말에 일어난 코소보 전쟁 그리고 아시아의 외환위기를 정확하게 예측하여 세계를 놀라게 하였다.

프리드먼의 견해에 의하면 우선 미국 경제를 보면 전세계 GDP의 25%를 차지하고 있어 세계 경제에 미치는 영향력은 지대하고 어느 나라도 그 영향력에서 벗어나기 어렵다는 것은 누구나 쉽게 짐작할 수 있다. 중국이 엄청난 성장으로 부상하고 있지만 동시에 거대한 문제점을 안고 있기에 부상이 아닌 붕괴의 조짐이 가까이 왔다는 점도 주의 깊게 관찰해야 한다고 충고하였다.

미국의 경제력이 퇴보하는 듯하고 중국의 급부상에 놀라 하던 세상이 2000년대 초인데 2009년에 '미 제국은 앞으로 500년 동안 유지된다'란 책을 출판하여 미국, 일본, 한국에서 동시에 베스트셀러가 되었다. 이것이 미국의 유명한 경제정치 전문가 조지 프리드먼이 쓴 『100년 후(Next 100 Years)』란 책이다.

그리고 그가 다시 '10년 후(The Nexst Decade)'라는 제목의 책을 후속작으로 내어놓았다. 500년 영광을 이어갈 미국의 단기전략을 다룬 내용인데 이 책도 큰 반향을 일으켰다.

프리드먼의 책은 한국 경제계가 의존하는 중국 대망론에 상당한 경고를 던진다고 볼 수 있다. 중국은 수출의존과 빈부격차의 모순을 견디지 못하고 점차 위기를 맞게 될 것이며, 반대로 일본이 아시아 최대 파워로 재부상한다는 것이다.

이런 지형에서 미국은 그들의 안정을 위해서 어떻게 중국과 일본, 아시아지역의 균형을 맞추어 갈까? 미국은 미국 자체의 안전이 최우선 목표이기 때문에 다른 나라들 사이에서 힘의 균형을 유지하도록 도우면서 군대를 보내지 않아도 될 수 있도록 끝없는 이이제이(以夷制夷)의 노력을 경주할 것이다.

조지 프리드먼은 우리의 주목을 끄는 파격적인 전망을 제시했다. 미국은 일본과 균형을 맞추기 위해서 붕괴하는 중국을 돕고 통일 한국을 강력한 파트너로 삼아 일본을 견제한다는 것이다.

그는 통일 한국을 '가시(thorn)'라 표현했다. 일본을 찔러 버릴 정도로 충분한 위협이 되는 존재라는 것이다. 그리고 미국에 대한 신뢰는 확고하다는 의미를 내포하고 있다.

미국의 GDP는 세계의 4분의 1정도로 중국, 일본, 독일을 합한 규모이고 한국을 비롯한 수많은 나라가 자국 GDP의 5~10%를 미국에 의존하고 있다.

미국의 해외 직접투자는 세계 해외투자의 22% 정도를 차지한다. 미국은 세계 최대외 채무국이지만 그 사실 자체로 미국은 세계시장에서 또 다른 영향력을 행사하고 있다. 누구도 미국의 영향에서 벗어날 수 없다. 이러한 미국의 일국 지배가 끝나고 다극화 시대가 열린다고 하지만 사실은 그렇지 않다.

실제로 일어나는 다극화는 미국을 제외한 일본, 중국, 독일 등 2위 이하의 리그에서 벌어지는 것일 뿐이다. 프리드먼 박사는 170cm가 조금 넘는 신장의 단단한 체구였다.

코넬대 정치학박사 출신인 그는 1996년 루이지애나 주립대 교수를 그만두고 정치, 경제, 외교 싱크탱크인 스트랫포(Stratfor/Strategic Forecasting의 약자)를 만들었다. 거대한 철문 속 사무실에는 직원 70여 명이 칸막이로 나뉜 책상에서 정보를 취합하고 있었다. 10개국 언어를 구사하는 직원들을 비롯해서 이라크, 이란, 아프가니스탄에서 작전을 펼친 전직 러시아 대령도 근무하고 있다. 말하자면 이론과 실제 그리고 현장 경험을 두루 갖춘 인재들이 이곳에서 일하고 있다.

여기서 매일 발간되는 정세 예측 보고서는 220만 명이 돈을 내고 구독하고 있으며 유료회원 상당수가 금융맨들이다. 단기투자가 금융시장을 지배하면서 스트랫포의 일일정보가 경제계에서 영향력을 키우고 있는 것이다.

오스틴 시내 그의 사무실 옆에는 제이피모건과 체이스 건물이 서 있다. 국방부 조간 브리핑에도 그의 보고서는 올라간다고 한다. 미국 언론은 그를 가리켜 '그림자(Shadow) CIA' 라고 부른다. 정치, 경제, 안보 분야에서 독자적이고 은밀한 정보를 제공한다는 평가에서 나온 별명이다. 정세 분석의 적중률이 매년 80%에 달해 21세기 노스트라다무스라는 훈장 같은 별명도 달고 있다.

그가 전망하고 있는 21세기의 국제정세는 매우 구체적인 근거를 제시하며 예측하고 있기 때문에 우리가 관심을 갖지 않을 수 없다. 특히 미국, 중국, 일본 등 우리의 최대 관심국을 비롯해서 한국의 장래를 예리하게 분석하고 있다.

그는 어떻게 미국의 역량을 계속 변함없이 확신하면서 비교적 잘 나가고 있는 중국의 붕괴를 말하는 것일까? 고령화와 대지진 등으로 쇠퇴하는 듯한 일본의 재부상을 어떻게 예측하는 것일까? 북한에 어떤 격변이 생겨도 한국의 역동적 국력이 유지될 것이란 낙관론은 어디에 근거하는 것일까? 그의 견해를 자세히 살펴보자.

1) 미국은 어떤 나라인가?

첫째, 미국은 대영제국에 대항해 혁명을 일으킨 첫 국가였다.

대영제국에 대한 독립선언은 대영제국에 대한 것이 아니라 제국 자체에 대한 비판인 것이다. 미국은 자신이 현재와 같은 역할을 맡게 될지 예상치 못했던 것이다. 그래서 미국은 제국이 된 자신의 모습이 편치 않다. 사실 로마제국과 대영제국도 마찬가지였다. 해상무역의 통제권을 확장하다 보니 그렇게 되었다고 한다.

미국 국민들을 보아도 제국의 형태를 원하는 것은 아니다. 비용도 부담스럽고 증오의 대상이 되는 것도 싫어한다. 그래서 미국이 한국의 안보나 미래를 책임져야 할 이유가 있는지에 회의적인 생각을 갖고 있는 사람이 많다.

둘째, 그럼 제국의 위치를 포기하면 되는 것 아닌가?

지금 미국은 대서양, 태평양, 인도양 지역의 거의 모든 해상무역을 관장하고 있다고 해도 과언이 아니다. 그리고 세계 교역량의 대부분이 미국 시장에서 팔려야 세계시장에서 팔릴 수 있다는 말이 있듯이 눈에 보이지 않는 시험대가 되기도 한다.

그래서 미국인이 물건을 사지 않고 저축에 열을 올린다면 중국, 인도와 같은 나라들은 어디에서 물건을 팔 것인가? 한국도 마찬가지가 아닌가?

한국은 왜 미국 대통령이 누가 되느냐에 관심을 기울이는가? 가장 큰 이유는 역시 경제적 파워 때문이 아니겠는가? 따라서 미국인이 싫든 좋든 제국의 위치를 방기하는 것은 불가능하다고 생각된다.

셋째, 미국이 쇠퇴하고 있다는 것은 지금 상식처럼 받아들여지고 있다. 그런데 왜 프리드먼 당신은 그런 미국을 앞으로도 세계를 지배할 유일한 대국이라고 말하는 이유가 무엇인가?

미국의 자유여신상

역사를 보면 사람들은 늘 그렇게 말해 왔다. 1970년대 베트남전쟁 후 실업률이 치솟고 미국 경제가 불황의 늪에 빠져서 헤매일 때 이제 미국이 쇠락할 것이라는 믿음이 지배적이었다. 1930년 불황 때에도 그랬다. 1980년대 일본이 슈퍼파워(Super Power)로 등극하였을 때도 학자들은 일본이 미국을 이길 것이라고 하였다. 하지만 그런 믿음은 모두 깨졌다.

넷째, 2008년 금융위기가 미국의 쇠퇴로 볼 수 있나?

2008년 금융위기는 단지 역사상 네 번째 금융위기였을 뿐이다. EU에 비하면 잘 극복하였다고 말할 수 있다. 흥미로운 것은 금융위기가 미국적 시스템의 쇠퇴를 의미한다고 믿는 세력이 오히려 미국을 지금의 위치로 끌어올리는 동력으로 작용했다는 점이다.

쇠퇴하지 않으려고 발버둥치는 미국인들의 노력이 위기 때마다 되살아나는 것이 미국의 저력이고 생존력이라 한다. 미국인은 최고의 호시절이 늘 과거였다고 생각하는 사람들이라고 분석했다.

다섯째, 미국인은 낙천적이고 미래지향적이라 생각하는 사람이 많은데 그렇지 않은가?

미국인은 예상보다 훨씬 복잡하고 미묘하다. 미국인들은 자주 웃기 때문에 단순하고 행복하다고 생각하기 쉽다. 그렇지 않다. 난 헝가리에서 태어나 어릴 때 미국으로 이민을 왔다. 그래서 미국을 보다 객관적으로 볼 수 있다. 미국인은 웃고 있지만 내면에는 불안을 안고 있다. 당연히 최고여야 하는데 그렇지 못하면 어쩌나 하면서 전전긍긍하는 것이다. 이는 미국 사회를 불행하게 하는 동시에 강력하게 만드는 요소다. 그런 의미에서 앞으로 미국은 중국을 필요로 할 것이다.

과거에 소련과 일본이 필요했던 것처럼 말이다. 누군가 우리를 압도할지도 모른다는 긴장을 미국 스스로 필요로 하는 것이다. 어떻게 생각하면 미국인들의 영혼은 언제나 그런 불안을 찾아다닌다고 해도 과언이 아니다. 실패하지 않기 위해 실패를 기억하라는 의미이다. 우리의 조상들이 다른 나라에서 실패해 미국으로 온 사람들이다. 미국의 정신은 이민의 역사와 엮여 있다. 그래서 이민자들은 외부인에게 '우리는 실패자가 아니다' 라는 것을 보여주는 것이 늘 중요했다.

내 경우 헝가리에서 살 곳이 없어 미국으로 왔기에 나의 부모님은 무엇보다 교육에 열정을 쏟았다. 미국 이민자들은 고향사람에게 성공했다는 것을 보여주고 싶어 한다. 그것이 나를 여기까지 이끈 원동력이다. 미국으로 온 한국인들도 마찬가지라고 생각한다. 그들에게 가장 큰 수모는 다시 한국으로 돌아가는 것이 아닌가? 이런 사람들이 모인 곳이 미국이다. 그래서 절대로 져서는 안 된다.

소련, 일본, 중국 등 어디든 미국을 압도하면 안 되는 것이다. 지금 잘 나가는 중국이라 하지만 10억 명의 극빈층이 폭발할 날이 멀지 않다는 것을 예의 주시하는 것도 미국인이다.

2) 중국을 어떻게 평가하나?

첫째, 중국 경제는 부상(rise)이 아닌 붕괴(collapse)를 생각해야 한다.

중국은 등소평 이후 지금까지 잘해 왔지만 동시에 많은 문제를 안게 되었다. 핵심은 대부분의 국민이 가난하다는 것이다. 6억 명이 가구당 하루 3달러 미만의 벌이로 산다.

4억4천만 명은 6달러 미만으로 산다. 14억 명중에 10억 명 이상이 아프리카처럼 가난속에서 살고 있는 것이다. 물론 7천 만 명의 다른 중국인들이 살고 있다. 연간 2만 달러를 버는 사람들, 이들은 중국인의 5% 미만이며 진정한 중국인이 아니다.

둘째, 중국은 내부경제(internal economy)가 없는 나라다.

유럽과 미국이 제품을 사주지 않으면 존립하지 못한다. 그래서 중국은 외부경제의 인질과 마찬가지다. 계층 사이에는 상당한 긴장이 조성되고 있다. 빠르게 성장하고 있을 때는 이 문제를 다루기 쉽다. 그러나 더 이상 그렇게 하기 어려운 상황으로 치닫고 있다. 임금이 전처럼 싸지 않기 때문에 수익성을 받쳐주지 못하게 되었다.

고부가가치 산업으로 이동하려고 하지만 미국, 독일, 일본, 한국 등과 같은 쟁쟁한 나라들이 버티고 있어 여의치 못한 형편이다.

셋째, 현재 중국의 위치는 1989년 일본과 비슷하다. 일본은 눈부신 성장 뒤에 금융시스템이 붕괴하고 있었다. 지금 중국처럼 일본은 외국자산을 많이 사들이면서 시들기 시작하였다. 이제 중국도 성장사이클이 막바지에 달했다는 신호다. 국가마다 다른 해법을 찾는다. 일본은 성장률을 낮추면서 금융시스템의 정비 등 내부적인 구조조정을 하였다.

넷째, 중국의 해법이 경제를 안정시킬 수 있을까?

중국은 실업을 인내할 여력이 없다. 일자리를 찾아 도시로 이동한 농민들이 일자리를 잃으면 사회를 불안하게 한다. 이들의 원망을 가라앉히기 위해 중국은 고소득자 7천만 명에게 세금을 거둬 분배하게 할 것이다. 하지만 거두어들인 세금은 군대를 유지할 수는 있겠지마는 저소득 국민을 안정시킬 정도는 안 될 것이므로 국민을 억압하는 전통적 방법을 사용할 것이다. 따라서 앞으로 중국은 장기적인 관점에서 해답을 강구해야 할 것이다.

갈등을 해결하기 위해 모택동이 한 것처럼 폐쇄적인 나라를 운영할 것인지 아니면 20세기 중반과 같은 지역주의 불안정한 패턴에 따를 것인가, 그것이 아니라면 대대적인 개혁으로 내부 불만을 해소하고 외부적인 신뢰를 회복할 것인지 기로에 있다는 점을 시사하고 있다.

3) 일본이 아시아 최강으로 복귀할 것인가?

첫째, 일본을 높게 평가하는 이유는 무엇인가?

경제의 총량적인 면에서 중국과 비슷하다. 국방력이 강하고 빈곤층이 적다. 일본은 무엇이 문제인지 알고 해결할 능력이 있다. 단일국이다.

대지진 태풍 등 천재지변에도 놀라운 단결력과 유대감을 갖고 있다. 한국도 따르지 못할 그런 능력이 있다. 일본에는 외부에서 보는 것보다 훨씬 강한 비공식적인 사회통제가 존재하는 고도의 응집사회다.

경제규모가 크고 교육수준이 높고 정부정책을 따르는 국민이 있는 나라가 왜 쇠퇴하겠는가?

둘째, 저성장, 고령화 등의 많은 성장 저해요인이 있지 않은가?

일본경제가 정체된 20년을 '잃어버린 20년'이라 한다. 하지만 이것은 일본의 목표에 대한 오해다. 일본적 가치에 서양적 관점을 적용한 결과라 생각한다. 일본은 기업의 이윤을 희생하면서 사회적 핵심가치인 고용을 유지했다. 20년을 잃어버린 것이 아니라 가치를 보전한 것이라 생각한다.

셋째, 일본은 지속가능한 성장이 가능한가?

일본도 더 이상 빚을 쌓아가며 가치를 보전할 수 없다. 일본도 역시 경제와 사회구조를 바꿔야 한다. 하지만 일본에는 압도적으로 유리한 조건이 있다. 중국처럼 빈곤속에서 살고 있는 10억 인구가 없다는 것이다. 사회불안 없이 긴축을 견딜 수 있는 나라가 바로 일본인 것이다.

넷째, 대지진 수습과정에서 리더십의 문제가 노출되었는데 괜찮은지?

2차대전 때에도 일본 리더는 '어떤 전략으로 반드시 승리하겠다' 라고 말하지 않았다. 리더가 역량을 발휘하지 못하는 기간에도 혁명을 일으키지 않은 유일한 국민이다. 리더십이 발휘될 때까지 기다릴 수 있는 나라

일본의 후지산

가 일본이다.

다섯째, 그러면서 일본의 위험성을 지적한 이유는 무엇인가?

일본의 근본적인 약점은 천연자원이 없다는 것이다. 일본은 해상교통에 접근하지 못하면 모든 것을 잃는다. 호르무즈 해협, 말라카 해협, 남중국해 모두가 일본의 생명선이다. 그래서 일본은 늘 걱정을 안고 있다. 생명선에서 위기가 발생했을 때 해결책을 찾지 못하면 공격적으로 변할 가능성이 있는 것이다. 일본은 힘을 회복하면 필연적으로 해군력을 증강시킬 것이다. 공격적인 일본에 대처할 전략이 개발되어 있어야 한다.

4) 한국의 통일 가능성과 주변국과 관계는 어떻게 될까?

첫째, 한국의 통일 전망은 어떤가?

한반도는 중국, 일본, 러시아에 둘러싸여 있는 폭탄 같은 존재이다. 쇠퇴하는 중국이 계속해서 북한을 지지할 수 있을까? 통일은 20년내, 2030년대 혹은 그전에 이루어질 가능성이 높다. 한국인들은 어떻게 생각하는지 모르지만 북한문제를 다룰 때에는 항상 미국의 도움이 필요할 것이며 통일 후 금융문제가 닥칠 때 더욱 그럴 것이다.

둘째, 통일 한국에 대해 주변국은 어떤 반응을 보일까? 우선 미국은 다른 대안이 없으니 환영할 것이다. 일본은 기뻐하지는 않을 것이라 보여지고 반대성향이 많을 것으로 생각된다. 중국은 북한에 대해 통제력을 잃게 되면 탐탁지는 않을 것이며, 한국의 부상을 좋아할 것 같지는 않다. 다만 러시아는 한국과의 협력관계가 경제적으로 이익이 된다고 생각할 것이기에 반대할 이유는 없을 것으로 보인다.

셋째, 한국에서는 북한 붕괴가 그동안 이룬 성과를 저해하게 될 것이라고 우려하는 사람도 있는데?

한국은 대단히 역동적인 국력을 보유하고 있다. 북쪽에 무슨 일이 발생하든지 국력에 큰 손상 없이 유지될 것이다. 통일 후 10년 정도는 고통스럽겠지만 길게 보면 북한의 자원, 좋은 노동력이 한국의 기술, 자본, 리더십이 합쳐지면 긍정적 시너지가 발생할 것이다. 나는 한국이 통일되면 만주가 어떻게 될지 한국에겐 기회의 땅이 되는지 궁금하다. 중국은 내부통제에 급급하고 러시아도 극동아시아에 영향력이 약화되고 있다.

넷째, 한국은 통일이 되면 역시 만주지역에서 큰 기회가 열릴 것이다. 또한 통일 한국은 강대국이 될 것이고 역시 강대국 일본에 대해서는 가시(thorn)와 같은 존재가 될 것이다. 치명적인 해를 가할 정도는 아니지만 충분한 위협이 된다는 뜻이다. 한일관계는 역사적으로 애증이 교차한 것처럼 앞으로도 그런 관계가 지속될 것으로 예상하였다.

다섯째, 향후 서태평양 지역에서 한국은 미국의 가장 강력한 협력국이 될 것이라 전망했는데 그 이유는 무엇인지?

역사적 배경 때문에 한국은 일본을 경시하고 중국을 불신하는 경향이

서울의 광화문

있다. 그렇다고 미국과 편안한 관계를 갖고 있는 것도 아니다. 하지만 일본이 강해지고 중국이 약해질 때 한국은 미국을 더욱 필요로 할 것이다. 미국도 일본과 중국의 균형을 맞추기 위해 한국에 의존할 것이다. 기술적인 면에서는 한국이 상당한 규모의 기술 중심지가 되고 중국이 위기극복을 위해 한국의 기술을 갈망하는 상황이 될 것이며, 미국이 주요기술에 대해 통제권을 갖게 되어 중국에 대한 영향력을 높일 것으로 전망한다.

제10테마 _ 자제해야 될 3광 1무 1유

어느 기자가 유럽으로 돌아가서 사랑하는 한국 친구들에게 편지를 보냈다고 한다. 그 내용이 약간 지나친 점도 있지만 지금 우리의 세태를 기자의 관점에서 잘 꼬집어 주어서 아픔을 무릅쓰고 약간 수정하면서 소개하고자 한다. 그는 요즘 한국 사람의 세태를 단도직입적으로 평가하면서 3광(狂) 1무(無) 1유(有)의 시대라 했다. 다시 말하면 지금 한국 사람은 세 가지에 푹 빠져 미쳐 있고, 있어야 할 한 가지는 없고, 없어도 될 한 가지는 있다는 뜻이다.

3광(狂)의 첫째는 스마트폰에 빠져 있다는 것이다.

전철을 타고 주위를 둘러보면 남녀노소 대부분의 사람들이 모두 머리를 숙이고 스마트폰에 빠져 있다. 그래서 저두족(低頭族)이라 한다.

머리를 아래로 숙이고 있는 사람들이란 말이다. 보고 있는 스마트폰의 내용이 대부분 카톡, 게임이나 먹방, 연속극, 심지어 고스톱에 빠져 있는 경우가 대부분이다. 전철에서 책을 읽는 사람은 거의 없다.

유럽 사람들은 보통 책을 읽는다. 가까운 일본만 하더라도 책을 보는 사람이 많다. 물론 휴대폰으로 독서할 수도 있지만 독서라 할 만한 내용으로 보는 사람은 많지 않다.

한국의 공원에 가면 거기서도 가족들이 산책 중인데 아빠, 엄마는 각각 스마트폰을 보고 있고 아이들은 자기들끼리 놀다 넘어지는 장면도 자주 목격된다. 가족과의 공원산책은 가족간의 대화를 위한 것이 아니겠는가? 더욱이 가정이나 식탁에서도 각각 스마트폰과 대화한다.

가족간의 대화는 거의 없다. 이런 일은 4차 산업혁명의 발전이나 통신혁명과도 별로 관계없는 일이다. 심지어 아이들이 엄마 아빠에게 휴대폰 말고 자기하고 놀아달라고 데모하는 곳도 있다 하니 아이들의 소외감도 휴대폰이 한 이유인 것 같다.

두 번째는 트로트에 빠져 있다.

어느 날 갑자기 트로트는 한국의 대부분 방송국에서 단골 프로가 되었다. 그리고 온 나라 사람이 트로트 가수가 되겠다고 야단이다. 어린아이들까지 트로트에 미쳐 있는 것이 아닌가 착각할 정도이다. TV만 틀면 전부 트로트다. 많은 가수들이 중복 출연하고 노래도 중복되고 그 얼굴이 그 얼굴이다. 식상하고 심하다는 생각이 든다.

어떤 사람들은 한국인의 DNA에 흥과 끼가 있어 음주가무를 즐긴다고 하지만 한 때 일본에도 유행했던 엔카와 가라오케와 비슷한 풍토가 아닌지 모르겠다. 우리나라 노래방 수가 인구비례로 보면 세계 1위라는데 우리보다 먼저 일본에서 발달했고 중요한 수출 품목이었던 적이 있었다.

주말이나 휴일의 어떤 때 친구나 지인들끼리 즐기는 것은 좋지마는 시도 때도 없는 트로트와 음주가무는 청소년들에게도 권장할 만한 미풍양

속은 아닌 것 같다. 물론 트로트가 우리나라가 어려운 시절에 민중을 위로해 주고 용기를 북돋아준 공로가 많기도 하지마는 요사이는 너무 심하다는 생각이 든다. 특히 방송에서는 너무 인기에 영합해서 분별없이 하지 말고 음악의 장르별로도 균형 있는 방송 편성이 필요하고 정규적인 학교 교육에서 수용할 수 없는 장르는 TV 등에서 차등해서 전파 낭비가 되지 않도록 깊이 생각할 필요가 있다고 하겠다. 나도 트로트를 좋아하지만 너무 특정 분야에 빠지지 말고 자제하자는 뜻이다.

세 번째는 공짜 돈에 빠져 있는 사회라는 점이다.

동서고금을 막론하고 공짜 돈을 싫어하는 사람은 없을 것이다. 그러나 공짜 돈이라 해도 그 돈의 출처라도 알고 써야 하는 것이다. 언제부터인가 우리나라가 이런 돈에 맛들이기 시작했다.

정부가 재난지원금이라는 명목으로 주는 공짜 돈은 사실 선거 때 표장사로 주는 돈이라는 것을 알아야 한다. 그 돈은 어떤 돈인가? 국회의원이 자기들 돈으로 주는 것인가? 그중에 백분의 일이라도 국회의원 세비에서 낸 것이라면 좋겠는데 모두 국민의 세금으로 자기 돈처럼 나눠주며 인심 쓰는 것이 아닌가?

이것이 포퓰리즘의 시작인 것이다. 처음에는 잘 모른다. 마치 냄비속의 개구리처럼 서서히 따뜻해지고 있는 것을 즐기다가 나중에는 삶겨 죽는 것도 모르고 죽는다는 것이다.

이미 중남미 국가, 아르헨티나와 베네수엘라는 혹독한 경험을 하고 가난하고 천박한 나라로 전락하고 말았다. 반면에 2016년 6월 스위스 국민들은 정부가 공짜 돈 300만 원 정도를 지급하겠다는 제안을 국민투표에 부쳐 76.9%로 부결시켰다. 참으로 현명한 국민들이 아닌가? 공짜 돈을 받아 챙기면 나라 재정은 금방 바닥이 날 것이고 가난한 국가로 전락할 것이다. 공짜 돈의 전형은 뇌물이다.

한국의 부정과 부패는 자기가 부정을 저지르고 있는 줄도 모르는 경우가 많고 이런 한국의 지도자가 너무 많아 안타까움이 크다.

그럼 1무(無)는 무엇인가?

선뜻 기분 좋은 말은 아니지만 '생각이 없다'는 말이다. 언제부터인가 빨리빨리 하더니 이제는 생각 없이 남이 하니까 나도 하는 것인가? 확실히 한국인들은 생각하길 싫어하는가 보다. 그러니 진지함도 부족한 것 같다. 이런 우스갯말이 있다.

일본 사람은 생각하고 난 뒤에 뛰고, 중국인들은 일단 뛰고 난 뒤 생각하고, 미국인들은 뛰면서 생각한다. 한국인들은 뛰다가 잊어버린다는 것이다. 말하자면 한국인들은 자기가 왜 뛰는지도 모르고 남이 뛰니까 아무 생각 없이 뛴다는 것이다. 조금 심한 비유지만 생각해 볼 만한 일이다.

한국 사람들은 오랜만에 친구를 만나면 보통 '요즘 어떻게 지내냐?'고 하면, '그냥 아무 생각 없이 지내고 있어!'라고 말하는 경우가 많다. 진짜로 아무 생각 없이 지내니까 나라도 점점 이상해지고 있는 것이 아닌가? 비정상적이라고 생각되는 경우가 너무 많다. 이미 역사적으로 심판이 끝난 공산주의 사회로의 음모가 추진되어도 그냥 두고 지낸다. 아마 금방 자기에게 미치는 손해가 아니라면 관대한가 보다. 안전사고가 나도 대책을 세우지 않고 남의 탓만 하면서 뒤집어씌워도 되는 것인가?

코로나를 빙자해서 나랏돈으로 주는 공짜 재난지원금을 좋아라 받아쓰고 그 정권을 생각 없이 지지하여 최대 당을 만들어 놓고 그들이 휘두르는 독재의 횡포에 아파한 적이 얼마 전에도, 지금도 있었다. 그리고 나서 신음하는 집값에 세금폭탄에도 정신 못 차리고 징징대고 있었으니 생각 없는 한국인이라는 비웃음을 들어도 싸다. 생각 없는 국민은 생각 없는 정부를 만드는 것이다.

한국사회에 아직도 탐욕스런 권력자, 노동귀족, 사이비 민주화 등 사악한 집단과 그런 아류를 분별하지 못하고 방치한다면 그 미래는 암담한 것이다. 한국이란 나라 건설에 돌 하나 놓기는커녕 놓아둔 돌을 무너뜨린 자들이 어느 날 민주세력으로 등장하여 그 과실에 욕심을 부린다면 그런 사기꾼 같은 자들을 무엇이라 하겠는가?

마지막 1유(有)는 무엇을 의미할까?

그것은 행동하지 않고 말만 한다는 것이다. 많은 한국 사람은 말은 번지르르 하지만 말장난에 지나지 않고 실행력이 없다는 것이다.

예를 들면 화물 과적의 대형선박 사고는 매우 후진국적인 해난사고지마는 계속 일어나도 개선되지 않고 항상 그럴 듯한 변명으로 일관한다는 것이다. 그래서 한국 사람을 나토(NATO)족이라 하는 사람도 있다. 유럽의 북대서양 조약기구(NATO)가 아니라 영어로 No Action Talking Only의 머리글자 NATO, 즉 행동하지 않고 말만 한다는 뜻이다.

솔직히 말해서 세계 10위의 경제대국인 대한민국의 국민으로 부끄럽기 짝이 없다. 특히 지도자란 자들, 사이비 언론인, 어용 교수, 거짓 성직자, 사기꾼 같은 정치인들의 더러운 말들이 사람들의 영혼을 파괴하고 있는 것이다. 국방이 허물어지고 경제가 내려앉아 있는 데다가 사회가 온통 부조리로 썩어가고, 언론과 법이 죽고 사법부마저 악취가 진동하여 국민의 신뢰를 잃어 버렸다.

586세력을 비롯해서 특정세력과 일당들이 나라를 흔들고 이익과 권력을 독점하고 반미, 반일, 반기업 선동으로 나라가 존망의 기로에 있는 것이다. 이것은 좌파와 우파의 문제가 아니라 우리의 생존의 문제이기에 우려하는 것이다.

그래도 한국인들은 사태의 심각성을 모르고 침묵하고 있는 것인가, 아니면 준엄한 심판을 마음에 두고 침묵하는 것인지 필요한 말은 아끼고 있으니 안타까울 뿐이다. 뜻있는 사람들은 외국인이라도 걱정하고 있는데 외치고 행동하는 양심이 준동해야 하는 시기에 나라를 걱정하는 국민, 지식인, 정치인, 언론인, 학자, 성직자, 젊은 청년 그리고 학생들은 무엇을 하고 있는지 마음 아프다. 한 나라의 정치는 국민들의 수준을 넘어서지 못한다고 한다. 한국의 정치는 기대할 것이 없다고 한다. 그렇다면 국민만이라도 제정신을 차려야 한다.

이제 3광1무1유는 자제하고 벗어나야 새로운 한국이 창조될 것이다. 한국을 아끼는 외국기자 한 사람이 이렇게 충심으로 외치는 사랑의 충고를 나는 참으로 고맙게 생각하는 바이다.

나는 남양홍씨 34세손 문정공파 표(杓)자 항렬이다.
어릴 적부터 수없이 들어온 말이다.
몰락양반의 징표처럼 무슨 격식이 그렇게 많아
제사 때는 머리가 아플 지경이었다.
홍동백서, 조율이시, 어동육서, 동두서미 등
유교의 잔재를 갖고 얼마나 따지던지
이해하기가 힘들었다.

이산의 인생 이야기

01

신앙 이야기

나는 남양홍씨 34세손 문정공파 표(杓)자 항렬이다. 어릴 적부터 수없이 들어온 말이다. 몰락양반의 징표처럼 무슨 격식이 그렇게 많아 제사 때는 머리가 아플 지경이었다. 홍동백서, 조율이시, 어동육서, 동두서미 등 유교의 잔재를 갖고 얼마나 따지던지 이해하기가 힘들었다.

옛말에 '없는 집에 제사 돌아오듯 한다'고 가난한 사람들에게는 제사가 큰 부담이 되었던 것은 사실이다. 물론 관습이 중요하고 미풍양속은 지속되어야 하지마는 쓸데없는 형식이나 비합리는 빨리 버려야 한다는 생각을 어릴 때부터 많이 하면서 자랐다.

밤과 대추의 놓는 순서가 무슨 의미가 있을까? 이웃에 사는 친구의 종조부는 의관정제하고 읍내 출입하지마는 손자는 중학교도 못가는 상황에서 무슨 양반타령은 그렇게 하시는지? 내가 중학교에 들어갈 때 내 또래에서 진학 못한 친구가 얼마나 많은데…. 우리 가까운 친척 중에도 그랬다.

초등학교 끝나갈 무렵 나는 새로운 지식에 대해 무척 호기심이 많았다.

현실적으로 어른들의 이야기가 옳은 것 같지 않은 부분이 너무 많았다. 어떤 때는 사방이 꽉 막힌 것같이 답답하기도 했다. 그래서 말이 통하는 영준이 형님 집에 자주 들렀다.

그 집에 가면 당시 인기 있던 황금박쥐라는 만화책도 볼 수 있었고, 읽고 싶던 타잔 이야기뿐만 아니라 영준이 형의 다양한 이야기가 재미있었다. 그 형은 그해 고등학교에 들어간 팔방미인인 문학청년이었고 백과사전 같았다. 이광수의 '무정', 김내성의 '마녀', 그리고 심훈의 '상록수'를 얼마나 열정적으로 얘기하는지 존경스럽기까지 했다.

그러나 무엇보다도 감동적인 것은 예수님의 생애와 사도들의 이야기였다. 거의 일주일에 두 번씩 만나면서 성경에 대한 여러 가지 이야기를 해 주었다.

예수 믿기로 결심

무식한 어부가 3년간 예수님 따라 다니면서 배웠는데 세계적인 인물로 변화되어 베드로가 된 것을 비롯해서 예수 믿는 사람을 죽이러 가던 바울이 다메섹에서 예수를 환상 중에 만나 예수의 제자, 사도가 된 이야기가 나를 감동케 해 주었다.

그렇게 핍박하던 예수를 인정하고 그리스도교가 국교가 된 선진 로마 나라를 우리는 왜 몰랐을까? 예수교를 야소교라 하면서 멸시하던 우리 가문 사람들을 생각하니 묘한 기분이 들었다.

그분들이 뭘 알고 그랬나? 아닐 거야! 모두가 주자 성리학만이 학문이라고 고집해 온 편협한 아집 때문이라는 영준이 형의 견해가 옳다고 생각

되었다. 신약의 개요가 한참 진행되어 갈 무렵인 것 같다. 영준이 형이 약간 흥분된 어조로 서울 삼육대학에 근무하던 유정식 선생님이 선교를 위해 남해로 온다는 얘기를 하였다.

영준이 형은 그동안 삼육대학으로 진학할 생각을 갖고 나름대로 준비를 많이 한 것 같았다. 성경도 많이 읽고 스스로 독학하면서 기도하며 공부한 흔적이 여러 군데서 보였다. 그리고 유 선생이 온다 하니 무척 좋아하는 기색이었다.

정착할 곳은 우리 동네가 아니라 약간 산골동네인 봉화로 들어갈 예정이라고 하였다. 서울 생활하던 분이 시골로 옮기면 불편이 많을 텐데 견뎌 나가실까 하는 걱정이 어린 나에게도 느껴졌다.

며칠 뒤 유 선생님이 사모님과 아들, 세 식구가 드디어 봉화 동네에 도착했다. 하얀 젖이 눈에 띄는 염소 한 마리를 몰고 마치 선교여행 떠나는 것처럼 인자하고 홀가분한 모습으로 오셨다. 사모님은 간호사 출신으로 미인이었고, 아들은 아직 초등학교에 들어가기 전으로 어렸다.

내가 보기에는 의사 선생님처럼 보였는데 차라리 의사였으면 더 좋겠다는 생각이 들었다. 이곳 남해가 옛날 귀양 온 사람, 김만중 같은 분들에게서 알려지고 그 후예들이 많이 이주해서 그런지 주자 성리학적 기반이 강하기 때문에 예수에 대한 인식이 호의적이지 않아 전도하기가 얼마나 어려운지 모른다. 다리 건너 전라도 지방에 가면 교회수가 참 많은데 경상도에는 별로 많지 않다. 상당히 보수적이며 고집스러운 성향이 많은 탓인지도 모르겠다.

아무튼 유 선생님은 시골생활이 적응되지 않아 참으로 고생이 많았다. 5년간의 선교활동을 하면서 목사와 전도사 한 사람씩을 배출하고 미국으로 이민을 갔다고 한다.

그러나 유 선생님의 선교활동 덕분에 뜻있는 사람들이 많은 격려를 받고 교회를 세워보겠다는 의지를 보이기도 하였다. 우리 동네만 하여도 영준이 형을 중심으로 10명 정도가 매주 성경공부와 예배를 드렸다. 그리고 그 형이 신학교로 진학하고 난 뒤 장봉호 형님이 우리를 지도하다 부산으로 떠난 뒤에는 한동안 나와 경주 등 몇 친구들이 여러 집을 전전하며 예배를 드렸다.

목자 없이 방황하던 중 중2 초에 음악선생인 김희조 선생님이 우리 학교에 오셨다. 50대 초의 중후한 몸매에 꾀꼬리 같은 목소리에 카리스마가 넘치는 여걸이었다. 음악 경연대회에서 수상을 많이 하신 경력처럼 실력이 출중하셨다. 이 분이 안식일 교회 독실한 신자였다. 우린 물 만난 물고기처럼 좋았다.

우선 예배장소가 해결되고 늘 고민하던 점심문제, 성경공부 교사문제가 일거에 모두 해결되었다. 우리에겐 천사를 보내주신 거나 다름없었다. 토요일 점심에는 밥을 한 솥이나 지어 우리들에게 먹게 했다.

얼마나 많이 먹고 잘 먹을 나이인가? 김 선생님이 손수 만들어 제공하였다. 그러나 그 때는 그런 고마움에 감사인사를 모르고 지냈는데 지금 생각하면 무척 죄송한 마음이 든다.

우리는 이제 토요일이 걱정스럽지 않고 즐거웠다. 토요일 방과 후에 학생들이 모여서 예배드리는 것이 재미있고 기다려졌다. 그러는 사이 학생 수도 좀 늘어나고 해서 좋은 강사 한 분을 초빙하여 부흥회를 열기로 하였다.

부흥강사 이청준 선생은 참으로 열정적이어서 우리들을 들었다 놓았다 하는 분이었다. 5일간 우리는 참 많은 것을 배웠다. 좀 과격하고 비현실적인 말씀도 있었지만 인생의 의미를 일깨워 주었고, 살아가는 의미를 고민하는 계기가 되었다.

우선 오는 토요일 마지막 부흥회는 100명의 학생을 동원한다는 계획을 세우고 토요일 하루 조퇴하기로 했다. 한 사람이 2~3명씩 점조직으로 전도하여 조회 후 조퇴계를 내고 학교를 빠져나오기로 하였다.

그런데 조퇴계를 낸 학생 수가 많은 데다 밀고자가 생겨 교문을 잠그고 선생님들이 지키는 사태가 발생했다. 부흥회는 많은 학생들이 참가하여 성공리에 끝났지만 학교에서는 난리가 났다.

주모자를 색출하여 불렀다. 나를 포함해서 다섯 명이 교장실에서 토론이 벌어졌다. 처음에는 교장 선생님이 우리들을 설득시키기 위해 하는 토론이라 했지만 우리가 순순히 말을 듣지 않고 앞으로도 안식일을 고집하고 신앙의 양심을 지키겠다고 했더니 점차 강요로 변하고 나중에는 협박하기 시작했다.

마지막으로 부흥회 학생동원에 대한 반성문을 제출하고 토요일 학교결석을 철회하면 불문에 부치겠다고 했으나 그렇지 않으면 학칙에 따라 처리하겠다고 했다.

나는 잘못한 것이 없으니 반성할 것이 없고, 토요일에 결석하면 결석으로 처리하면 되는 것이 아니냐고 항변했다. 하지만 교육적인 차원에서 도저히 용서할 수 없다고 하면서 한 사람씩 확인하고 즉석에서 교장이 다섯 명에 대해 퇴학 처분을 명하는 것이었다.

나는 깜짝 놀랐다. 평소 학생회 간부로 학교에 충성했고 열심히 공부했기에 근신이나 유기정학 정도는 생각했지만 퇴학은 생각지도 못했다. 저녁에 집에 들어가니 집안 어른들이 몇 분 와 계셨다. 조상을 멀리하고 예수를 믿다가 망한 집의 예를 들면서 우리 집안에서는 예수를 믿는 것은 절대 안 된다는 말이었다.

묵묵히 듣고 나도 퇴학될 줄은 몰랐다고 실토하면서 억울하다고 했더니 교장 선생님과 친분이 있는 종조부께서 내일 교장한테 가보자고 하셨다.

다음 날 교장 선생님이 부른다기에 갔더니 그동안 하고 싶었던 훈시를 오랫동안 하시고 다른 학생들도 반성하면 복학시키겠다는 언질을 주시면서 공부 열심히 하라고 당부하셨다.

일주일 후에 나는 철호 학생과 같이 복학하고 경주는 삼육중학교로 전학갔지만 석웅이와 여학생 하나는 그 뒤에 소식이 없어졌다. 두 학생은 결손 가정이라 우리의 기도 제목이기도 하였는데 두고두고 마음이 아팠다. 그 뒤에 김 선생님이 도의적 책임을 지고 다른 곳으로 전근 가고 경주로 전학을 가버려서 나는 한동안 참 괴로웠다.

'하나님 길을 가르쳐 주십시오.'

벌써 1학기가 뉘엿뉘엿 끝나갈 시점인데 고등학교는 어디로 가지? 하나님께서 시키는 대로 어디든 가겠다는 각오로 열심히 공부했다.

나는 부산의 경남고등학교를 지원할 계획이었다. 3년 동안 죽기 살기로 공부해도 될까 말까 한데 이 시골 중학교에서 몇 개월 공부해서 어떻게 되겠냐마는 한 번 해 보자. 그래서 고모가 계신 부산으로 가게 되었는데 운 좋게 경남고등학교 학생이 되었다.

이건 진짜로 하나님 은혜 아니면 불가능하다고 생각했다. 온갖 스트레스를 받으며 몇 년을 지낸 것 같았는데 경남고등학교 합격으로 확 풀리는 기분이었다. 안식일 교회에서 신앙의 기본을 배웠지만 안식일을 중시하는 교리는 나의 머리에서 차츰 멀어지고 무엇보다 하나님과의 관계가 중요하다는 생각이 굳어지게 되었다.

인생의 고비 고비마다 하나님은 나와 같이해 주셨는데 경남고 졸업 후 육사에 들어가 생도생활 중에 병원에서 또 한 번 큰 시련을 겪게 되었다. 오랜 투병생활과 그 후 수많은 우여곡절을 겪은 것은 후술하는 나의 병원생활편에서 기술하고자 한다.

결국 내가 다시 부산에 내려와서 부산대학교를 졸업하고, 산업은행에 들어가면서 신앙인으로서 나의 위치를 찾아가게 되었는데 이것은 모두 기적과 같은 일이었다.

석천교회 재정부장으로 어려움 수습

1975년에 결혼하고 아내가 교편을 잡고 있는 도봉구 우이동, 백운대 기슭으로 이사하고 큰아들 정범이가 태어나서 제법 걸어다닐 때였던 것 같다. 우연히 지나는 길에 들렀던 교회가 석천교회였다. 거기서 최정환 목사를 만났다. 나보다 나이가 5살쯤 더 많은데 배짱이 맞고 말이 통하는 분이었다.

고등학교 때는 배구선수로 전국체전에도 뛰었다고 한다. 감리교단의 협성대학 출신으로 설교도 잘 하시고 친화력도 있어서 목사로서 유망한 분이었다. 목회를 재미있게 하기 위해 노력하는 목사라서 여러 가지 이벤트를 만들기를 좋아했다.

남선교회 한 회원이 생일 되면 열 명 정도의 회원들이 모두 모였는데 생일케익 사서 선물 들고 방문하는 재미도 쏠쏠하였다.

광주사태가 일어난 해인가 보다. 최 목사가 급히 전화해서 만나보니 교회가 세 들어 사는데 건물주가 빚을 못 갚아 경매에 들어가게 되었다는 것이다. 그래서 전세금을 보전하고 시간을 가지면 교회는 이득이 될 것 같으니 우선 경매에 참가하여 낙찰을 받자는 의견이었다.

그래서 여러 교인을 동원해서 백방으로 돈을 구해서 일단 낙찰을 받는 데 성공했다. 그러나 헌금으로 이자를 갚을 수 있는 수준이 아니고 지하에 있는 다방 수익금을 보태도 충당이 어려웠다.

계속 빚이 쌓여가는 모양이라 당시 조 장로가 건물을 담보로 자금을 만들어 그 돈으로 투자를 해서 늦어도 2년 내로 모든 빚을 변제할 수 있다고 장담했다가 완전히 실패하는 바람에 교회건물은 다시 경매처분될 위기에 처해졌다.

이렇게 되어서 목사와 장로가 서로 책임을 미루면서 분쟁이 일어나 목사는 다른 곳으로 가고 장로는 횡령으로 구속되는 상황에 이르렀다. 이런 개떡 같은 일에 내가 임시대책위원장이 되어 동분서주하게 되었다. 모두 넉넉지 못한 사람들이 빌려온 돈이라 큰일이었다.

나도 마찬가지였지만 나보다 더 딱한 사람도 많았다. 결국 목회하실 분 중에 이 일을 수습할 만한 분을 찾고 있었는데 교인들의 부채를 반으로 탕감 정리하고 오신 분이 김 목사였다. 사실 이번 김 목사가 세 번째 초빙된 목사인지라 그동안 얼마나 속상한 일이 많았는지 모른다.

그리고 교회이름을 백운제일교회라 바꾸고 새로 출범하였다. 그 이름은 우리 집 박 권사가 공모한 이름인데 채택되었다.

　많이 기도했다. 도망가고 싶도록 힘들었다. 그래도 하나님께서 '내가 그동안 너를 위해 어떻게 했는데…' 그런 목소리가 들리는 것 같아서 그 일을 꾸준히 수습하였다. 그리고 교회는 형식상으로 안정되어 갔지만 영적으로 무언지 부족함을 느끼며 지냈다. 너무 힘들어서 그런지 쉬고 싶기도 하고 영적으로 방전된 느낌이었다.

　그래서 나는 교회에서 장로로 피택되었지만 장로고시에 임하지 않아 시효 소멸되고 다시 피택할려고 했지만 장로 할 의향은 조금도 없었다.

　그래서 멀리 교회를 떠나 문정동으로 이사하고 압구정 소망교회에 등록하였다. 소망교회 곽선희 목사님을 만나 나는 새로운 신앙생활을 하는 것 같았다. 주일날이 기다려지고 말씀이 그리워지는 기분이었다. 몇 년 동안 지친 심령이 구름속을 벗어나는 느낌이랄까, 하나님의 선물이라는 생각이 들었다.

　그래서 회사일이 바쁜데도 교사대학에 들어가 거의 결석 않고 수료하고 5학년부 교사가 되었다. 그리고 중등부, 고등부 교사를 하면서 우리의 어린 세대를 어떻게 가르쳐야 할지, 늘 기도하며 머리를 맞대는 것이 즐거웠다.

동경 닙보리 교회 교우들

　1990년대 초에 일본에 가서도 동경 근처 닙보리 교회에 다니면서 그곳에서 중고등부 교사가 되어 재일동포 학생들에게 하나님 말씀을 전하고 고국의 교회방문 계획을 만들어 추진하기도 하였다. 여기서도 좋은 신앙인들을 많이 만나 신앙생활에 큰 도움이 되었다. 이 교회는 제주도에서 밀항한 교포들이 미국 선교사로부터 교회를 인수 받아 한국교회로 만들어서 발전시킨 전통 있는 교회였다.

제주은행 행장이었던 김봉학 장로가 중건하다시피 해서 교회다운 교회를 만들어 어려운 시기에 서로 격려하는 신앙의 아지트가 되어 밀항인들의 마음의 고향이 되었다고 한다.

그래서 제주도 출신이 제일 많았다. 내가 있을 당시에도 역시 제주도 출신 김봉천 장로, 김봉림 장로가 중심이 되어 이끌고 있었다. 김봉학 장로는 내가 1980년대 초 연수 가서 뵈었을 때는 인자한 모습으로 같이 식사하였는데 그 후에 오래 입원하셨다가 돌아가셨다고 들었다.

신용구, 홍성조 집사와 친하게 지냈고, 그 후 장로가 되었을 텐데 최근에는 소식이 없어 궁금하다. 김봉천 장로는 자기회사 천마(天馬)를 일본 증시에 상장기업으로 성장시켰으며, 내가 귀국할 때 자기회사 플라스틱 제품세트를 주시면서 "주재원들은 정들면 헤어지니 너무 서운하다. 그래서 정들기가 싫다"라는 말로 섭섭한 심정을 토로했다.

회자정리(會者定離)라 했던가. 우린 천국에서 만나니까 열심히 사귀며 기도하는 것이 하나님의 뜻이 아닌가 싶다.

애양원과 손양원 목사

일본에서 귀국해서 조사부 근무하다가 여천지점장으로 발령받아 열심히 돌아다니면서 나름대로 크리스천으로서 소임을 다하기 위해서 노력했다. 그 중 하나가 애양원을 세 번이나 방문하며 존경하는 고(故) 손양원 목사 발자취를 만날 수 있었던 것이다.

손양원(1902~1950) 목사는 1902년 6월 함양군 칠원면 구성리에서 태어났다. 향리에서 초등교육을 받고 서울 중동학교를 입학하였으나 아버지의 3.1운동 사건에 연루되어 중퇴하였다.

1924년 일본으로 건너가 학업을 계속하였는데 거기서 한센병 환자를 전도하고 돌보는 일본 목사의 헌신적인 모습에 감동을 받았다고 한다. 이때부터 한센병 환자에 대해 관심이 많았다고 한다.

주로 신문배달 등으로 고학하던 손 목사는 귀국하였고, 1935년 33세의 늦은 나이에 평양신학교에 입학하여 1938년에 졸업하게 되었다. 졸업 후 부산지방 선교사로 지방순회 전도를 하였으나 신사참배를 반대한다는 이유로 순회전도사를 그만두게 되었다. 이듬해 1939년부터 사명 있는 목사만이 갈 수 있는 전남 여수시 인근에 있는 한센병원 애양원 교회에 부임하게 되었다.

손양원 목사가 시무하게 되면서 환자수가 9명에서 계속 늘어나 천명 수준에 이르렀다. 그리고 병원과 교회 분위기가 완전히 달라졌다. 사랑으로 돌보는 목사님의 행동에 감동하여 생의 의욕을 찾아가는 환자가 많아졌다.

특히 중환자실은 의사나 간호사뿐 아니라 같은 환자도 출입을 꺼려 하는 곳인데 손 목사는 수시로 드나들며 그들의 환부를 닦아주고 기도해 주는 것이었다. 심지어 피고름을 흘리는 어느 환자의 환부를 입으로 빨아내는 손 목사의 모습을 보고 그것은 가까운 가족도 못한다면서 다 같이 눈물 흘리며 기도했다고 한다. 가히 성자의 경지가 아니면 보여주기 어려운 모습을 보여주었던 것이다.

그렇게 애양원 교회의 분위기가 좋아지고 있었는데 손 목사의 신사참배 반대를 문제 삼아 경찰이 연행해 갔다. 신사참배 거부와 백성 선동이라는 죄목으로 3년형을 선고하고 감옥에 처넣어 버렸다. 그동안 회유와 고문을 반복하는 한편 가족들을 사택에서 쫓아내고 가정을 풍비박산시켜 버렸다.

할아버지는 만주로 가고 아들 둘은 화전민촌으로, 딸은 고아원으로, 엄마는 산동네로 흩어져 살았다. 특히 큰아들은 징병을 보내려고 혈안이 되어 찾고 있었다. 만기 출소를 손꼽아 기다리다가 드디어 1943년 5월 어느 날 출소일이 다 되어 검사 앞에 불려갔더니 신사참배 전향서에 사인하면 출소시키겠다고 했다.

그래서 목사님이 "내가 신사참배할려면 처음부터 하지 왜 이 고생 다하고 이제 하겠어요?" 하고 난 뒤 다시 전향을 강요하자 "당신은 덴꼬(轉向)가 문제지만 나는 신꼬(信仰)가 문제다"라는 유명한 일본말을 남겼다고 한다.

이에 따라 종신형이 선고되었고 다시 수감되고 말았다. 이후에 종신형을 염두에 두고 더욱 숨죽이며 살던 가족이 1945년 8.15해방이 되어 풀려나 다시 만나기까지 꼬박 5년이 걸렸다. 애양원을 다시 찾아가는데 언제 들었는지 이미 모여서 환영하는 애양원 식구들과 눈물의 상봉을 하고 다시 옛날처럼

교회생활을 회복하였다. 큰딸은 이 때가 참 행복했다고 회고하였다.

그동안 고생하며 못했던 학교공부를 자식들이 열심히 따라잡고 있었다. 아들 둘과 큰딸이 순천에서 공부하며 기독학생으로 신앙생활과 전도생활을 착실히 하며 모두 모범생들이었다. 그러나 가족의 행복은 오래가지 못했다.

1948년 여순반란사건이 일어났다. 반란 군인들은 그동안 불만세력과 좌익추종 세력을 합해 인민위원회를 조직, 자기들에게 동조하지 않는 사람이나 단체는 무조건 살육하는 대학살 광란극을 펼치는 것이었다. 두 아들 동인과 동신도 기독학생으로 이들에게 논쟁한 경험도 있었기에 당연히 밉게 보였던 것이다.

주로 젊은 학생들은 자기 친구 동료를 무차별적으로 끌고가 살해하는 그 현장에 두 형제도 나와서 예수 믿는다는 이유 하나로 가혹하게 구타당하고 총으로 죽임을 당했던 것이다. 도대체 무슨 이런 일이 있을 수 있을까?

애양원과 애양원 교회는 온통 울음바다가 되어 비통해 했다. 이런 상황에서 피를 토하도록 슬픈 사람은 손 목사가 아니겠는가? 이제 피어나는 아이들을 어떻게 이럴 수 있는가? 장례식장에서 두 아들의 시신을 앞에 두고 아무 슬픔의 내색 없이 손 목사는 내빈들에게 인사말씀을 하는 것이었다.

그런데 애도사가 아니라 하나님께 열 가지 감사항목을 말하는 것을 보고 모두가 놀라지 않을 수 없었다. 열 가지 중에서 핵심적인 세 가지만 소개하면 다음과 같다.

1) 나 같은 죄인의 혈통에서 순교의 자식들이 나오게 하신 하나님께 감사합니다.

2) 한 아들의 순교도 귀하다 하거늘 하물며 두 아들의 순교라니요. 하나님께 감사합니다.

3) 나의 사랑하는 두 아들을 총살한 원수를 회개시켜 내 아들 삼고자 하는 사랑의 마음을 주신 하나님께 감사합니다.

이렇게 믿을 수 없는 애도사를 듣는 도중에 내빈들은 큰 소리로 울었으나 아버지 손 목사는 담담한 표정이더라는 것이다. 그러나 그 딸의 간증에 의하면 두 오빠의 옷과 유품을 받던 날, 아버지는 두 아들의 옷을 가슴에 끌어안고 정신 나간 사람처럼 큰 소리로 슬피 우는데 평생 그런 아버지의 모습을 처음 봤다고 했다. 그 모습이 인간의 참모습이리라. 졸지에 두 아들을 잃어버린 아버지의 심정이 오죽했겠는가? 속으로 가슴으로 얼마나 울었을까?

얼마 지나지 않아 여순사건은 진압되고 대대적인 조사가 진행되면서 손 목사의 두 아들을 죽인 안재선이 체포되어 재판을 받게 되었다.

손 목사는 여러 사람을 동원하여 안재선을 구출하여서 손재선이라 하고 자신의 아들로 삼았다. 이후 재선은 부산의 고려성경학교를 졸업하고 전도사가 되어 양아버지의 뜻을 받들기 위해 노력했다고 한다. 손 목사야말로 실로 주님이 주신 계명과 말씀 그대로 순종하고 실천한 사랑의 사도요 성자였다. 원수를 사랑하는 전형적인 실례를 보여주는 작은 예수였던 것이다.

몇 년 지나지 않아 1950년 6.25동란이 발발, 교회도 문을 닫고 피난하는 상황이 발생했다. 모두 피난 이야기가 중심이었고 어디로 가는지 어떻게 사느냐가 관심사였다. 손 목사는 피난하지 않고 교회에 남아 오히려 특별집회로 마음을 가다듬고 있었다.

재직들이 모두 일어나 잠깐만 피해 있자고 권유해서 마지못해 피난선에 탔다가 그만 뛰어내려 교회로 돌아가 버렸다. 그리고 말했다.

"내가 만일 피신한다면 일천 명이나 되는 양떼들은 어찌합니까? 그들을 자살시키는 것이나 다름없지 않습니까? 주의 이름으로 죽는다면 얼마나 영광스럽겠습니까?"

피난을 완강히 거부하고 기도하는 모습이 보였다.

1950년 9월 공산군이 체포하러 들이닥쳤다. 교인들 환자들이 모두 나와 안 된다고 아우성치고 야단인데도 목사님은 괜찮다고 진정시키면서 순순히 끌려갔는데 그 길이 마지막 길이었다.

야간에 탈출하는 사람도 많았지만 목사님은 여수 근교 미평에서 기도하는 가운데 총살당하여 순교의 영광을 얻게 되었다. 당시 손 목사는 한참 완숙하게 일할 나이인 48세로 오십도 되기 전이었다.

그는 오직 하나님만을 섬겼고 나라와 민족과 교회의 아픔을 자신의 아픔으로 알고 살았으며, 세상에서 가장 버림받고 소외된 한센병 환자와 두 아들을 죽인 원수까지 사랑했으며, 오직 예수만을 사모하다가 순교하신 한국교회의 자랑스런 참 목자요, 세계교회를 놀라게 한 사랑의 순교자였다.

손양원 목사는 개인적으로 주기철 목사를 무척 좋아했다고 하는데 그에 대한 기록은 별로 없다. 주 목사가 손 목사의 평양신학교 5년 정도 선배이고 경남지방 노회 소속으로 서로 만난 적이 많았을 것으로 보이고, 당시 첨예한 신사참배 반대운동에 대한 견해가 같아서 아마 서로 존경하고 사랑하는 선후배가 아니었을까 추정되어 흥미롭다. 순교하신 두 목사가 천국에서 만났다면 얼마나 할 이야기가 많았을까? 오늘날 한국교회를 보면서 얼마나 걱정이 많을까?

짧은 기간 동안이지만 여수지방의 지점활동과 신앙생활도 참 좋았다.

애양원은 다시 찾아보리라 생각하고 서울 와서 소망교회로 복귀하였다.

등록교인 8만 명이고 출석교인이 2만 명이라면 대형교회 소망교회다. 대통령을 배출하고 장관도 다수가 나왔고 금융인, 교수, 의사를 비롯해서 법조인 등 소위 우리 사회 상위계층이 많은 편이라 상당히 수준 높은 교회라 보고 있다. 사람의 눈으로 보면 그렇다는 얘기다.

예산도 넉넉해서 원로목사, 전임목사 모두 은퇴하셔도 현직에 있는 것처럼 생활비를 지원하는 교회다. 교회헌금은 교인의 피땀 어린 노동의 결정체라는 개념은 없고 신성하게 취급하는 것 같지도 않다. 장로교회인데 담임목사 권한이 가히 교황 수준이다. 장로들이 개혁 의지를 갖고 교회를 발전적으로 움직이도록 노력해야 하는데 그런 의지나 노력은 거의 없다. 장로는 서로 하겠다고 야단인데 존경받는 장로는 한 사람도 보이지 않는다.

목사들도 마찬가지다. 다만 새로운 목사님이 새로운 소망교회를 만들려고 노력하시니까 기대가 된다. 모두 권한만 갖고 책임과 의무는 없는 것 같아 걱정이 많다. 한국의 대형교회 목사님들을 보면 교회기업인이 많아지면서 하나님을 욕되게 하고 있다.

다음 세대의 교회와 교인은 어떻게 될까 기도하지 않을 수 없다.

작은 교회에서 장로 장립

나도 소망교회에서 장로하겠다고 8년이나 고생하고 낙방했다. 창립하신 목사님이 떠나고 새 목사가 들어오자 장로파와 목사파 간의 헤게모니 쟁탈전에 휘말려 교회는 속으로 곪아갔다.

해마다 장로 선출선거로 장로 10명 정도 나와야 하는데 1~2명밖에 안 되었다. 어느 때는 자기들에게 충성 맹세를 하겠냐고 물어 왔다. 우리 단체에 얼마를 기부하면 몇 표를 찍겠다. 옷 한 벌 사주겠나? 장로가 어려워지니 단가가 높아지고 바라는 것이 많아졌다. 처음에는 내가 장로가 되면 어떤 일을 하겠다는 아이디어가 있더니 점점 퇴색되어 속물이 되어갔다.

누구누구 어디어디 손잡고 어떤 식으로 선거운동을 해야 한다고 조언했지만 그럴 수는 없었다. 이것은 하나님이 주시는 일종의 성직인데 탈법이나 비정상적이면 안 되지 나를 속이는 것이다.

제법 오랫동안 허황된 일을 하느라 아까운 시간과 돈을 허비했다는 생각이 들었다. 내 집사람에게 제일 미안하고 그 다음 내게 애써준 교인들에게 죄송한 마음이다. 그 기간 동안 회사에 대해서도 최선을 다하지 못했다.

친구도 소홀히 하고 공부도 못했다. 그렇다고 교회봉사를 잘 했다고 할 수 있나? 어떤 목적을 갖고 교회 봉사했는데 그게 무슨 교회를 위한 봉사냐 자기 스스로를 위한 봉사 아닌가? 가만히 생각해 보니 네가 30대 후반에 장로로 피택되었는데 안 했잖아, 그건 항명 아닌가? 지금 거기는 너 같은 사람이 아니라도 할 사람 많은데 왜 할라 그러지? 만약 장로 하고 싶으면 네가 봉사하고 있는 작은 교회에 가서 장로 하면 되지, 왜 큰 교회에서 하고 싶은가? 권한이 있고 별 책임이 없으니까, 명예가 있으니까?

기도 중에 그런 생각이 자꾸만 들었다. 몇 개월 동안 기도하면서 결론을 내렸다. 그렇다면 열린문교회로 가자. 내가 좋아하는 아담한 교회인지라 어색하지는 않았지만 정기적으로 참석하게 되니 몇 분이 동참하였다.

그런데 바로 그 교회근처 요양원에 계시는 아버지의 일이 무엇보다 중요하였다. 매주 아버지를 모시고 교회 와서 예배드리고 난 뒤 식사하면서 예수 믿는 이유를 설명해 드리곤 했다.

그 전에는 예수 믿는 것을 좋아하지 않으셨기 때문에 어려웠는데 이제 마음이 좀 열리고 건강도 좋지 않으시고 해서 아버지의 세례가 시급한 숙제였다. 열린문교회 강인석 목사가 여러 가지로 노력해 준 덕분에 세례를 받게 되어 얼마나 기뻤는지 모른다.

나의 숙원사업의 하나로 아버지가 성도되어 세례 받는 것이었는데 드디어 해결되었다. 그리고 그 해 장로, 권사, 명예장로를 선출하기 위한 선거가 있었고 장로로 피택되었다. 예수교 장로회 북부노회(합동)에서 교육받고 장로고시를 합격, 2012년 6월 10일 열린문교회 장로로 장립하였다.

장로의 임직을 받고 목사님과 의논해 가며 좋은 교회를 만들어 보고자 하였으나 쉽지 않은 일이 많았다. 우이동에서 개척교회를 해본 경험을 살려 잘 해 보고자 하였으나 목사와 목회관이 다른 데다가 교회장소가 파주 외곽으로 이사하는 바람에 더욱 멀어졌다. 목사도 장로와의 관계를 교회일의 공동 합의체로 보는 것이 아니라 자문역 정도로 생각하는 것 같았다. 교회행정의 주요 요직을 모두 가족이 차지하고 있는 가족교회 형태를 버리기가 어려운 구조였다.

그 전에 백오십 명 넘는 교회가 분리되는 아픔을 딛고 지금의 교회를 만들었는데 여신도들의 일과 재정적인 일은 초등교사 출신 사모가 전적으로 권한을 갖고 있으며 목사는 단순히 따르는 편이었다.

몰랐던 여러 가지 사실을 알게 되면서 나의 위치도 정립되었다. 때때로 목사님과 깊은 이야기를 하는 충실한 자문역 역할을 하고 서로를 간섭하지 않기로 마음먹었다. 말년에 신나게 일해 보자는 꿈은 산산조각이 났지만 한 편으로는 홀가분한 기분이 들었다.

남선교회 연합회장으로 활동

그러는 중에도 소망교회 40년 교인으로 내 신앙의 동지들을 생각해서 매주일날 1부 예배드리고 차 한잔하는 일도 잊지 않았다. 이 당시 신의범 집사 사무실에서 사업구상을 하고 있을 때였다.

신 회장이 8남선교회 창립 초대회장이었고, 2대 이근설 회장 그리고 3대 양한호 회장이 이어가고 당시 나는 부회장을 하고 있어 소망교회 남선교회 4대 회장 겸 연합회장이 될 차례였다.

이곳이 우리 신앙의 동지들이 모이는 아지트 역할을 하였다. 신 회장은 몇 년 동안 사업이 여의치 못하여 경제적 사정이 어려웠으나 친화력이 있는 성격이고 올곧은 사람이라 사무실은 항상 붐볐다. 8남선교회 회장들은 의논하고 자문하는 경우가 많았다. 나는 2014년 1월부터 소망교회 제8남선교회 회장으로 취임하였고, 동시에 1~8남선교회 연합회 회장직을 맡게 되었다.

남선교회 회장은 교회봉사에 정석 같은 느낌이 들었다. 회장뿐만 아니라 회장 부인도 열심히 봉사하지 않을 수 없었다. 예를 들면 일 년에 25회 이상의 화요조찬 성경공부를 하는데 그 날은 새벽 5시까지 교회에 가서 조찬준비를 해야 하였다.

이는 모두 권사와 여집사들이 해야 했기에 각 남선교회는 분담해서 4~5회 정도 담당해야 했고, 이를 협의회장 부인이 주도하고 독려해야 했기에 일년 내내 신경 쓰고 수고해야 했다. 일 년에 3번은 떡 봉사가 있어서 2만2천 개 정도의 질 좋은 떡을 주문하고 그날에 2만이 넘는 교인에게 예배 후에 빠른 시간 내 골고루 나누어줘야 하기 때문에 치밀하게 계획하고 감독해야 차질 없이 처리할 수 있었다.

그리고 일 년에 한 번 봄에 신앙수련회를 1박2일로 진행해야 하고 가을에는 체육행사를 개최해야 했다. 이것은 모두 대형교회가 교인상호간 교류할 기회가 적기 때문에 이를 보완하기 위해서 남선교회가 하는 전통적 행사였다.

많은 교인들이 참여하여 즐기는 행사로 예산도 많이 소요되었다. 그동안 교회가 지원해 주던 보조금을 갑자기 전액 삭감하는 일이 발생하여 참으로 어려웠던 기억이 난다. 이런 행사는 교회가 나서서 남선교회일 도와주어야 서로가 시너지 효과가 나오는데 제직회 소속이 아닌 임의단체는 스스로 소요예산을 조달하고 집행하라고 하면 행사 축소밖에 다른 방법이 없었다.

규모를 축소하면서도 행사를 알뜰하게 수행하기 위해 노력했지만 개별 남선교회에 대해서는 지원 여력이 없어 도와주지 못해 마음이 아팠다. 교인을 배려하는 마음이 부족했던지, 남선교회에 미운 사람이 있었던지 알 수 없었지만 합리적인 설명이나 예고도 없이 예산에 있는 항목을 지출 중지한 것은 남선교회 회장에 대한 체면 따위는 고려하지 않았고 무시했다고 생각되었다.

개별 남선교회 별로도 하는 일이 적지 않았다. 해외선교사를 도우는 일, 단기선교를 하는 일, 신입회원을 영입하고 친교하는 일, 단체 나들이로 결속을 다지는 일, 성가경연대회를 하는 일, 좋은 강사를 초빙하여 월예회를 개최하는 일 등 재미있는 일들이 많았다. 오늘날 많은 교회들이 남선교회가 작아지거나 유명무실해지고 있는데 소망교회에서 분화 발전하고 있는 것은 우연이 아니다.

이런 사실은 교회 지도자들이 결코 가볍게 여겨서는 안 된다고 생각한다. 발전은 관심과 투자의 산물이다. 소망교회 남선교회 구성원들이 신앙의 책임감을 갖고 모두 노력하고 있기 때문에 활력을 잃지 않고 지속되고 있는 것이다.

이런 분위기를 꺾어서는 안 되며 살려가야 한다. 그래서 어려운 가운데서도 우리 남선교회를 위해서 열심히 기도해 주시고 애써준 남선교회 회원들이 존경스럽고 사랑스러웠으며 그런 남선교회를 섬긴 것이 보람이었고 자랑이었다.

예수를 만난 지 어언 60년이라면 제법 대단한 세월인데 과연 몇 명이나 전도했을까? 나를 보고 교회 나온 사람이 몇 명이나 될까? 혹시 나로 말미암아 교회를 떠난 사람이 없는가? 어릴 때는 나를 따르는 친구들이 많아 전도하면 반응이 좋았을 뿐 아니라 교회 주일학교에서 우리 반이 출석과 전도 성적이 제일 좋았던 적도 여러 번 있었다. 나이 들어가면서도 신앙인의 품위를 지킬려고 나름대로 노력하며 살았는데 영력이 떨어졌는지 전도가 쉽지 않음을 느꼈다. 다만 나의 직장동료를 비롯한 친구 몇 사람이 기존교인으로 소망교회 교인이 되었을 뿐이다.

나의 소망은 가족의 구원

내가 전도를 위해 기도하고 있었던 제1호는 나의 아버지 어머니였다. 어머니는 몇 차례 교회를 모시고 다녀왔지만 내가 동경 근무 때에 돌아가셔서 진짜 교인으로 인도하지 못했고, 완고한 아버지는 병원에서 세례 받고 교회에 모시고 다녔으니 절반의 성공이라 할 수 있을는지 모르겠다.

그 다음은 장모님이 목표였다. 우이동 도선사의 신자였고, 처가 집안에는 개인사찰이 있을 정도로 불심이 깊은 불자셨다. 정초에 장모님이 항상 다니시던 도선사에 오시면 우이동 우리 집에서 쉬었다 가셨는데 그 때는 우리 집사람이 예수 믿는 흔적을 깨끗이 치우곤 했다. 그러던 장모님을 장인어른 돌아가시고 난 뒤에 꾸준히 전도했더니 어느 날 교회 한 번 가자고 하여 기분 좋게 성공했다.

여러 교회 모시고 다니다가 소개한 곳이 목양교회 배상길 목사였고, 그 목사의 지도하에 성경공부와 신앙생활을 착실히 하여 나중에 명예권사가 되셨다. 권사 되고 난 뒤 돌아가실 때까지 약 15년 정도는 병원에 입원하신 시기가 아니면 한 번도 새벽기도를 거른 일이 없을 정도로 열심히 기도하셨다. 그 기도가 참으로 귀하고 성령 충만했던지 처제들도 모두 교인이 되어 지금 전부 권사가 되었다.

지나간 신앙인생 60년을 돌아다보면 기적 같은 일들이 더러 있었고 감사할 일들이 많았다. 그래서 나는 항상 기도할 때 지금까지 지내온 것이 모두 하나님의 은혜였고, 돌이켜보면 하나님의 사랑이 아닌 것이 없었다고 고백한다.

지금도 우리 경남고 19회 예수 믿는 친구들 모임(예경회, 2022년)의 회장을 맡고 있으며 선교사 친구들을 위해 기도하고 있다. 모두 다 하나님의 사랑받는 친구가 되기를 기도하면서 지낸다.

02
마산에서의 병원생활

  마산은 공기 좋고 물 좋은 곳으로 이름난 곳이다. 그래서 유명한 간장공장 몽고간장, 술공장 무학소주 등이 있다. 일제강점기에도 이들 술과 간장공장이 있었다는 것을 보면 옛날부터 물맛 좋은 곳으로 잘 알려졌던 모양이다.

  공기도 좋다고 이름난 곳이라 마산에는 각종 요양시설이 많은데 특히 결핵요양병원이 있어 전국에서 모여든 많은 사람이 치료 받는 곳이었다.

병원 위병소의 긴 고갯길

  마산 가포해수욕장 가는 길에 국립 결핵요양원이 있고 그 전에 제36육군병원이 있었다. 그 병원이 군병원에서는 결핵 전문병원이었다.

  마산역에서 버스 타고 군병원 앞에 내려 남동쪽으로 약 200m 정도 걸으면 위병소가 나왔다. 제법 비탈길인데 그 길이 얼마나 멀던지! 정복 입은 사관생도가 무거운 가방을 들고 패잔병처럼 올라가는데 나도 모르게 눈물이 하염없이 흘러내렸다.

회복해서 복귀할 수 있을까? 내가 바라던 군인의 길을 다시 갈 수 있을 것인가? 패기 발랄하던 내가 이 무슨 짓인가? 부질없는 질문이 내 머릿속을 때리면서 내 다리가 더욱 무거워졌다. 그래도 이 위병소 고갯길이 한 많은 미아리고개가 될 줄은 꿈에도 몰랐다.

춘삼월 꽃샘추위가 기승을 부릴 때인가보다. 병실을 배정받고 꿈에도 생각 못한 마산 병원생활이 시작되었다. 정밀검사 결과 중증 폐결핵이란다. 설마 했더니 진짜였다. 앞이 깜깜했다.

하나님! 나에게 어찌 이런 시련을 주십니까? 일학년 입학 전 기초군사훈련 시기만 하여도 무서울 것이 없는 건강상태였지 않습니까? 축구시합에서 우리 팀을 준우승으로 올려놓고 좋아하였는데 그 다음 주부터 걷기가 불편하더니 결국 다리뼈에 금이 갔다고 하였다.

첫 단추가 이상하다고 했더니 일년 내 아픈 다리가 말을 듣지 않았다. 밤에 잠자리에 들 때마다 내일부터 좋아지면 좋겠다는 기도가 절로 나왔다. 그래도 입원하지 않고 견뎠지마는 그것이 결국 좋지 않은 결과를 낳았다. 아픈 다리를 계속 무리해서 걸으니까 몸의 균형이 무너져간 데다가 스트레스가 가장 많은 일학년 생도생활에 정신적 부담이 커서 그런지 몸이 망가져가는 것이 느껴질 정도가 되었다.

그 무렵 신체검사 결과 폐결핵 판정을 받고 빨리 후송가야 한다는 통보를 받고 나서 정신없이 여기 마산병원까지 오게 되었다. 처음에는 믿어지지 않았지만 점점 현실로 다가오면서 이왕 입원했으니 열심히 치료해서 내년에 복귀하는 목표를 정하였다.

그동안 하고 싶은 공부를 하게 되면 더 좋을 것이라고 위로하면서 마음을 다잡아 갔다. 그러나 마음이 점점 패닉상태가 되면서 무기력해지기 시작했다. 의욕이 생기지 않았다. 불면증도 오고 밤낮이 바뀐 생활이 되고 마음이 정리가 되지 않아 방황하게 되었다.

하나님께서 내가 가는 이 군인의 길을 원하지 않는 것인가? 많이 기도하며 택한 길인데 왜 이렇게 자신이 없어져 가지? 고등학교에 들어오면서 나는 나의 진로를 일찍이 결정하였다.

육군사관학교를 들어가서 군인이 되겠다는 방향이 확고하였다. 나폴레옹, 롬멜, 처칠, 맥아더, 아이젠하워 같은 사람들의 전기를 탐독하고 그들의 성격뿐만 아니라 정치적 성향까지도 관심의 대상이었다. 그리고 그분들 전기와 전략은 너무 재미있고 매력이 있었기에 나의 친한 친구들은 여러 번 들은 바 있는 이야기 때문에 그때 이미 나를 홍 장군이라 부르기도 하였다.

여객선 선장 출신인 아버지는 해양대학이 아니면 해군사관학교가 좋겠다고 하셨지만 나는 단호히 서울의 육사에 가겠다고 했다. 마산 바로 옆에 진해 해군사관학교가 있어서 그런지 아버지가 추천한 것이 옳은데 그랬나 싶기도 했다. 내가 수영을 잘 했으니까 다리 때문에 고생을 하지 않았을 수도 있지 않았나 하는 쓸데없는 망상들이 나를 괴롭혔다.

좋은 친구들 만남

이렇게 두 달쯤 지냈을 무렵 나에게 면회소에 나오라는 연락이 왔다. 육사 동기인 강봉학이 자기 여자친구 H양을 위문조로 보냈는데 두 명 L양과 N양 아가씨를 더 보태어 세 사람이 모두 빨간 코트를 입고 왔다. 무척 반갑고도 기분이 좋았다. 그 다음 주에는 정언립과 두 친구(김낙곤, 최이락)가 왔다. 이들이 매주 교대로 찾아와서 마산의 이야기며 세상 이야기를 하면서 책이며 옷이며 필요한 것들을 구입해 주었다.

언립이와 이락이는 마산대학을 다니고 있었으며, 두 사람이 펜싱 선수라 전국체전에도 출전하곤 했다. 낙곤이는 부산 동아대학교에 다니는 중이라 주말에는 다 같이 만나 돌아다니는 시간이 많았다. 언립이 부모님은 아들 친구들이 가면 그렇게 반갑게 맞아주던 모습이 50년이 지난 지금에도 눈에 선하다.

언립이 할머니는 우리가 가면 한 마디 하신다.

"얘들아! 여자는 방댕이가 크고 젖통이 커야 한다. 알았제?"

그리고 보니 언립이 어머니가 그렇다. 아들이 무려 여섯 명이다.

이락이 부모님도 마찬가지로 아들 친구들에겐 대접이 융숭했고, 그 누님이 우리를 이뻐했는데 당시에 아이가 없어 걱정하였던 기억이 난다.

내가 이 친구들을 잊지 못하는 이유가 있다. 번민하고 괴로워서 꼬박 날을 새는 시기에 아무에게도 하소연할 사람도 없는 낯설은 곳에서 이 친구들을 만나서 얼마나 위안이 되었는지 모른다.

그 후 이락이는 캐나다로 이민 가서 사는데 몇 번 연락이 있더니 지금은 소식이 없다. 언립이는 마산 살고, 낙곤이는 진주에 사는데 두 사람이 모두 건강이 좋지 않아 마누라의 도움 없이는 활동이 곤란하다.

먹성 좋고 술 좋아하던 닷줄(언립의 별명)이가 막걸리에 밥 말아 먹는 것이 특기였고, 잘 생긴 낙곤이는 여자가 따르기도 하고 좋아하였기에 물총이라 놀리던 것이 어제 같은데 벌써 70세가 훨씬 넘었다. 내가 경남대학교에 초빙교수(2018~2020년)로 다닐 때 가끔 만나 식사하고 지냈는데 요새는 만나지 못하고 전화로 안부만 묻고 지낸다.

모두 건강이 좋아지면 한 번 만나 식사도 하고 신나게 옛 이야기나 했으면 좋겠다.

봉학이의 여자친구 양숙이는 마산여고에서 공부도 잘 하고 예뻐서 인기 짱이었고, 교회 성가대원이고 소프라노 파트로 노래를 비롯한 음악에도 취미가 많은 아가씨였다. 내가 좋아하는 '가고파' 와 '동무생각' 을 곧잘 불렀다. 이 두 곡이 모두 이곳 마산 출신인 이은상 선생이 작사한 곡으로 실의에 빠진 나에게 많은 위로가 되었다.

특히 '동무생각' 은 이은상 작시, 박태준 작곡으로 동무들에게 떨어져 있는 나의 심정과 같아 자주 불러보던 애창곡이었다. 이 분들의 이야기를 들려주었는데 참으로 감동이었다.

이은상과 박태준의 '동무생각'

마산에는 일제강점기부터 제법 역사가 오래된 창신학교가 있는데 한때 이 학교 설립자의 아들인 이은상이 국어 선생이고 유망한 작곡가 박태준이 음악 선생이었다.

서로 좋아하는 두 젊은이가 만났으니 얼마나 많은 이야기를 했겠는가? 북마산의 제비산 언덕에 올라 월포의 낙조를 바라보며 시를 읽었고, 제비산에서 구마산으로 가는 다리 위에서 삶과 예술에 관한 이야기로 시간 가는 줄 몰랐다고 한다.

박태준의 고향은 대구이고 청라언덕이 있는 계명학교 출신이다. 푸른 담쟁이가 가득한 청라언덕과 좁고 긴 90계단이 있는 태준의 고향 이야기를 은상이 더 좋아하였다.

그 날도 태준은 은상과 함께 제비산 언덕에 앉아 낙조에 물들어가고 있었다. 암울한 조국의 현실이 두 젊은이의 마음을 더욱 어둡게 하였다. 침울한 분위기를 바꾸려는 듯 은상이 약간 짓궂은 표정으로 갑자기 물었다.

"박 선생님의 첫사랑은 어떤 분이셨나요?"

뜬금없는 질문에 태준은 당황스런 표정을 지우며 말했다.

"첫사랑은 뭐, 한 번도 얘기도 못했는걸요."

"첫사랑은 다 그렇지요. 그러니까 영영 가슴속에 박제되는 사랑이고요."

"제가 다니던 계성학교 가까이에 있는 신명여고 여학생이었어요. 함께 교회를 다녔는데 한 번은 그 여학생이 자두를 한 바구니 가져와 교회 아이들에게 나누어주고 있는 거예요. 전 자두가 저에게도 올까 하며 가슴을 졸이고 있었어요. 그러다가 모자라면 어떡하지 하며 화장실로 숨어 버렸어요. 혹시 자두를 못 받게 된다면 내가 자리에 없었으니 주지 못했을 거라고 위안하려고요. 그 후 돌아오니 자두 두 알이 오르간 위에 놓여 있었어요. 깨끗한 손수건이 자두 위에 덮여 있었지요. 그 자두를 책상 위에 두고 날마다 바라보았어요. 더는 둘 수 없을 만큼 썩고 말라 버렸을 땐 꼭지를 따서 습자지에 고이 싸서 보관하였지요. 교회를 갈려면 청라언덕을 지나가야 했어요. 여학생은 저녁예배를 드리러 그 길을 지나곤 했는데 전 오르간 연습을 하다가도 그 시간이 되면 언덕으로 가서 그 여학생이 지나가는 것을 보았어요. 손수건을 전해 주어야 하는데도 그럴 수는 없었어요. 언젠가는 다가올 그 시간을 아껴두고 싶었거든요."

"어느 날 굳게 결심하고 그녀를 기다렸어요. '자두 고마웠어요.' 그 말을 수백 번도 더 연습하면서 그 때가 라일락 이파리가 잔뜩 두꺼워진 칠월 하순이었는데 그 즈음 그런 말이 유행하고 있었어요. '사랑의 맛을 알려면 라일락을 씹어보라.' 하지만 라일락 이파리가 어떤 맛인지는 알려주는 사람이 없었어요. 문득 저는 그 맛이 어떤 맛인지 궁금해졌어요. 사랑의 맛이 궁금해졌던 거죠. 손을 뻗어 연한 잎 하나 따서 입안에 넣었는데, 아~! 그 맛이란 그건 먹어보지 않고서는 도저히 설명할 수 없는 맛이었어요. 정말이지 죽을 것 같은 맛이었는데 뱉어버릴 수가 없었어요. 그러면 그 기다림이 허사가 되고 말 것 같았거든요."

"그 때였어요. 멀리 그녀의 모습이 보였어요. 기다림은 길었는데 그녀의 걸음은 얼마나 빨랐던지 내가 이파리를 다 삼키기도 전에 그녀는 내 코앞에 마주하고 있었지요. 아직도 입안에 가득한 그 맛 때문에 혀가 얼얼하고 얼굴은 붉으락푸르락해졌지요. 그때 제가 뭐라 한 줄 아세요? 어휴! 그렇게 골백번 연습한 '자두' 라는 말 대신에 바보 같게도 '라아락 고마웠어요' 라고 말해 버렸죠."

순진한 아이처럼 귓불이 붉어진 태준을 바라보며 은상은 배를 잡고 웃었다.

"아이고! 그 이파리 맛이 어떻데요?"

"그건 선생님이 직접 맛보셔야 해요. 사랑의 맛이 그런 것이라는 걸 절감하게 될 테니까요."

그리고 태준은 얼굴을 활짝 펴며 말을 이었다.

"그런데 그 여학생이 어떻게 한 줄 아세요? 저를 보며 웃었어요. 제게 눈을 맞추고 소리 없이 빙그레 웃었답니다. 그 후 그녀는 말 한 마디 없이 일본으로 유학을 떠나 버렸어요."

이야기를 듣고 있던 은상이 수첩을 꺼내들고 무언가 끄적이기 시작했다.

"박 선생님! 선생님 곡에다 그 여학생의 이야기를 담아 보세요. 그러면 소녀와의 사랑을 노래속에서나마 이룰 수 있지 않겠어요? 제가 가사를 써 드릴 테니 곡을 붙여 보시겠어요?"

잠시 후 은상은 태준의 고향 추억과 월포 바닷가의 풍경을 담은 시를 건네주었다.

수첩을 받아든 태준은 "참 아름다운 노랫말이군요" 하면서 눈동자가 따스해지는가 싶더니 어느새 촉촉이 젖어들었다.

푸르던 청라언덕과 붉은 돌담 그리고 붉은 돌담을 휘감은 푸른 담쟁이와 그 길을 오르던 형의 얼굴이 떠올랐다. 너무도 정답고 보고 싶었던 형! 일본 유학중 폐결핵에 걸려 돌아와 24세의 나이로 그 아름답던 생을 마감했던 형이었다.

그리고 청포물을 들인 듯 윤기나는 검은 눈썹과 싱그럽던 소녀의 미소가 태준의 뺨을 조용히 만지고 지나갔다. 멀리 파도속으로 백합 같은 소녀의 희디흰 얼굴과 저녁 호수처럼 떠난 흰 새 같은 형의 얼굴이 썰물같이 밀려왔다가 사라지곤 했다.

이렇게 하여 동무생각이라는 명곡이 탄생하게 되었다. 이 노래의 배경에도 일본에서 고학하며 고생하던 형이 폐결핵으로 귀향했던 일이며, 꿈도 이루지 못한 젊은 나이에 요절했던 형의 모습이 얼마나 애절했으면 동생의 가슴속에 환상으로 남았을까?

동무생각 _이은상 작사/ 박태준 작곡

봄의 교향악이 울려 퍼지는 청라언덕 위에 백합 필 적에
나는 흰 나리꽃 향내 맡으며 너를 위해 노래 노래 부른다

청라언덕과 같은 내 맘에 백합 같은 내 동무야
네가 내게서 피어날 적에 모든 슬픔이 사라진다.

더운 백사장에 밀려 들오는 저녁 조수 위에 흰새 뛸 적에
나는 멀리 산천 바라보면서 너를 위해 노래 노래 부른다
저녁 조수와 같은 내 맘에 흰새 같은 내 동무야
네가 내게서 떠돌 때에는 모든 슬픔이 사라진다

서리 바람 부는 낙엽동산 속 꽃진 연당에서 금어 뛸 적에
나는 깊이 물속 굽어보면서 너를 위해 노래 노래 부른다
꽃진 연당과 같은 내 맘에 금어 같은 내 동무야
네가 내게서 뛰놀 적에는 모든 슬픔이 사라진다

소리 없이 오는 눈밭 사이로 밤의 장안에서 가등 빛날 때

미완의 삶과 사랑

나는 높이 성궁 쳐다보면서 너를 위해 노래 노래 부른다
밤의 장안과 같은 내 맘에 가등 같은 내 동무야
네가 내게서 빛날 때에는 모든 슬픔이 사라진다

군인의 길을 접어야 할 순간

폐결핵으로 학업을 중단하고 요양중인 한 청년의 고뇌를 아는지 이 노랫말과 곡의 배경은 너무도 내 가슴에 와 닿았다. 마산 와서 좋아했던 이은상과 박태준 선생님을 새롭게 알게 되었고, 음악이 주는 고마움도 깊이 생각하게 되었다.

좋은 친구들 만나 정신적으로 안정되고 힐링이 되었을 뿐만 아니라 대학사회와 젊은이의 고뇌를 이해하는 데도 도움이 되었다. 그리고 무엇보다도 나에게 용기를 주고 병 치료를 위해 아낌없이 도와주는 친구들을 위해서라도 반드시 일어서야 한다는 의지를 새롭게 하였다는 것이고, 복귀준비를 암암리에 계획하게 되었다는 것이다.

8개월 쯤 지나니 다리뼈에 금이 간 것도 거의 다 나아졌고, 몸에 컨디션이 좋아지는 것 같아서 내 나름대로 희망적이라 생각했다. 그러나 장기간 운동부족 상태에서 누워있는 시간이 많았기 때문에 체력이 말이 아니었다.

먼저 체력을 키우기 위해서 걷기부터 시작해서 산길 오르기, 마지막에는 구보를 해 보기로 하는 등 서서히 2개월간 복학계획에 착수했다. 넓은 병원 둘레를 다섯 바퀴씩 매일 돌고 있을 즈음 최종 신체검사일이 다가오고 있었다.

고교 선배이면서 서울의대 출신 내과과장이 호출해서 갔더니 청천벽력 같은 퇴원소견을 통보하는 것이었다. 내용은 '아직 완쾌되지 않은 상태이며 계속 치료가 필요함'이란다. 지금 상태로는 학업과 훈련을 할 수 없다는 것이며 장기간 입원으로 퇴원해야 된다는 의미였다.

"다시 입원하면 위병소 앞에서 죽겠습니다. 소견을 고쳐 주십시오."

그리고 문을 박차고 나와 버렸더니 다음날 병원에 소문이 쫘악~ 났다. 홍 생도가 죽어 버리겠다고 했단다.

마침 겨울철 동계훈련 시기라서 퇴원명령을 갖고 학교로 올라갔다. 그냥 생도생활을 하겠다고 우겼더니 생도대장과 대대장이 병 치료가 먼저라고 나를 타이르는 것이었다. 대대장은 나의 선배로서 충고한다면서 "군인은 몸을 파는 직업인데 건강에 자신이 없으면 임관한 후에도 또 병원신세를 지게 될 거야. 그렇게 되면 군인생활은 끝이야. 그러니 지금 치료를 잘 받아 완쾌하도록 하는 것이 급선무야."

그러면서 병 치료를 위해 필요한 조치를 해 주겠다고 했다.

이제 나는 생도생활을 다시 하기는 어려울 것 같다는 예감이 들었다. 같이 치료받던 박 생도는 복귀하고 나는 다시 마산병원으로 가야 할 형편이 되었다. 눈물이 앞을 가렸다. 진짜로 죽고 싶었다. 육사 교회 바닥에서 실컷 울면서 기도했다.

얼마가 지났는지 깜깜해지도록 기도의 응답은 없었지만 스스로 차분해지는 느낌이었다. 선뜻 앞으로 일년 간 더 치료 받는다고 하더라도 어차피 3년간 군대생활하는 건데 육사생도 신분이 낫지 않나? 이제부터 어떤 일을 어떻게 하느냐가 중요하지 않나? 꼭 군인이어야 네 인생이 행복하고 보람되나? 그런 생각이 들었다. 이것이 다음 일을 준비하라는 응답이란 말인가?

마산 제36육군병원에 다시 입원했다. 우선 많은 선배들과 만나서 조언을 듣기로 했다. 육사 출신 선배는 여러분이 환자로 와서 요양하고 있었는데 그 중 이근배 대위와 여러 가지 인생사를 많이 의논하였다. 광주고등학교 출신이고 육사 훈육관으로 발령받았다가 발병 사실을 알고 이 병원에 입원했다.

상당히 중증 환자라 여러 가지 생각이 많으신 것 같았다. 육사 14기생으로 외모도 능력도 출중하고 매너도 좋으셔서 후배들이 따르는 사람이 많았다. 그리고 또 잊을 수 없는 사람이 노규현 대위였다. 비육사 갑종간부 출신으로 공수부대 핵심 멤버였다. 원칙적이면서도 인간미가 넘치는 신사였다. 이 분들은 모두 24시간 같은 환경에서 생활하는 환자였기에 대화할 시간이 많았다.

결론은 주어진 환경을 잘 활용해서 다음을 준비하라는 충고였다. 군인에 집착해 있는 나를 보고 지금은 그렇지만 지나고 보면 아무 것도 아니라는 점과 오히려 이런 상황이 좋은 찬스일 수 있다는 점을 강조하였다. 이 밖에도 대한적십자 마산지사 육군병원 이해수 실장, 간호장교 이정순 대위, 육군병원 이종용 내과과장 등 많은 분들이 나를 격려해 주었는데 지금 모두 무엇을 하고 있는지 궁금하다.

그리고 말없이 나의 길을 안내해 준 세 분이 계셨다. 연세대 영문과 출신 연문희 소위, 서울농대 출신 이형재 소위, 경희대 사회학과 출신 장일순 중위였다. 모두가 독실한 크리스천이면서 ROTC 출신이었다. 어려운 문제를 성의 있게 접근해서 해결해 주고 도와주는 형들이었다. 여기에 자원 봉사자로서 우리 병원에 드나들던 김선자 선생님이 합세하여 환상적인 콤비가 이루어지게 되었다.

김 선생이 다니는 문창교회를 소개받아 김석찬 담임목사도 만나보고 성가대에 참가하기도 하였다. 이 교회가 일제강점기에 개신교계를 이끌고 신사참배를 거부한 주기철 목사님이 6년간이나 시무한 곳이다. 여기서 주기철 목사의 민족사랑, 교회사랑 그리고 하나님 사랑을 만나보게 되었다. 그리고 이 분의 생애를 좀 더 자세히 알고 싶었다.

문창교회와 주기철 목사

주기철 목사는 마산에서 멀지 않은 곳, 1897년 경남 창원군 웅천에서 태어났다. 웅천보통학교를 졸업하고 춘원 이광수의 권유에 따라 1500리나 떨어진 평북 오산중학교에 진학했다.

그 학교에서 청년 주기철은 오산학교 설립자인 남강 이승훈 선생과 고당 조만식 교장으로부터 나라와 민족사랑에 대한 교육을 철저히 받았다. 조만식 선생은 후에 평양 산정현교회 장로로서 주 목사를 청빙한 분이고 연희전문학교 상과에 진학하게 한 분이기도 하다. 입학 후 괴롭혔던 눈병이 악화되어 도저히 책을 볼 수 없게 되자 주기철은 낙향해서 쉬고 있었는데 3.1운동이 일어났다.

만세운동을 앞장서서 주도한 혐의로 2개월간 옥고를 치렀고 거기서 자신의 인생관에 큰 변화를 가져왔다. 그리고 출옥하자마자 마산 문창교회에서 당대의 대부흥사 김익두 목사의 설교에 감화를 받아 성직에 대한 소명의식을 갖게 되고 평양신학교에 입학하는 계기가 되었다.

5년 후 평양신학교를 졸업하고 부산 초량교회에서 6년, 다시 문창교회에 와서 6년간을 시무하게 된다.

1931년에 부임한 주기철 목사는 여러 가지 문제가 발생해서 어려워진 문창교회를 오직 말씀과 기도로 인도하고 우여곡절을 겪으면서도 신앙의 기초 위에 든든히 세워갔다. 다행히 모든 교인들이 목사를 신뢰하고 따르게 되면서 점차 수습되어 갔다. 그러나 개인적으로 견디기 어려운 문제가 발생하였다.

두 아이가 돌림병으로 죽게 되는 비극이 채 가시기도 전에 안갑수 사모가 갑자기 병을 얻어 사경을 헤매게 되었다. 이 때 호형호제하며 지내던 여학교 교사 오정모 선생에게 "아우님! 어머니와 아이들을 부탁해요. 목사님을 도와드려요. 나의 마지막 부탁이에요" 하고 세상을 떠났다.

아내를 땅에 묻고 돌아선 주기철 목사는 이단에 버금가는 부목사의 처리문제를 비롯해서 아직도 아물지 않은 교회 상처가 곳곳에 남아 있었는데 이 때문에 금식기도에 들어간 목사의 건강이 악화, 몸을 가누지 못할 정도가 되어 교인들의 마음을 아프게 하였다.

이에 제직들이 일어나 완강하게 반대하던 오정모 선생을 설득해서 사모를 수락, 재혼하게 하고 모든 치리문제도 목사님 의견에 따라 정리하게 됨으로써 문창교회는 안정되고 새로운 서광이 비치기 시작하였다. 하지만 일본의 신사참배 정책은 점차 무겁게 조선 땅을 짓눌렀고 전세계를 휩쓸고 있는 경제위기가 일본의 군국주의를 자극하는 분위기였다.

이에 주기철 목사는 경남노회 부회장으로 다시 피선됨에 따라 노회원들로 하여금 신사참배는 명백한 우상숭배라는 것을 분명히 하고 모든 신사참배를 반대하도록 여론을 이끌어 내었다.

하나님께서는 문창교회에서 주기철을 불러 목회자의 사명을 주셨고 그 뜻을 펼치게 훈련하면서 가장 많은 경험을 하게 했던 것 같다. 두 아이의 죽음, 사흘 만에 세상 떠난 아내의 죽음, 부목사 제명과 책벌, 새 아내의 맞음, 때때로 키질하듯 위협하는 일본의 위협 등 하나님의 인도함이 없었다면 감당하기 어려운 일들을 경험했다고 했다.

1936년 평양 산정현교회에서 청빙하자 주 목사는 기도하기 시작하였다. 그리고 결심하였다. 한국의 예루살렘이라는 평양에서 알 만한 인물들이 가장 많은 교회가 산정현교회이고 그 교회 장로가 조만식이었다. 오매불망 찾고 있던 제자 주기철과 스승이던 조만식이 목사와 장로로 만나게 된 것이었다.

주기철 목사는 신앙적으로 교회를 바르게 정비한 후 늘어난 교인을 수용하기 위해 교회를 크게 신축하였다. 그리고 날로 강화되고 있는 일제의 신사참배에 대처하기 위해 세 가지 사항을 천명하게 되었다.

첫째, 일본의 신사를 참배하는 것은 하나님이 주신 제1과 2계명을 동시에 범하는 것이요.

둘째, 신사를 참배하는 교인은 직위나 신분을 불문하고 공개제명 출교시킬 것이며,

셋째, 신사참배 거부로 인해 발생하는 모든 책임은 주기철 목사가 지겠다.

이에 대해 대부분의 제직들은 마음의 각오를 새롭게 하고 주 목사를 산정현교회에 보내주신 것을 감사하게 생각하였다.

이 시기에 악명 높은 군 출신 미나미 총독이 부임하게 되자 조선 사람들의 목을 더욱 단단히 조이기 시작하였다. 학교마다 신사를 참배하라는 강력한 명령이 시달되었고 학교에서 조선어 폐지, 일본어 강제 사용 등 조선의 정신을 말살하는 일련의 조치들이 강행되었다. 교계에서도 강압과 회유정책이 병행되고 신사참배를 자발적으로 참여하는 교회가 속속 생겨나고 있었다. 이에 주기철 목사는 신사참배 반대하는 공적 1호가 되어 감시뿐만 아니라 기회만 되면 구속 명분을 만들기에 혈안이 되어 있었다.

몇 번 구속 조사하였으나 혐의가 없어 일본 경찰이 고민하던 차에 의성교회 농우회 사건을 만들었다. 이는 5년 전에 평양신학교 학생을 중심으로 농촌계몽운동을 위해 결성한 단체로 조만식 장로가 회장으로 되어있는데 당연히 주기철 목사도 일본 총독부의 정책을 반대하는 활동을 했으리라고 보고 연행해 조사하였다.

처음부터 죄를 뒤집어씌우기 위한 조사였기에 얼마나 고문이 심하였는지 조사 도중 기절하는 경우는 보통이고 정신이 돌아버린 사람도 있었다고 한다. 주 목사도 거의 초죽음이 되어 석방되었다.

평양역에 나온 수많은 환영인파와 교인들을 보고 힘을 얻고 그들의 찬송을 들으면서 원기를 회복하는 것이었다.

이를 본 일본 경찰은 이후부터 기회 있는 대로 주 목사를 회유, 구속, 고문을 되풀이하며 계속 핍박의 강도를 높여갔던 것이다. 심지어 흔들리지 않고 신앙의 지조를 지키는 주 목사를 가족들에게 협조하라고 어머니, 부인, 막내아들 주광조를 데려다 놓은 현장에서 고문하는 것을 보고 어머니가 졸도하고 부인이 숨을 못 쉬고 쓰러지는 것을 목격한 아들이 한동안 두려움에 실어증이 걸려 고생한 적이 있다고 한다.

실로 일본 경찰이 얼마나 악랄했는지도 알 수 있다.

한국의 예루살렘 상징인 평양교회를 신사참배에 참여시켜 조선교회를 모두 손아귀에 넣는 계획을 수립해 놓고 이를 반대하는 주 목사를 어떤 방법으로도 굴복시켜야 한다는 방침이었다.

당시 대부분의 교회가 자기들 휘하에 들어오고 있는데 주 목사와 산정현교회가 반대하고 있으니 주 목사를 면직하고 산정현교회를 폐쇄시켜 버리는 조치를 취하였다.

물론 일본의 강압에 의한 교계가 취한 조치이지마는 교계의 지도자들이 동조했다는 점에서 교회가 씻을 수 없는 과오를 범하게 되었다. 무려 7년이나 지속된 감옥생활에서 주 목사는 잔인한 고문으로 손과 발톱이 하나도 없이 만신창이가 되어 버린 몸으로 해방되기 1년 4개월 전에 평양형무소에서 48세의 나이로 순교하게 되었다.

평범한 한 인간이 얼마나 비범하게 소임을 감당할 수 있는가를 보여준 사람, 그가 남긴 족적과 신앙의 절개는 모든 세대에 귀감과 사표가 될 것이다. 그가 내게 더욱 큰 감동을 주는 것은 지극히 인간적인 너무도 평범한 인간이었기 때문이다. 간수에게 끌려가며 기진맥진한 목소리로 사랑하는 아내에게 마지막 던진 말은 "여보! 나 숭늉 한 그릇 먹고 싶소"였다고 한다.

어느 날 아침 모처럼 식구들과 식사 도중에 일경이 들이닥치자 두려워서 기둥을 부여잡고 엉엉 울며 사랑하는 노모와 처자를 염려했던 한 인간이 주기철이었다. 이 장면이 끌려서 집을 떠나는 마지막 모습이었다.

마치 겟세마네 동산에서 하나님 아버지께 "아버지는 모든 것이 가능하오니 이 잔을 내게서 지나치게 하옵소서"라고 기도했던 인간 예수가 자신의 뜻을 뒤로 하고 아버지의 뜻에 순종했기에 그의 십자가가 더욱 위대한 것처럼 주기철에게도 인간 주기철이 있었기에 그의 순교가 더욱 가슴 울리는 감동일 것이다.

권력과 명예에 깊숙이 물들여 버리고 돈을 하나님 삼으며 세속화와 온갖 우상에 젖어 있는 한국 교회는 순교신앙을 본받아 회개해야 할 것이다. 특히 순교자 주기철 목사의 목사직을 박탈한 평양노회 그리고 총회와 전국 교회 지도자들은 배도의 길에 동참했거나 합류한 죄는 어떻게 이해해야 되는지 모르겠다.

해방 후에도 고통 받은 순교자 가족을 비롯한 구속 수감자들을 위무하거나 구제하기는커녕 외면하거나 회피했다고 하니 예수님을 십자가에 못 박았던 유대인이나 바리세인들과 무엇이 다른가?

내가 문창교회에 다니면서 이런 훌륭한 목사님의 발자취를 더듬어 가며 많은 감명을 받았다. 그리고 나를 돌아다보면서 하나님의 뜻이 무엇인지를 알기 위해 열심히 기도했으며 그러는 가운데 하나님께 좀 더 가까이 가는 것을 느꼈다.

한 때는 나라와 민족을 위해 목숨을 바치며, 험난한 정의의 길을 택한다고 매일 부르짖는 구호였지만 지금은 병든 나를 어떻게 치료해서 이 험난한 세상길을 헤쳐 갈 것인가를 하나님에게 매어 달릴 수밖에 없다는 생각이었다. 이곳 문창교회에서 주기철 목사님은 목회자의 뜻을 세우고 평양신학교로 진학하셨을 때의 그 기분을 생각하며 나는 어디로 가야 하는지를 알고 싶었던 것이다.

병원생활의 마무리

사실 이런 고민은 나에게만 있는 것은 아니었다. 이 병원에 입원해 있는 육사 생도는 대부분 한 번은 깊이 생각해 보지만 경증인 환자들은 일 년 정도이면 복귀하여 군대생활을 하게 되는 것이 일반적이다.

그러나 중증 이상 되면 좀 곤란했다. 우리 생도들은 같은 또래가 다섯 명이 있었다. 나를 비롯해서 원 생도, 박 생도, 이 생도 그리고 간부후보생 윤 후보생이었는데 이 중에 박 생도와 윤 후보생은 후에 원대 복귀해서 영관급 장교까지 올라갔고 나머지 세 명은 임관도 못해 보고 생도 때 군복을 벗었다.

진로문제에 대해 제일 먼저 방향을 결정하고 치료에 열중하고 있는 친구는 원 생도였다. 그는 한 번 병원경험이 있는 데다가 두 번째 입원하게 되었다. 두 번째 입원하기 전에 입원 명령 받고서 내게 편지를 보냈는데 '이제 별을 한 깡통 준다 해도 싫다' 고 적었던 것이 기억난다. 병의 재발에 대한 절망감으로 전역을 결심하고 병치료 후에 대학에 편입학하는 것을 목표로 하고 있었다.

친구관계가 넓고 리더십도 있는 데다가 의리가 있어 친구가 많았다. 그리고 어머니가 아들 친구들을 끔찍이 좋아해서 괴정동 친구들은 하나같이 원 생도 어머니의 도움을 받았고 그 집은 항상 친구들이 많이 붐비는 편이었다. 그래서 우리 생도들도 괴정동에 자주 가게 되었고 거기서 많은 친구들을 사귀게 되었다. 특히 원대희, 김희언, 문춘근(개돌)은 잊을 수 없는 추억을 간직한 친구들이었다.

그러는 동안 나의 병세는 많이 호전되었지만 폐문 쪽에 있는 직경 1.5 센티 정도로 추정되는 공동이 전혀 변화가 없어 걱정하고 있었는데 6개월 동안 마찬가지로 변함없는 소견이었다.

　결국 그것을 열어서 제거하기로 하고 바쁘게 수술준비에 돌입하였다. 왜냐하면 수술 후 회복기간을 약 3개월 정도, 정상화까지 모두 6개월 정도로 잡아야 하니까 시간이 별로 많지 않았다. 당시 36육군병원은 우리나라에서 폐 수술건수가 가장 많았고 성공률도 높았다.

　얼마 전 내 선배 육사 생도도 수술 후 퇴원해서 생도생활을 잘하고 있다고 하였다. 수술방법은 두 가지가 있었는데 하나는 등 부분으로 절개하여 병변을 제거하는 방법으로 흉터가 길게 노출되나 수술이 쉽고 부작용이 적은 반면에 겨드랑이선을 절개하는 고난도 수술 방법은 흉터가 작고 수술이 어렵다고 하였다.

　그래서 장교들은 주로 겨드랑이 수술을, 사병은 등 부분 수술을 하는 경우가 많았다. 수술하고 나면 금방 표가 나서 알 수 있기에 당시에는 작은 흉터를 미제 자크, 긴 흉터를 국산 자크로 부르기도 하였다. 나는 미제 자크를 달기로 하고 내과병동에서 외과병동으로 옮겨 수술 전에 최종 정밀 체크를 받았다.

　그리고 간혹 수술 도중 깨어나지 않고 죽는 사람도 있었기에 유서를 작성해 두었다. 유서라고 해야 별 것이 없지만 고향에 계신 부모님께 앞서 가는 불효를 용서해 달라는 것, 그리고 금의환향해서 기쁘게 해드리고 싶었는데 꿈을 이루지 못해 죄송하오며 이것 또한 하늘의 뜻이라 생각하며 불효막급한 하직인사 올린다는 것 등 대충 그런 내용이었다.

　당시 고향의 부모님은 훈련 받다가 조금 다쳐서 병원에 입원해서 치료 중이고 곧 퇴원하면 학교로 복귀할 것이라고 편지한 상태였기에 그렇게 가볍게 알고 계실 것이었다.

　3일 간의 외과병동의 시간은 무척 길었다. 삼일째 되는 날 아침에 가볍게 죽을 먹은 후 체조하고 안정에 들어갔다. 그런데 갑자기 간호장교가 찾아와서 진료부장이 찾는다고 한다. 진료부장실에 들어갔더니 군의관 다섯 명이 앉아서 토론을 하고 있었다. 결론은 폐의 입구 쪽에 있는 병변에 변화가 있어 수술을 할 수 없고 좀 더 관찰해 보자는 의견이었다.

이것이 자꾸만 작아지면 수술할 필요가 없다는 것이다. 불행인지 다행인지 알 수 없었다. 수술 않고 완쾌된다면 다행이지만 중도에 퇴원한다면 큰일이라는 생각이 들었다. 그래서 다시 내과병동으로 복귀하여 치료받기 시작했다. 이제는 "치료만이 살 길이다. 기도하며 길을 찾자"는 방향이 명백해졌다.

철저하게 나를 관리하며 치료에 열중하였으나 체력은 말이 아니었다. 그래도 2개월마다 변화를 체크하는데 놀라운 변화가 감지되었다. 폐문 쪽의 병주머니가 작아지고 있는데 이 상태로 진행되면 흔적만 남길 가능

이곳은 6.25사변 후 국군 의무병과의 여러 부대들이 창설되거나 옮겨와서 오랫동안 머문 유서깊은 위치입니다.

수도육군병원이 1950년 12월 서울에서 이곳으로 옮겨왔고 1952년 육군 군의학교도 옮겨와서 11년동안 수많은 군의관, 간호장교, 위생병들을 배출하였으며, 1954년 육군 의무기지 사령부가 이곳에서 창설되어 9년동안 활동한 후 이전하였습니다. 수도육군병원은 이곳에 계속 주둔하면서 1963년 제36육군병원, 1968년 제26육군병원으로 개명되었고 1971년 국군 마산 통합병원으로 확대 개편된 다음 1984년 국군마산병원으로 바뀌었으며, 1993년 12월 합포구 진전면에 현재와 된 병원을 신축하여 이전하였습니다.

지금은 붉은 벽돌로 지어진 옛 병영물은 보이지 않지만 국군 의무부대의 역사가 서려 있는 이곳이 온 국민의 가슴속에 오래도록 기억되기를 기원합니다.
1996년 4월 16일

국군 의무사령관 · 대한 의사협회장 ·

성이 있다고 하니 얼마나 다행한 일인가. 하나님의 은혜로 밖에 설명이 되지 않았다. 군의관도 아직 완전하진 않지만 이런 신기한 경우는 처음이라고 말할 정도였기에 내겐 기적적인 일이 아닐 수 없었다.

이제 전역하고 사회로 나가서 대학에 편입하든지 입학해야 한다. 원 생도는 한양대에 편입했다고 연락이 왔다. 같이 투병생활하던 친구들은 모두 떠났고 나와 이 생도만이 남았다.

한 많은 마산 병원생활이 이제 막을 내릴 시간이 다가오고 있었다. 그동안 병 치료에 전념하면서 좋은 친구도 사귀었고 선배들의 조언과 도움을 받았을 뿐 아니라 창신학교, 문창교회에서 선각자들의 생활단면도 감동적으로 공부하였다.

이러한 소중한 경험을 기초로 새로운 세계를 개척하리라 결심하고 1년 남짓한 마산생활을 마감하였다.

03
동경 근무와 에도에 대한 소고

　우리나라의 경제와 공업화 전략을 꾸준히 연구하고 소개하던 산업은행 조사부에 근무한 지 10년 정도 지났을 무렵, 일본의 중화학공업의 경험을 연구하기 위해 1980년 일본 동경 미쓰비시 연구소에 연수를 가게 되었다. 그동안 우리 조사부에서 '중화학정보'라는 연구 월간지를 발간하여 유관기관에 제공해 왔기 때문에 연구제목이 나에게 흥미 있는 제목이었다.

　연수 떠나기 전에 일본에 유학경험이 있는 장인어른의 어드바이스를 많이 들었는데 그 당시 일본인의 기질에 대한 많은 이야기를 하고 잘 관찰하라는 당부도 잊지 않으셨다. 일본인들은 일반적으로 근면 성실하고 정직하며 친절하다. 한없이 너그러운 것 같지만 순간적으로 일어나는 단기(短氣)가 있다는 점을 설명하면서 미드웨이 해전의 선제 공격해 놓고 선전포고하는 비겁한 면이 있다.

　솔직한 반면에 잘못을 쉽게 인정하지 않는 점, 힘 있는 자에게 약하고 힘 없는 자에게 강한 면이 있다고도 하였다. 한때 세계를 제패할 기상과 꿈이 있었기에 자존심이 강하고, 특히 한국인과의 힘 겨루기에는 양보하지 않는 특성이 있다고 한 이야기가 실감나기도 하였다.

동경 근무의 매력

　일본 연수 중 우리나라 조선산업을 비롯한 중공업에 대한 많은 토론이
있었고, 일본이 한국 등에 넘겨주어야 할 조선공업 등은 빨리 이전하는
것이 상호이익이라는 점을 강조하고 많은 호응을 받았다. 그 후에도 그
때 연구원들과 오랜 친분관계를 유지하면서 지냈다. 일본 경제와 산업,
기업금융에 대해서도 지속적으로 관심이 있었고 꾸준한 정보교환이 있
던 차에 1990년 동경지점(산업은행) 설립준비위원으로 발령을 받았다.
　개인적으로 나는 여러 가지로 희망하던 바였기에 떠날 준비가 되었지
만 가족들은 갑자기 해외생활을 하게 되어 기대 반 걱정 반이었다. 아무
런 준비 없이 떠나는 아이들이 제일 걱정이 되었다.
　큰 아들이 중3이고 작은 아들이 중1이라 모두 친구 좋아하고 마음껏 뛰
놀 시기인데 언어의 장벽 때문에 고생이 많았다. 아이들의 말 못하는 욕
구불만은 싸움을 해서라도 푼다고 하더니 스트레스가 많은 것 같아서 안
쓰러웠고 언어의 장벽으로 고생하던 때 학교생활에서 괴롭힘을 당한 경
험도 있다.
　당시 중3인 나의 큰 아들이 만들기, 장난감 조립 등을 잘 하였다. 아직
말도 서툴고 친구도 없는 시기에 일본 선생님이 설계도를 주면서 일주일
내로 조립하라고 숙제를 내주었는데 만들기를 잘하는 우리 아이가 바로
다음 날에 제출하였더니 선생님이 깜짝 놀라면서 대단히 잘 하였다고 칭
찬했다고 한다.

그리고 교실에 샘플로 전시해 두고 본받으라고 한 것이 화근이 되었다. 그 전까지 비교적 동정적이었던 아이들이 우리 반에서 최고라는 선생님의 한 마디에 그 분위기가 달라지고 이제 몇 명의 반 아이들은 이지메(괴롭힘)를 시작하였던 것이다.

책상을 없애 버리는 경우도 있고 화장실 갔다 오면 의자가 없어지는 것은 다반사이고 신장속에서 신을 꺼내 숨겨버려 고통스럽게 하는 등 날마다 괴롭힘을 준다는 이야기를 몇 번 들었다.

그럴 때마다 참으라고 하다가 하루는 담임선생님과 교감선생님 면담을 신청하였다.

며칠 후에 면담을 하게 되었는데 담임과 교감선생님 공히 책임을 공감하는 자세가 너무도 진지하고 간곡하였다. 학생지도의 잘못을 깊이 사과하고 바로 잡을려고 하니 한 달만 말미를 달라고 솔직하고 결의에 찬 부탁을 하기에 그렇게 하기로 했다. 이 때 일본 교사들의 자세를 보면서 약간의 감동을 받았다. 선진 일본 교육의 수치를 느끼는 것이 보였다.

일본은 교육적 체벌 용인

돌아오는 길에 우연히 학생지도실에서 괴롭힌 학생들과의 지도내용을 듣게 되었고 자기의 행동을 변명한 거짓말이 발각되어 담임선생님께 체벌을 받는 장면을 목격하게 되었다. '너희들은 대일본국의 국민으로서 도저히 용서할 수 없는 놈들이다' 라고 훈시하면서 체벌을 가하는 것을 목격하게 되었다.

"첫째 보호하고 친절히 대해야 할 외국인 학생을 괴롭혔고, 둘째 일본국 학생으로서 해서는 안 될 거짓말을 했고, 셋째 솔직하게 반성하지 않고 변명으로 일관했다."

가히 군대식으로 가한 엄한 체벌에 대해 아이들은 용서해 달라며 호소하였으나 30분 동안 기진맥진해서 겨우 일어나는 모습을 보았고, 한 달 동안 반성문의 제출과 학교청소를 담당하라는 추가조치를 취하는 것을 들었다.

좀 전근대적 교육방식이라 생각되었지만 체벌에 대한 논리가 정연한 데다가 명백한 잘못에 대한 체벌은 학부형도 학생도 꼼짝 못한다는 이야기를 듣고 학교를 신뢰하는 일본의 교육제도가 일면 부럽기도 하였다.

금융의 생명은 정보

우리 산업은행의 업무상 일본 은행은 물론 기업과의 접촉도 많았는데 일본 기업들은 그들 상호간의 긴밀한 정보교환 관행은 때때로 놀랄 지경임을 경험하였다. 우리나라 사람들은 개개인이 가진 정보를 잘 공유하지 않는다. 그것이 국익에 관계되는 것일지라도 자기가 가진 정보를 내어놓지 않는 나쁜 습관이 있다.

그러나 일본 사람은 다르다. 정보를 주고받을 곳, 즉 정보를 다룰 줄 안다는 것이다. 세계를 제패하기 위해서는 자기끼리의 정보 공유가 얼마나 필요한지를 잘 알고 있기 때문이다. 기업의 비지니스도 금융도 정보가 가장 중요하다.

오래 전 일이지만 한 때 잘 나가던 유럽 기업의 채권을 우리가 일본의 모 은행 소개로 샀는데 그 후 3개월쯤 지나 채권발행 기업의 부도설이 나

돌아 우리는 신문을 통해 알았다.

그런데 일본 은행은 사흘 전에 이미 그들의 정보로 알았는데도 우리에게 알려주지 않아 당황한 기억이 아직도 생생하다. 일본 종합상사의 정보력이 세계 최고 수준이었다고 한다. 1967년 이슬라엘과의 중동전 때 그들 정보력의 대단함을 과시한 바 있고 그래서 일본은 세계 굴지의 경제강국이 된 것이다.

해외 근무하면서 근무자들끼리 서로 도우며 정보도 서로 교환하고 지내는 것이 참 좋을 텐데 그렇지 못한 경우가 많다. 잘 지내던 친구 같은 사이도 해외 같이 근무하고 돌아오면 멀어지는 경우가 많다. 우리는 아직도 버리지 못한 폐습이 남아 있다. 일본 사람들은 그렇지 않고 서로 가족처럼 잘 지낸다고 한다.

도산 안창호 선생님의 일기에 보면 미국에서 노동자로 가난하게 사는 한인교포들의 가족을 둘러보니 그들 이웃끼리 반목질시가 많은 데다가 서로 싸우고 험담하고 술과 도박이 그들의 일상이었다고 한다. 그래서 모든 학업을 버리고 교포 계몽운동이 우선이라 생각하고 그들과 함께 새로운 대한인이 되도록 노력했다고 한다.

우리가 선진국이 되기 위해서는 무엇보다 우리는 나쁜 관행은 빨리 버려야 한다. 회사나 해외공관은 서로 정보를 공유하고 격려하는 풍토가 필요하다고 생각한다.

소위 안창호식 해외근무 요령을 잘 연구해서 만든다면 해외 동포들이 서로 도와주고 협력하는 방법을 모색할 텐데 우리는 아직도 아쉬운 점이 많다. 이는 한국인의 하나운동의 일환으로 해외공관의 주요업무 중 하나로 추진되었으면 좋겠다.

일본 사람이 자기들끼리 정보 공유가 원활하고 외국인에 대해서 친절하고 호의적인 것은 아마도 오랜 역사속에 그것이 장기적으로 나라에 이익이 되고 자산이 된다는 일본인 나름대로의 속성이 굳어진 것이 아닌가 싶다.

돌이켜 보면 조선시대 초만 하더라도 못 먹어서 우리나라에 도둑질하러 드나들던 왜구들이 조선 중기에 임진왜란으로 우리를 침략하고 조선 말기에는 우리를 식민지화해서 점령했던 힘은 어디에서 나왔을까? 어떻게 우리를 앞서갔나? 갈대밭에 황무지였던 깡촌인 에도(동경)가 어떻게 국제적 대도시가 되었는지 궁금하였다. 그래서 에도에 대해 연구했다.

여기에 일본인의 특성을 활용하고 응집해서 큰 발전을 이룩한 지도자의 리더십이 돋보이는 이야기가 흥미로웠다.

동경─에도에 대한 소고

에도는 동경의 옛 지명이다. 에도의 기원은 도요토미 히데요시가 커져가는 도쿠가와 가문을 견제하기 위해 유배지나 다름없는 황무지, 에도로 강제 이주시킨 것으로 시작된다.

도쿠가와가 옮겨가기 전 에도는 무성한 갈대밭 위에 폐성이나 다름없는 작은 성 하나만 덜렁 있는 깡촌이었다. 도쿠가와 이에야스는 에도를 오사카처럼 만들겠다고 호언하였으나 어지럽게 흐르는 강줄기가 여름철 비만 오면 범람했고 연약지반, 구렁지가 많아 침수되기 일쑤였다.

그런 데다가 해안은 뻘밭이 길게 늘어져 있어 배들이 정박하기 어려웠고 바다와 인접해 있지만 항구로서 이점은 거의 없고 집을 짓고 살 수 있는 택지마저 마땅치 않은 실정이었다.

에도는 도쿠가와 이에야스의 작품

　그 중에서도 에도의 가장 큰 문제는 바로 마실 물이 부족하여 곤란을 겪었다. 일부지역을 제외하고는 팠다 하면 소금물이 올라왔기 때문에 식수로 사용하기가 어려웠다. 그래서 도쿠가와 이에야스는 대대적인 토목공사를 계획하고 실행하기 시작하였다. 우선 도네강의 상류에 댐을 건설하고 에도지역으로 흘러내리는 물줄기를 지바지역으로 돌리고 관동평야를 조성하는 한편 주택지와 상업기반의 조성 등 도시기반을 만들어 가게 되었다.

　에도로 식수를 끌어오는 상수도를 뚫어 일본 최초의 상수도를 건설하고 여기에 쓰고 난 물을 흘려보내는 하수도를 만듦으로써 현대식 상하수도의 기원이 되었다. 이렇게 주민의 생활기반 확보에 최우선 순위를 두었고 주택과 상업지역이 보강되면서 도시의 모습을 갖추게 되었다.

그리고 배가 접안할 수 있는 부두시설을 건설하는 등 항구로서의 역할을 향상시킬 수 있도록 추진하기도 하였다.

에도에 입성한 지 10년이 지났을 때 일본 역사에 일대 전환점이 찾아왔다. 바로 1598년 도요토미 히데요시가 사망하자 그의 후계문제로 도쿠가와의 동군과 도요토미계의 서군으로 나뉘어 전쟁에 돌입하게 되었다. 임진왜란 때 참전하지 않아 그 세력을 그대로 보전한 도쿠가와 이에야스는 1603년 일본 역사상 가장 중요한 전투, 천하를 걸고 격돌한 '시키가하라 전투'에서 승리해 마침내 최고 실권자인 쇼군의 자리에 오르게 되었다.

일본 열도의 주인이 된 도쿠가와 쇼군은 자신의 통치거점인 막부를 어디로 할 것인지를 고민하게 되었는데 가장 합리적인 장소는 당시 경제중심으로 천왕이 있는 교토가 가까운 오사카였다.

에도시대의 도래

하지만 이에야스는 참모들의 의견을 뿌리치고 자신의 원래 근거지였던 에도에 막부를 열기로 결정했다. 이리하여 일본의 에도시대가 열리게 되었다. 1603년 도쿠가와 막부가 시작되어 메이지 유신으로 천왕에게 권한이 이양된 1867년까지 260년간의 기간에 해당된다.

당시 일본을 통치하던 막부가 에도에 위치해 있었기에 에도시대라 한다. 에도막부 시대가 일본 역사에서 일대 전환을 이루었고 오늘날 일본을 만든 곳이라 해도 과언이 아닌 만큼 일본 역사에서 에도시대가 차지하는 비중은 절대적이라 할 수 있다.

막부란 본래 장군의 진영이란 뜻인데 처음에는 군사본부 정도로 사용되다가 천왕이 실권을 잃고 군인들이 정치권력을 갖게 되면서 '정부'라는 의미로 통용되었다.

막부의 우두머리는 쇼군(將軍)이라 하는데 쇼군에게 영지를 하사받는 사람들을 다이묘, 그리고 다이묘가 지배하는 영역과 지배구조를 번이라고 하고, 중앙막부의 쇼군과 지방 번주인 다이묘, 이 막부와 번이 합쳐진 일본의 당시 통치체계를 막번체제라 부른다.

일본 역사에는 3개의 막부가 존재했는데 가장 첫 막부가 1192년 가마쿠라 막부, 1338년 전국시대를 초래한 무로마치 막부 그리고 도쿠가와 막부이다. 무로마치 막부 말기에 쇼군 옹립을 둘러싸고 벌어진 갈등이 확대되고 권력의 공백을 틈타 다이묘들이 각자 세력을 구축, 결국 전쟁의 소용돌이에 휘말리면서 전국시대에 돌입하였다.

이 당시에 오다 노부나가, 도요토미 히데요시 그리고 도쿠가와 이에야스 등 걸출한 인물들이 등장하고 강한 자만이 살아남는 정글의 법칙이 난무하는 한 시대를 보내게 되었다.

세계 최대 도시로 성장

혼란한 전국시대를 마감하고 일본 열도의 주인이 된 도쿠가와 이에야스와 그의 막부가 에도에 자리를 잡게 되면서 일본 경제사에 있어 최고 전성기의 막을 열게 되었다. 엄청난 규모의 인프라 건설사업이 에도에 집중되었고 같은 시기의 어떤 유럽 도시도 이런 인프라 시설을 갖추지 못하였다.

당시 에도에 있던 스페인 외교관 로드리고라는 사람은 당시 에도를 묘사하는 글에서 "에도는 큰 도시이다. 시장은 활기차고 물자는 풍부하였다. 내가 스페인 왕의 신하가 아니었다면 이곳에 눌러앉았을지도 모른다"라고 기술하였다.

에도, 그러니까 도쿄는 오늘날에도 세계 최대 도시 경제권중 하나이었지만 18세기 초에 들어서 이미 인구 100만 명의 세계 최대 도시로 성장하였다. 당시 세계에서 큰 도시는 베이징, 파리, 런던 등의 인구가 50~60만 명 정도이었고, 조선의 한양은 10~20만 명 수준이었으니 에도는 정말 세계 최대의 도시였다.

에도시대가 개막하고 100년이 지나면서 막번체제가 안정되고 오랜 평화가 지속되자 일본은 더 이상 무사의 나라가 아닌 상인의 나라로 변해갔다. 바로 조닌(町人) 계급의 부상이었다.

부르주아(조닌) 계급 부상

조닌은 상인과 노동자들이 활발한 경제활동을 하면서 부를 축적하자

에도시대의 사람들 왕래

생긴 계층으로 유럽의 부르주아와 같은 말이다. 나라가 평화롭고 경제가 활성화 되면서 조닌이 주도하는 '겐로쿠(元祿) 호황'의 시대가 막을 올리게 된다.

이 시기에 에도에는 파견된 무사, 상인, 외국 무역상 등이 증가하면서 음식과 숙박업이 발달하였고 주거도 무취사 주택이 많아지게 되었다.

이에 따라 자연히 외식문화도 발달하게 되었는데 고급 음식점은 물론 포장마차 같은 간이음식점도 생겨나 덴뿌라라고 하는 튀김, 각종 꼬치, 우동, 소바, 단팥죽 등이 인기 메뉴였고, 후나즈시가 일식의 대명사로 등장하는 한편 벤또, 주먹밥도 서민들의 먹거리 메뉴로 탄생하게 되었다.

이와 같은 경제활동을 뒷받침하게 된 것은 무엇보다 화폐의 유통이었다. 에도시대에는 네 종류의 화폐를 직접 주조하여 사용하였는데 화산열도인 일본의 특성상 금, 은, 동과 같은 광물이 많이 산출되었기 때문이다.

전국의 대부분의 광산을 막부가 독점하여 화폐주조권을 장악하여 금화, 은화 등을 유통하였기에 막부의 권한 또한 막강하였다.

재벌기업 탄생

실물과 화폐경제의 비약적인 도약에 힘입어 기업규모도 크게 증가하여 대규모 기업집단으로 발전하며 재벌이 탄생하게 되었다.

포목과 대금업의 거상 미쓰이 가문, 양조장과 해운업을 운영한 고노이케 가문, 구리 제련과 광산개발에 주도한 스미토모 가문은 300년이 넘는 지금까지 재벌로 존속하고 있다. 현대 일본의 3대 재벌은 미쓰이, 미쓰비시, 스미토모로 손꼽히고 있는데 이중 미쓰비시는 메이지 유신 이후에 출발한 기업이고 미쓰이와 스미토모는 이때부터의 기업이니 무척 오래된 역사를 갖고 있다.

당시 미쓰이 기업의 예를 들면 에도와 교토에 포목점을 연 것이 1673년이었는데 당시 아주 파격적으로 정찰제와 현금거래를 내세웠고 현대의 옷가게처럼 모든 상품을 진열해 팔았다.

비 오는 날에는 회사 이름이 새겨진 우산을 무료로 빌려주는 등 현대와 다름없는 마케팅을 펼쳤다. 이때부터 일본 특유의 상술과 상업정신이 표출되기 시작하였는데 막대한 부를 축적한 거상들은 국가경제와 지역경제에 깊숙이 관여하기 시작했고 대중문화를 주도하게 되었다.

돈은 많았지만 정치 참여나 사회적 지위를 인정 받지 못하는 대부분의 조닌계층은 소비를 통해 억압된 욕구를 분출하였다. 무사계급같이 체면을 따질 필요가 없었던 조닌계급이 성장하면서 향락적이며 퇴폐적인 대중문화가 봇물처럼 쏟아지기 시작했다.

또한 평화와 번영으로 사람들은 지식과 교양의 욕구가 높아져 출판문화가 붐을 이루게 된다. 퇴폐적인 대중문화와 출판문화 붐이 조성되면서 빨간 책들이 대거 출판되고 섹스산업을 부채질하게 되었다.

특히 겐로쿠 호황기(1688~1707)에는 섹스산업이 유독 발달하게 되는데 일명 화류계로 알려진 유곽이 번창하고 남녀의 애정행각을 실감나게 표현하는 방식으로 이때 가부키가 등장하게 된 것은 우연이 아니다.

요미우리 신문 등장

또한 단일 신문으로는 세계 최대 부수를 자랑하던 요미우리(讀賣) 신문사의 유래도 이때부터다. 화재나 자연 재해, 각종 스캔들을 몇 장의 지면에 담아 거리에서 파는 일종의 소식지를 요미우리라 불렀다. 에도시대 중기에 이르면 사람들의 문해율이 높아지면서 요미우리는 서민들의 필수품이 될 정도로 인기 있는 신문으로 활발히 제작 판매되었다.

에도시대하면 여행산업의 발전을 빼놓을 수가 없다. 전국적인 교통망의 확충과 숙박업이 발전하게 되면서 서민들도 장거리 여행을 하고 싶어했다.

전통사회의 농민들은 자기가 태어난 고향을 벗어나지 못하고 살아가기에 당시 여행이란 특별한 일이었다. 그러나 에도시대에는 여행 열풍은 점점 커져서 1830년 통계에 보면 490만 명에 이르러 일본인 6명중 1명이 여행을 즐긴 셈이었다.

여행이 전국적으로 유행하려면 나라가 평화롭고 교통의 편리와 숙박업의 발달은 물론이고 화폐의 유통이 원활해야 하고 일반 대중들의 생활이 여유로워야 하는데 에도시대에는 이 다섯 가지 조건이 완벽하게 들어맞았던 것이다.

그러나 막부도 1860년대에 들어 존왕양이운동이 본격화되면서 쇠퇴하게 되고 에도의 인구도 크게 감소하고 도시의 외관도 손상되는 수난의 시기가 도래하였다.

이어 1868년 우에노(上野) 전투에서 패배한 막부가 그 일행을 이끌고 시즈오카의 작은 영지로 떠나고 이어 다이묘와 쇼군, 그 가신들이 차례로 에도를 떠남에 따라 거대한 소비집단에 기대어 살던 조닌과 공인(工人)의 인구도 감소하여 130만 인구의 에도는 절반으로 줄었다.

동경이 수도로 승격

막부말에 이토록 쇠락한 에도는 우여곡절 끝에 메이지유신 이후 수도가 동경(東京)으로 정해지면서 옛 영광을 찾게 되었지만 기본적으로 일본의 저력은 에도시대에 축적된 경제력의 뒷받침으로 오늘날 일본을 만들었다고 볼 수 있다.

에도시대에 이미 굴지의 선진국

이 모든 것이 1600년대를 전후해서 300년간 일본에서 일어난 일인데 이 기간 동안에 일본은 엄청난 발전을 이룩하여 세계 굴지의 선진국가로 성장하였다.

에도시대와 비교해 보면 우리 조선은 병자호란 이후에도 당파싸움에 눈이 어두워 국제정세 변화를 배격하는 풍토였고, 거기에다 이미 퇴색한 주자성리학을 신봉하는 전체 인구 중 10%의 양반들은 40%의 노비를 거느리고 사농공상의 위계질서를 철저히 고수함으로써 점차 세계 최빈국가로 전락하는 형국이었다.

그 당시 지도자들의 사상과 리더십의 차이만큼 결과는 나라의 존망과 국민의 고통 차이로 엇갈렸다는 것을 타산지석으로 삼아야 할 것이다.

04
아내와 나의 감사

세월이 참 빠른 것 같다. 내가 일본에서 열심히 근무하고 아이들의 진학 걱정을 하던 때가 어제인 것 같은데 벌써 나이가 들어 지공세대가 된 지도 상당히 많이 지났다. 이제 무엇보다 건강을 최대의 관심사로 하고

미래를 구상하는 단계에 왔다.

미래를 오래된 미래라는 말이 있다. 다가올 시간이지만 이미 충분히 예견된 탓에 낯설지 않은 미래를 그렇게 부른다. 노후야말로 오래된 미래라고 할 수 있다. 우리 모두는 생로병사(生老病死)라는 인생길 외길에서 이 단계를 지나면 다음 코스는 뭐가 나올지 다 안다. 다 알기 때문에 오래되었고 그럼에도 불구하고 아직은 오지 않았기에 미래라고 하는 거다.

매주 토요일이면 나는 언제나 아내와 같이 조그마한 산을 찾아간다.

아내가 산에 가는 것을 좋아하기에 나는 가능하면 그날엔 다른 약속하지 않고 지킬려고 노력한다. 어떤 의미에선 생존의 몸부림이라 생각되기에 우린 서로 말하지 않아도 존중해 준다.

오늘은 방화동 가야산을 걸었다. 평소 때는 비교적 잘 걷는 편인데 오늘은 아내의 걷는 속도가 느리고 힘들어 한다. 그래서 쉬었다가 걷기를 몇 번이나 하였다. 내려와서는 전철역에서 아내가 나를 보고 하는 말이 내가 영감하고 이렇게 같이 다닐 수 있는 시간이 얼마 남지 않은 것 같아서라고 한다. 그래도 둘이 모두 척추관 협착의 병을 안고 살면서 때때로 병원신세를 지지만 열심히 운동하며 잘 버텨주고 있는데 그런 말을 들으니 갑자기 서글퍼진다.

며칠 전 예전에 친하게 지냈던 친구가 한동안 소식이 없어 궁금하여 몇 사람에 수소문했더니 부인이 치매라서 꼼짝도 못하고 있다 한다.

이 소식을 들은 친구들은 모두 남의 일 같지 않다고 한다. 문득 이생진 시인의 '아내와 나 사이'라는 시가 떠오른다.

아내와 나 사이 _이생진

아내는 76이고
나는 80입니다

지금은
아침저녁으로
어깨를
나란히 하고
걸어가지만
속으로
다투기도
많이 다툰
사이입니다

요즘은 망각을
경쟁하듯 합니다

나는 창문을
열러 갔다가
창문 앞에
우두커니
서 있고

아내는
냉장고 문을
열고서
우두커니
서 있습니다

누구 기억이
일찍 들어오나
기다리는
것입니다

그러나
기억은 서서히
우리 둘을
떠나고

마지막에는
내가 그의
남편인 줄
모르고
그가
내 아내인 줄
모르는 날도
올 것입니다

서로 모르는
사이가
서로 알아가며
살다가
다시 모르는
사이로 돌아가는
세월

그것을
무어라고
하겠습니까?

인생?
철학?
종교?

우린
너무
먼 데서
살았습니다

　이 시는 70대 후반에 들어선 나에게 참으로 발가벗은 나를 만나게 해 주
는 것 같아서 눈시울이 시큰하였다. 내 몸의 주인인 기억이 하나, 둘, 나를
빠져 나가서 마침내 내가 누군지도 모르게 되는 나이가 된다는 것이다.

나는 창문을 열려고 갔다가 그새 거기 간 목적을 잊어버리고 창문 앞에 우두커니 서 있고, 아내는 무엇을 꺼내려고 냉장고에 가서 냉장고 문을 열어놓은 채 그 앞에 우두커니 서 있는 장면은 상상만 해도 기가 막히고 울컥한 상황이 되어 버렸다. 우리의 삶이란 서로 모르는 사이가 서로 알아가며 살다가 다시 모르는 사이로 돌아가는 시간속에 사는 것뿐이라고……

매일 오르내리는 집 뒷동산의 등산길이 아내와 내가 소통하고 걷는 유일한 길인데 머지않은 장래에 걷기 어려운 시기가 올 것을 안다.

인간의 몸은 하나님이 그렇게 지었기에 특별한 경우가 아니면 자연스럽다고 생각하고 살아야지 싶다. 몇 년 전에 백세가 넘은 연세대 명예교수 김형석 교수를 도산 안창호 기념사업회에서 초청 강연을 하고 저녁 식사를 같이 하면서 보인 모습은 너무도 건강할 뿐 아니라 그 정정하고 초롱초롱한 기억력으로 옛날 일을 회상하고 설명하는 데 감탄하지 않을 수 없었다.

진짜로 그건 특별한 경우이다. 본인의 말씀대로 세 친구 안병욱 교수, 김태길 교수는 먼저 하늘나라로 갔고, 나는 그 친구들이 못다 한 일들을 더 하라고 하나님이 남겨둔 것 같다고 하시면서 하나님께 감사하는 모습이 매우 부러웠다.

박완서 작가의 수필 '일상의 기적'

덜컥 탈이 났다. 유쾌하게 저녁식사를 마치고 귀가했는데 갑자기 허리가 뻐근했다. 자고 일어나면 낫겠거니 하고 대수롭지 않게 여겼는데 웬걸 아침에는 침대에서 일어나기조차 힘들었다.

하룻밤 사이에 사소한 일들이 굉장한 일로 바뀌어 버렸다. 세면대에서 허리를 굽혀 세수하기, 바닥에 떨어진 물건을 줍거나 양말을 신는 일, 기침을 하는 일, 앉았다가 일어나는 일이 나에게는 더 이상 쉬운 일이 아니었다.

별 수 없이 병원에 다녀와서 하루를 빈둥거리며 보냈다. 비로소 몸의 소리가 들려왔다. 실은 그동안 목도 결리고, 손목도 아프고, 어깨도 힘들었노라고 몸 구석구석에서 불평을 해댔다. 언제까지나 내 마음대로 될 줄 알았던 나의 몸이 이렇게 기습적으로 반란을 일으킬 줄은 예상조차 못했던 터라 어쩔 줄 몰라 쩔쩔매는 중이다.

"기적은 하늘을 날거나 바다 위를 걷는 것이 아니라 땅에서 걸어다니는 것이다"라는 중국 속담을 예전에 싱겁게 웃어넘겼던 그 말이 다시 생각난 건, 나이 들어가며 반듯하고 짱짱하게 걷는 게 결코 쉬운 일이 아님을 실감하게 되었기 때문이다. 괜한 말이 아니었다. 아프기 전과 후가 이렇게 명확하게 갈리는 것이 몸의 신비가 아니고 무엇이랴!

얼마 전에는 젊은 날에 윗분으로 모셨던 사람의 병문안을 다녀왔다. 몇 년에 걸쳐 점점 건강이 나빠져 이제 그 분이 자기 힘으로 할 수 있는 것은 눈을 깜박이는 정도에 불과했다. 예민한 감수성과 날카로운 직관력으로 명성을 날리던 분의 그런 모습을 마주하고 있으려니 한때의 빛나던 재능도 다 소용이 없구나 싶어 서글픈 마음이 들었다.

돌아오면서 지금 저분이 가장 원하는 것이 무엇일까 생각해 보았다. 혼자서 일어나고 좋아하는 사람들과 웃으며 이야기하고 함께 식사하고 산책하는 등 그런 아주 사소한 일이 아닐까. 다만 그런 소소한 일들이 기적이라는 것을 깨달았을 때는 대개는 너무 늦은 뒤라는 것이 안타깝다.

우리는 하늘을 날고(예수님처럼) 물 위를 걷는 기적을 이루고 싶어 안 달하며 무리를 한다. 땅 위를 걷는 것쯤은 당연한 일인 줄 알고 말이다. 사나흘 동안 영판 노인네 되어 파스도 붙여보고 물리치료도 받아보니 알 것 같다. 타인에게 일어나는 일이 나에게도 일어날 수 있는 일이라는 것 을….

감사하는 생활이 행복

보통 크게 걱정하지 말라는 진단 정도에서 느끼게 되지만 아침에 벌떡 일어나는 일이 감사한 일임을 배워가는 것 같다. 어린 아이가 세상이치를 알아가듯 말이다.

노인네가 되어가면서 건강하면 다 가진 것이 아닌가. 오늘도 일상에 감사하며 살자. 우리들은 입으로는 감사를 외치지만 진정으로 느끼는 사람은 많지 않은 것 같다. 그래서 성경에서 망각하며 사는 우리들에게 범사에 감사하고 쉬지 말고 기도하라 했나 보다.

건강 이야기가 나와서 말인데 몸이 열 냥이면 눈이 아홉 냥이라는 안구 하나 구입가격이 1억5천이라 하니 눈 두 개면 3억이고, 신장을 바꿀려면 5천만 원이 들고, 심장은 더 비싼 7억 정도란다. 간 이식에는 1억원, 팔다리가 없어 의수나 의족을 끼워 넣으려면 더 많이 든다고 한다. 그래서 사람이 두 눈을 뜨고 두 다리로 건강하게 걸어다닌다면 대체로 50억 원의 재산을 가지고 다닌다고 보아도 된다는 것이다.

만약 갑작스런 사고로 앰불런스에 실려 가서 산소호흡기를 사용하면 한 시간에 40만원을 내야 한다고 하니 오관이 멀쩡하게 두 다리로 걸어다니면서 공짜로 공기를 마시고 다닌다면 하루에 960만 원 정도를 버는 셈이 되는 것이다.

우리는 50억짜리 몸에 하루에 960만원을 누리고 산다면 얼마나 행복하고 또 감사한 일일까. 그런데 우리는 행복하다고도 감사하다고 생각하지 않는 까닭은 무엇일까? 욕심 때문이다. 욕심이 지배하는 이상 감사하지 못하는 법이다. 감사하지 못하면 기쁨이 없고 기쁨이 없으면 행복할 수 없다.

따라서 감사하는 사람만이 행복을 누릴 수 있고 행복할 수 있는 것이다. 비록 미래가 어둡다고 해도 그건 인간의 영역이 아니고 하나님의 영역이라면 이제부터 모든 것을 감사하며 즐겁게 살자. 그것이 하나님이 주신 은혜이기 때문이다.

1997년 여천 지점장으로 발령이 났다.
25년 은행생활 중 기업분석부 2년과
동경지점 3년 총 5년을 빼고 나면
거의가 조사부에서 잔뼈가 굵었다고 해도 과언이 아니다.
일본의 은행들은 당시만 해도
지점장을 금융의 꽃이라고 불렀다.

제**3**장

소중한 만남

01

여수 사랑과 봉소당 형님과의 만남

1997년 여천 지점장으로 발령이 났다. 25년 은행생활 중 기업분석부 2년과 동경지점 3년 총 5년을 빼고 나면 거의가 조사부에서 잔뼈가 굵었다고 해도 과언이 아니다. 일본의 은행들은 당시만 해도 지점장을 금융의 꽃이라고 불렀다.

물론 기업분석부에서 기업대출의 중요 부분을 대부분 파악하고 있는 편이고 동경근무 시절 현업업무를 어느 정도 경험해 본 일이 있었지만 직접 국내 현업업무를 경험하지 못해서 기대 반 걱정 반이었다. 가까운 몇 선배는 지역색이 강한 전라도라 어떨는지 모르겠다고 우려하는 사람도 있었다.

그러나 그 옛날 육사 생도 시절부터 조직관리에 남다른 관심을 가졌던 나로서는 어느 정도 자신이 있었는 데다 당시 연로하신 아버지가 시골 남해에서 혼자 살고 계셨기에 선택의 여지없이 나 스스로 희망한 곳이었다. 지점 청사에서 한 시간 남짓한 거리라서 금방 달려갈 수도 있었기 때문에 아버지가 얼마나 좋아하셨는지 모른다.

정겨운 여수

여수는 내게 생소한 곳이 아니었다. 젊은 시절 아버지가 남해―여수간 순행여객선 선장을 한 데다가 나의 고모가 여수에 사셨기에 정다운 곳이었다. 그래서 어릴 적에 여수를 가끔 방문한 일이 있었는데 그때 우리 고모님은 나를 모자에서부터 운동화까지 최고급으로 사서 갈아입히고 좋아하시던 기억이 난다. 당시 여수는 대단한 번화가였다.

전라도 해안지방의 교통 요충지였고, 경상도 특히 부산과 연결하는 여객선은 황금노선을 형성하고 있었다.

전라도 지방의 해산물 집산지이고 경상도 지방으로 가는 농산물도 여수를 통하는 경우가 많았다. 재미있는 것은 대형 무역선은 부산이지만 일본 왕복 중소형 무역선은 단연 여수가 많아 여수의 밤은 참으로 화려했

여수 밤 풍경

다. 그래서 여수에서 돈 자랑하지 말라는 말이 있을 정도였다.

그러나 내가 부임했을 때는 완전히 달라져 있었다. 육상교통이 발달하고 섬들에 다리가 놓아지면서 교통 요충지는 사라지고 우리의 경제발전에 따라 무역선도 자취를 감추어 버렸다.

너무도 쓸쓸한 부둣가였다. 반면에 여수는 여천공단이 생겨서 산업화 시대에 들어서 새로운 역할을 하게 되었고, 그래서 산업은행이 필요한 곳이었다. 화학공단 조성시부터 산업은행의 역할이 지대했기에 공단의 기업들은 산업은행을 대하는 태도가 달랐다.

당시 23개 은행이 있었는데 시중은행 모두 합해도 그 대출잔액이 산업은행을 따르지 못했으니 산업은행의 지위는 절대적이었다. 공단이 조성된 지 제법 오래되었기 때문에 전후방 관련 기업이 상당히 안정된 상태라서 신규기업 개발은 어려운 상태였다.

산업은행이 상업금융화를 대폭 보강하면서 신규거래처 개발에 박차를 가할 때라서 최대의 난제가 되어 고민하던 적이 있었다. 내가 좋아하던 여천-여수지역 CBMC(기독실업인회) 멤버들로부터 많은 도움을 받았다.

여수지역에 사는 기업인들에 대한 여러 가지 비공식 정보들을 그 분들에게 얻을 수 있어서 기업정보 수집 채널을 다양화할 수 있었고 여수신기업들의 동태를 금방 파악할 수 있었다.

1997년 하반기에 우리 경제의 최대 위기인 소위 IMF사태, 국제통화기금의 긴급자금을 요청하는 사태가 발생하여 산업은행마저 유동성 위기에 몰리는 사태가 발생하였고 이어 시중자금을 끌어 모으는 대대적인 수신활동이 필요한 시기에 직면하였다.

이때 우리 거래기업과 CBMC 회원들이 협력해서 위기를 극복할 수 있었다. 참 고마운 일이었다.

여수는 자연환경이 좋은 만큼 생활하기도 좋았다. 이름처럼 물이 좋고 바다는 아름답다. 여수라는 이름은 고려 태조 왕건이 여수가 인심이 좋고 여자들이 예쁘다고 하는데 무슨 비결이 있는가 물었고, 사람들이 말하기를 물이 맑아 인심도 후하고 여자들도 아름답다고 아룄더니 여수(麗水)라 이름지어 주었다고 한다. 오동도와 동백꽃, 전남대와 돌산대교, 금오산과 향일암 등 몇 번을 갔다 와도 물리지 않는 곳이 나를 사로잡았다.

돌산대교 지나 왼쪽으로 조금만 내려가면 우리 고모 댁이 있고 그 옆에 고종 친척들이 옹기종기 이웃하고 있었다. 돌산대교에서 보는 낙조는 권하고 싶은 풍경으로 일품이었다.

내가 좋아해서 자주 가던 곳은 역시 향일암이었다. 돌산대교 건너 오른쪽으로 회전해서 30분 정도 가면 된다. 머리 아픈 일이나 조용히 사색할 일이 있으면 향일암 한 바퀴 돌고 나면 상쾌해지는 기분이었다. 친구들이

금오산 향일암

나 고객이 와서 접대할 일이 생겨도 제동 자연산 잡어횟집에서 점심 먹고 향일암을 돌아오면 모두 좋아했던 기억이 난다.

한국의 4대 관음성지라면 낙산사 홍련암, 석모도의 보문사, 남해 금산 보리암, 여수 향일암이라 한다. 이들 관음성지는 기도의 효험이 크다고 하여 신도들이 명절이나 연말연시가 되면 문전성시를 이룬다. 그 중 향일 암은 입시철 되면 학부모들이 전국적으로 모인다고 한다. 모든 관음성지 가 바다를 향하여 경치가 하나같이 좋은데 가는 길이 절경이라 일석이조 다. 남해 금산 보리암에는 태조 이성계가 왜구를 토벌하고 나라를 세우기 위해 기도했다는 곳, 꿇고 앉은 기도자리가 바위에 새겨져 있어 신기하 다.

향일암은 돌산도 끝자락이다. 신라의 원효대사가 원통암으로 창건했다 고 하는데 몇 번 이름이 바뀌어 향일암이 되었다고 한다.

아마 해돋이 광경이 아름다워 향일암(向日庵)이 되었을 것으로 생각한 다. 해마다 새해가 되면 일출을 찾아 많은 사람들이 모이니까 나도 새해 새벽에 붉은 해를 바라보며 기도하기로 마음먹고 준비하였으나 기상이 좋지 못해 실패하고 대신에 신록이 우거진 오월 첫 주에 올랐다.

바다가 보이는 주차장에 차를 세우고 가파른 돌계단을 오르고 또 제법 올라 온통 초록으로 덮인 싱그러운 나뭇잎새들을 만나니 문득 나를 반기 는 것같이 친근하였다.

약간 숨이 차고 다리가 아파올 무렵 석문(石門)이 다가섰다. 하늘을 향 하여 몸을 낮추고 머리를 숙여야만 지나갈 수 있는 석문이었다. 마음을 비우고 깨끗하게 하려면 겸손함부터 배우라는 부처님의 가르침으로 여 겨졌다. 손바닥으로 가릴 만한 햇빛이 스며드는 해탈문 같은 석문을 지나 대웅전을 올랐다. 뒤에는 초록빛 녹음의 금오산, 앞으로는 돌산의 푸른 바다와 위로는 평화로운 하늘을 만날 수 있는 이곳에 서서 108번의 심호흡을 하고 나면 무거운 번뇌도 내려놓을 수 있다고 동행하던 친구가 일러 주었다.

상쾌한 공기 냄새가 몸과 마음을 씻어주는 것 같았다. 그리고 관음전에 올라 반짝이는 남해의 푸른 빛으로 가득한 바다와 솟아오르는 붉은 해를 만날 수 있었다. 자연이 주는 감격과 감동 그 자체였다.

순간 기도가 저절로 나왔다. 나라와 가족 그리고 직장, 나와 내 친구들을 위한 작은 소망들을 기원하였다. 향일암은 금오산의 기암괴석 절벽에 위치해 있다. 산의 형상이 마치 거북이가 경전을 등에 지고 용궁으로 들어가는 모습과 같다고 해서 금오산(金鰲山), 큰거북오(鰲)자를 썼다고 한다.

산 전체를 이루는 암석들 대부분이 거북이의 등껍질 문양을 닮아 향일암을 금오암 또는 거북의 영이 서린 암자인 영구암이라고도 한다. 전체적인 모양이 거북이가 경전인 향일암을 등에 짊어지고 남해 바다속 용궁으로 들어가는 형상을 취하고 있었다.

선뜻 이곳이 그 옛날에는 지형적으로 전략적 이용가치가 있었을 것 같아서 스님에게 물었더니 역시 임진왜란 당시 충무공 이순신 장군을 도와준 승려들의 근거지 역할을 했다고 한다.

거기에다 해안가 수직 절벽 위에 건립된 향일암은 기암절벽 사이에 울창한 동백나무 군락이 꽃을 피우고 있고 다른 아열대 식물과 어울려 그 아름다움을 배가하고 있었으니 어찌 아니 좋아하지 않겠는가. 그러한 곳이라서 내가 가끔 이끌리어 찾는 곳이었다.

여수 봉소당 형님과의 만남

여수에 온 지 삼 개월, 오랜만에 미국에 사는 고종 누나로부터 전화가 왔다. 육사 생도 시절에 정복 입고 만났을 때 우리 집안에 장군 하나 나올 거라며 좋아하시던 고종 누님이셨다.

한 때 여수여고에서 날리던 누님이 여수에 부임한 것을 환영한다며 자기 엄마, 나의 고모를 자주 찾아보아 달라는 부탁이었다. 그리고 한영학원 이사장에 대한 이야기를 하고 그의 누나와 여고 동기동창이고 형제처럼 지낸 사이라고 소개하면서 나와 좋은 사이가 될 것이라 추천하였다.

바로 그 분이 봉소당 형님(김재호 이사장)이신데 내 고모님의 집안과 고종 누님에 대해서도 잘 알기 때문이기도 하였지만 성격이 호방하고 꾸밈이 없어 금방 호형호제하는 사이가 되었다. 가진 자를 알면서 못가진 자를 알고 모을 줄 알면서 베풀 줄 아는 집안의 전통이 몸에 배어있는 인물이었다. 그는 당시 마지막 필생의 사업으로 여수에서 대형 호텔사업을 하고 싶다는 소망을 말했다. 기본적인 스킴을 검토하고 위치와 파이넨싱을 점검하였다.

내가 여기 있는 동안 조금이라도 진전되면 좋겠다는 생각으로 우선 위치 선정을 위해 두 사람이 열심히 찾아다녔다. 제일 좋다고 생각되는 곳이 낙점되었는데 그곳은 여천 소호 가는 방향의 동산으로 현재 시유지를 불하받아 추진하면 좋겠다는 생각이었다. 예정지 동산에 올라 여수 앞 바다를 보면 섬 두 개가 나란히 서 있다.

동남쪽에 장도, 남쪽에 가덕도가 여수바다 위에 떠 있고 건너편에 여수반도가 있어 절경이었다. 그리고 시청 별관(옛 여천시청)과도 멀지 않아 접근성도 교통도 좋아 참으로 빼어난 입지였다. 거기서 쾌속정을 띄우면 여수 부두까지 10분 거리이고, 요트 이용 등 바다 활용도 장점이었다.

당시 여수에는 호텔다운 호텔이 없는 형편이라 큰 호텔이 건립되면 시의 발전을 위해서도 필요하고 시민들도 많이 좋아할 것이기에 모두가 협조적으로 도우리라고 생각하였다. 그리고 우리 산업은행 입장에서도 재력 있는 지방유지를 좋은 고객으로 삼아두고 싶었다. 그러나 관계자들의 여러 가지 속셈이 달라 진전이 잘 되지 않아 속만 태우고 있었던 적이 있다.

내가 여수를 떠나 본점으로 복귀하고 난 뒤에 우여곡절 끝에 결국 여수 시내 신월동자락 동산 언덕 위에 명당자리를 잡았다고 했다. 서목섬을 앞에 두고 여수바다를 굽어보고 있는 곳으로 첫 예정지 못지않게 좋은 곳을 선정 건축하여 여수 해양엑스포 시기에 맞추어 오픈하였다. 그것이 바로 히든베이 호텔이고 여수 엑스포 때에 국제적 호텔로 그 높은 성가를 알리게 되었다.

여수 히든베이 호텔

봉소당의 집안 내력

아름다운 호텔을 만든 봉소당 형님은 그가 거처하는 집을 가 보면 대충 가문의 내력을 알 수 있다. 여수 항구가 내려다보이는 봉강동 중심에 영광김씨 고택인 봉소당(鳳巢堂)이 자리잡고 있고, 현재 그 주인(김재호)을 봉소당 형님이라고 한다.

봉소당은 봉황의 집이라는 뜻이다. 순천 백운산에서 뻗어온 지맥이 여수에까지 이어지고 봉강동에 이르러 철모 모양의 산들이 봉황의 형상을 만들면서 봉황의 둥지에 해당하는 곳이 바로 봉소당이란다. 몇 년 전에 '가문의 영광' 이라는 영화에도 등장했던 이 집은 구한말 현주인의 증조부(김한영)가 건축한 것이라고 한다. 대지가 무려 5000평에 사랑채 행랑채 본채가 어우러져 한옥의 위용을 잘 나타내고 있다.

구석구석 의미가 담긴 집이고 옛정취가 물씬 묻어있는 곳이라서 주인장에게 물어보면 함박웃음과 함께 시간가는 줄 모르게 들을 수 있다. 그의 증조부는 장사로 돈을 벌어 1만2천 석의 부자로 살았지만 못가진 자와 가난한 사람들에게 언제나 따뜻한 인정을 베풀었다고 한다. 과객들에게 일자리와 숙식을 제공하고 소작인들의 사정을 살펴주는 등 어려움을 벗어나도록 힘써 주기도 하였다고 한다.

어느 소작인이 많은 자식을 먹여 살리느라고 소작료를 내지 못하고 있었는데 그 사람의 근면 성실함을 아는지라 화양면에서 여수항까지 쌀운반 하역을 매년 맡겨서 잡음 없이 소작료를 변제하게 하였다고 한다. 그런 베품의 가풍이 이어져 한말 이후의 격변기에도 가문을 잘 보존한 것이 아닌가 싶다.

여순반란사건 때 재미있는 에피소드가 전해지고 있다. 폭동의 지휘부가 구성되고 인민재판이 시작되었다. 제일 먼저 가장 큰 지주인 봉소당 주인 김성환(김재호 부친, 당시 34세)을 여천군 청사인 임시사령부 2층으로 끌려갔다고 한다.

"너는 착취계급의 괴수다"라고 한 마디만 하면 바로 1층에 끌려내려가 죽창으로 찔려 죽는 상황이었다. 그런 전시효과를 노린 1급 대상자였던 것이다. 취조하는 책임자는 좌우의 호위병을 물러나게 하고 아무 말 없이 10분, 20분, 30분간 피를 말리는 시간이 지나가는데 뒤척뒤척 신문만 보고 있더라는 것이다.

30분이 지날 무렵에 그 이유, '도망가라'는 메시지를 알아채고 2층 물통을 타고 탈출하여 구사일생했다고 한다. 나중에서야 그 책임자가 화양면 소작인의 아들이었다는 사실을 알고 더욱 놀랐다는 이야기이다.

사실 가난한 사람을 구제하며 더불어 사는 인심을 베푸는 부자는 조선을 통틀어 그렇게 많지는 않았던 것 같다. 대부분이 양반사회를 유지하는 시스템이었기에 부자라 해야 권력 가진 탐관오리일 가능성이 높고 중인으로 부를 축적한 부자는 조선 중엽 이후 상인으로 그렇게 많은 숫자는 아니라고 한다.

조선은 10% 미만의 양반이 40% 노비, 50%가 양민을 거느리고 오로지 양반만을 위해 대부분의 백성이 살아야 하는 구조였기 때문에 부패하기도, 착취하기도 쉬운 구조였다.

양반은 환경변화를 거부하며 백성은 안중에 없었고, 자연히 그들의 안위는 나라가 보호해 주지 못했다. 그래서 1860년대부터 민란의 시대가 시작되었다. 먹고 살기 어려운 민초들이 초근목피하다 견디지 못하고 이판사판으로 들고 일어나 조정과 부자들을 적으로 간주, 공격하게 되었다. 1862년 진주민란이 일어났고, 그래도 정신 못 차린 조정은 1894년에 동

여수 봉소당

학농민혁명이 일어나면서 몰락의 길을 걷게 되었다.

　그 당시 평소 주변으로부터 인심을 얻지 못한 부자들은 살해되거나 패가망신하는 경우도 많았다. 이어 일제강점기로 나라 잃은 서러움을 겪었고 해방되면서 좌우익으로 나뉘져 첨예하게 대립하다가 드디어 6.25사변이 발발하였다.

　6.25전쟁도 형식상으로는 남북전쟁이고 좌우 사상전이었지마는 그 이면에는 평소에 쌓인 개인적인 감정을 정리하는 사적 감정전이었다 해도 과언이 아니었다. 여순사건만 하더라도 6.25전쟁 이전이었지마는 서로간에 설익은 사상적 탈을 쓰고 일어난 충돌과 감정전으로 엄청난 인명 살상과 아까운 희생이 따랐다고 볼 수 있다.

　이러한 소용돌이의 한가운데 있던 봉소당이 오늘날까지 유지되고 있다는 것은 대단하다고 평가되어야 할 것이다.

봉소당 형님이 좋아하는 임상옥

봉소당 형님이 특히 좋아하는 인물이 있었다. 사람을 얻는 것이 최고의 장사라고 말한 거상 임상옥이었다. 소설가 최인호 씨가 '상도(商道)'라는 소설로 임상옥의 일대기를 썼고, MBC에서 TV드라마 '상도'를 만들어 방영함으로써 대중들에게 널리 알려지게 되었다.

소설 상도의 주인공 임상옥(1779~1855)은 정조 3년에 장사하는 집 아들로 태어났다. 역관을 꿈꾸었던 아버지로부터 재산은 물려받지 못했지만 중국어 실력과 상도의 정신은 잘 배웠던 것 같다.

"장사란 좋은 사람을 얻는 것이 최고의 이윤이고 신용을 얻는 것이 최대의 자산이다"라는 아버지의 말이 항상 머릿속을 떠나지 않았다고 한다.

임상옥은 어릴 때 집안의 몰락으로 아버지의 빚을 갚지 못해 노비로 팔려가서 대청국 무역을 하는 의주상인 밑에서 허드렛일을 했다.

유창한 중국어 덕분에 주인의 눈에 들어 장사의 도를 하나씩 익혀갔다. 주인의 배려로 18세 때 첫 장사에 나선 임상옥은 갖고 간 인삼을 잘 거래하여 성공리에 마무리하는 듯했으나 객주집에서 만난 아름다운 여인이 아버지의 도박 때문에 돈 500냥에 팔려왔다는 안타까운 사연을 듣고 그 여인을 과감하게 구출하였다. 그것 때문에 임상옥은 귀국 후, 그 상단에서 쫓겨나게 되었으며 10년 동안 여러 가지 고초를 겪게 되었다.

그리고 몇 년 후에 그 여인, 장미령이 고관대작의 첩이 되어 임상옥의 청국 인맥에 큰 힘이 되어 수십 배의 이득을 주었다고 하니 세상에 공짜는 없는 것 같다. 그는 20년이 넘는 쓰라린 경험을 통해 국제 무역시장의 원리와 신용의 중요성을 몸으로 체득했고 사람의 됨됨이를 면밀히 살펴는 신중함도 배우면서 사업의 기반을 잡아갔다.

　이때 홍경래가 난을 일으키기 전에 임상옥의 밑에 위장 취업하게 되었다. 그의 목적이 범상치 않음을 알고 '물상 객주집 서기로는 그릇이 넘친다'며 내보내 반란에 휘말리는 화를 면할 수 있었던 일화도 유명하다. 그가 중국 인삼 상권까지 뒤흔들 정도로 거부가 될 기회는 40세가 넘어서 찾아왔다.

　사신단의 일원으로 베이징으로 간 그는 중국 상인들이 인삼 값을 후려쳐 낮추려고 불매운동을 펼치자 인삼을 불태우는 '역발상적 전략'으로 오히려 몇 배나 비싼 가격으로 팔고 글로벌 승자가 되었다.

　조선에도 그의 성실성과 사업수완을 받쳐주는 사람이 있었는가 하면 청국에도 그를 도와주는 장씨 여인이 있었기에 마치 물고기가 물을 만난 듯 사업 번창에 열을 올렸다. 그리고 명실 공히 거상이 되었다.

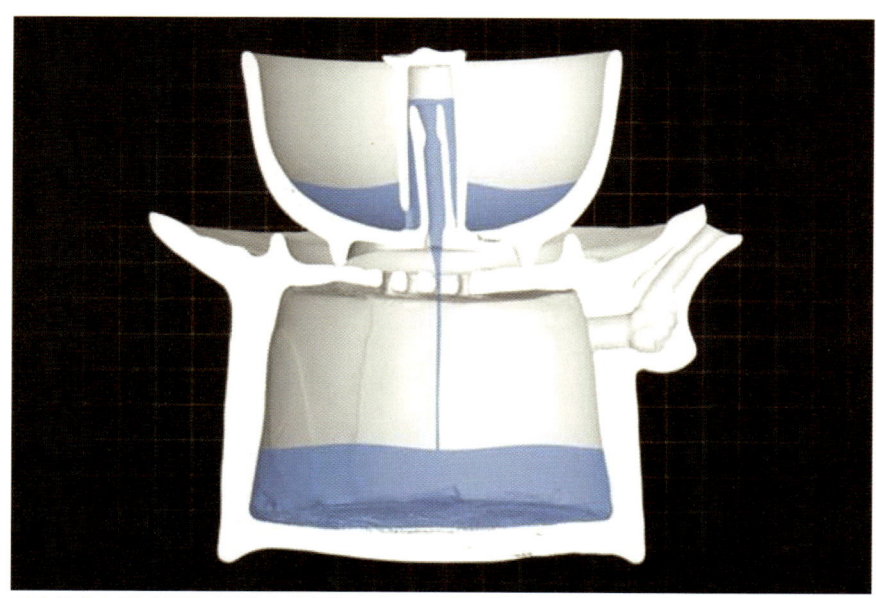

조선 19세기 '백자 양각 매화무늬 계영배' (높이 9.7cm/ 국립중앙박물관)

여기에 그 유명한 계영배(戒盈杯)가 등장한다. 그는 재산이 늘 때마다 과욕을 경계했다. 소설에서는 스님의 가르침에 따른 것이라고 하지만 사실은 예전 사행길에 동행했던 추사 김정희의 조언 덕분이었다. 그는 항상 넘침을 경계한다는 증표로 계영배를 곁에 두고 있었다고 한다.

계영배는 술이 70% 이상 차오르면 밑바닥의 작은 구멍으로 모두 새어 나가게 만든 술잔이었다. 과학적으로 사이펀(siphon) 원리의 이용이었는데 서양에도 기원전 6세기 그리스 천재 철학자 피타고라스가 만든 컵이 마찬가지 원리에서 만들어진 피타고라스 컵이었다고 한다.

조선에서 계영배를 고안한 사람은 19세기 실학자 하백원과 도공 우명옥이라 알려지고 있지만 그 유래는 기원전 7세기 중국 제나라 환공의 기기, 즉 기울어지는 그릇에서 찾을 수 있다고 한다. 비어 있으면 기울고 절반쯤 차면 바르게 놓이고 가득 차면 엎어지는 그릇이다.

이 신기한 그릇을 보고 공자는 "가득 채우고 기울지 않는 것은 없다"라고 감탄했다고 전해지고 있다.

한참 뛰놀 어린 나이에 노비의 아픈 설움을 딛고 조선 최고의 거상이 된 임상옥에게 과유불급이라는 상도의 진정한 의미를 깨닫게 해 준 것이 계영배였고, 재물과 인간의 묘한 조화를 실천한 인물이 계영배의 주인이었다.

그는 나라에 기근이 닥칠 때마다 사재를 털어 백성들을 살렸다. 그 공로로 종3품까지 올랐으나 곧 물러나 20년간 빈민을 구제하며 채마밭 가꾸는 것으로 여생을 보냈다. 그의 호 가포(稼圃)는 채소 가꾸는 사람이란 뜻이다. 문학에도 조예가 있어 시문집, 가포집(稼圃集) 등 두 권을 남겨 실물경제와 인문정신의 조화로운 인생을 생각하며 살았던 인물이었다.

계영배에 새겨진 "가득 채워 마시지 말기를 바라며 죽을 때까지 너와 함께 하길 원한다"는 글귀에 그의 인생이 함축돼 있는 것 같다. 이런 임상옥의 매력을 아는 사람이 봉소당 형님이다. 부와 명예를 거머쥔 사회 고위층의 탐욕과 그로 인한 불공정과 불법이 자행되고 있는 요즘 노블리스 오블리주의 귀감이 되는 분들이 그리운 시절이다.

02
도산 선생의 기러기 사랑

    오랫동안 살던 여의도를 떠났다. '어디로 갈까' 하다가 들판이 펼쳐지고 목가적 풍경이 느껴지는 김포로 오게 되었다. 여의도보다는 불편한 점이 더러 있지만 그래도 그런대로 지낼 만하다. 매일 저녁때 아내와 함께 근처 야산에 가서 걷고 운동하는 것이 일과이고 재미다.

    오늘도 산중턱에 오르니 난데없이 기러기 떼가 "끼럭~ 끼럭~" 한바탕 지나간다. 참 오랜만이다. 엊그제 몇 마리가 울고 가길래 어쩌다 지나가는 놈이구나, 했는데 오늘 보니 이곳이 중간 도래지 정도 되는구나 싶은 생각이 든다.

    참으로 반갑다. 오랜만에 반가운 친구를 만난 듯 기분이 좋다. 그래서 가을의 김포는 더욱 좋은 곳이구나 싶었다.

    막 지나간 저 가을! 이 녀석들 보는 재미로 지냈다. 저녁때가 되면 우리 아파트를 가로질러 한강쪽으로 간다. 30~40마리씩 몇 번이나 지나가도 대오를 정비하고 소리 지른다.

    "얘들아! 코로나를 싣고 가 멀리 바다속에 빠뜨려주면 안 되겠니? 너희

들이 가고 나면 또 내년 가을을 기다리겠구나."

기러기는 참 정겹고 매력 있는 동물이라지?

기러기는 영물

러시아의 시베리아 바이칼 호수 근처에 사는 조류연구가의 이야기가 흥미롭다. 어느 날 바이칼 호수 조류보호지에 기러기 한 쌍이 날아왔다. 이 기러기 두 마리를 정착해서 살아갈 수 있도록 시도해 보기로 했다.

그래서 암컷 기러기를 포획해서 날지 못하도록 날개 한 쪽을 테이프로 붙여 놓았다. 날씨가 점점 추워지자 기러기 부부는 따뜻한 지중해로 날아가서 겨울을 보내고 싶었지만 암컷 기러기가 날 수가 없기 때문에 수컷 기러기도 남아 있게 되었다. 일년 중 가장 추운 1월이 되니 한파가 몰아치게 되자 기러기 부부가 얼어 죽을지 몰라 두 마리를 따뜻한 우리로 옮겨 주기로 했다.

그러나 날지 못하는 암컷은 쉽게 옮길 수 있었지만 수컷 기러기는 혼자서 겁을 먹고 멀리 날아가 버렸다. 홀로 남은 암컷 기러기는 주는 먹이를 거부하고 구슬프게 우는 것이었다.

며칠 지나자 멀리 날아간 줄 알았던 수컷 기러기가 호수에 나타나 큰 소리로 울면서 암컷을 찾기 시작했다. 거의 사흘에 한 번 꼴로 찬바람이 몰아치는 바이칼 호수 위를 날면서 큰 소리로 울어대는 것이었다. 드넓은 호수의 이쪽에서 저쪽 물가까지 온 구석을 샅샅이 찾아다녔으며 심지어 저 멀리 실개천까지 찾아다니는 것이었다.

암컷을 찾아 헤매는 수컷 기러기의 그 감동적인 드라마를 지켜본 조류 연구가들은 더 이상 견딜 수 없는 안쓰러움 때문에 기러기 부부의 정착계획을 포기하고 암컷을 풀어주기로 했다. 암컷을 호수로 옮긴 후 한쪽 날개에 붙였던 테이프를 떼어내었으나 잘 날지를 못하고 호수 위를 맴돌며 열심히 찾아다니며 기다리는 모양이었다.

이틀이 지난 후에 수컷은 드디어 암컷 기러기를 발견할 수가 있었다. 수컷 기러기가 큰 소리로 울어대며 물 위로 날아가자 암컷 기러기는 트럼펫 같은 울음소리를 내며 반갑게 응답하는 장관을 보였다. 수컷이 공중으로 날아올라 크게 한 바퀴 원을 그리다가 암컷 기러기가 있는 물 위로 내려앉았다.

오랜만에 재회를 한 회색 기러기는 목을 길게 뽑아 서로 비벼대고 부리를 맞댄 채 반가움을 표현하는 것이었다. 그리고 함께 다정하게 공중으로 높이 날아올랐다가 물위로 떨어지는 것을 계속 반복하면서 서로의 사랑을 확인하고 있었다. 그리고 다정한 모습으로 나란히 찬란한 햇빛을 받으면서 떠나는 그 모습을 지켜본 조류연구가들은 그들 마음속 깊이 밀려오는 감동을 주체할 수가 없었다고 했다.

한갓 미물에 불가한 저 새가 사람 못지않게 아니 사람보다 더욱 애틋한 사랑을 나눈다는 사실을 깨달았고 겨울 한철 그들의 사랑을 막아놓은 미안함에 부끄러움을 느꼈다고 술회하였다. 이 이야기를 동물학 교수인 내 친구에게 들려주었더니 톰 워샴(Tom Worsham)의 기러기에 대한 신비로운 이야기를 예를 들어 부연 설명해 주었다.

기러기는 다른 짐승들처럼 한 마리의 보스가 지배하고 그것에 의존하는 그런 사회가 아니라고 한다. 먹이와 따뜻한 땅을 찾아가는 기러기는 4만 킬로미터 정도를 날아간다고 한다. 중앙아시아에서 히말라야 산맥을 넘어 인도까지 간다고 하니 그 장정은 상상을 초월한다.

우선 수만리를 여행하는 기러기는 리더를 중심으로 'ㅅ'자형 대형을 유지하며 삶의 터전을 찾아 머나먼 여정을 시작한다.

맨 앞에서 날아가는 리더의 날갯짓은 기류에 양력을 만들어 주기에 엄청난 에너지가 소모된다. 앞에서 날아가는 대장 기러기는 뒤에서 따라오는 동료 기러기들이 혼자 날 때보다 70% 정도의 힘만 쓰면 날 수 있도록 맨 앞에서 온몸으로 바람과 마주하며 애를 써야 한다. 그리고 이들은 먼 길을 날아가면서 끊임없이 울음소리를 낸다.

"끼럭~끼럭~" 하며 내는 소리는 울음소리가 아니라 거센 바람을 가르며 힘겹게 날아가는 리더에게 보내는 응원의 소리라고 한다. 서울에서 부산간을 40번 왕복하는 정도의 머나먼 길을 동료와 같이 옆에서 서로 격려하며 날갯짓을 하며 날아간다고 한다.

만약 어느 기러기가 사고를 당하거나 아프거나 지쳐서 대열에서 낙오하게 되면 다른 동료 기러기 두 마리도 함께 대열에서 이탈, 지친 동료가 회복해서 다시 날 수 있을 때까지, 또는 죽음으로 생을 마감할 때까지 마지막을 함께 지켜주고 무리로 다시 돌아온다고 하니 얼마나 신기한 동물인가? 미물인 새가 어떻게 그럴 수 있단 말인가?

만약 앞에서 날고 있는 기러기가 지치고 힘들어지면 그 뒤의 기러기가 앞으로 나와 리더의 역할을 대신한다. 이렇게 기러기 무리는 서로 리더의 역할과 순서를 바꾸어가며 여행길을 날아간다고 한다. 서로 돕는 슬기로운 행동과 그 독특한 비행기술이 없다면 기러기떼는 매일 수백 킬로미터를 날면서 매년 수만 킬로미터를 이동하는 삶의 비행에 성공하지 못할 것이다.

도산의 기러기 사랑 이유

그러고 보면 기러기는 참 영물인 것 같다. 인간보다 의리 있고 지혜롭게 협동하는 것이 돋보인다. "빨리 가려면 혼자 가라. 그러나 멀리 가려면 함께 가라"는 속담이 있지만 기러기에게서 배워야 하는 말인 것 같다. 그 뿐만 아니라 옛날 전통결혼식에서는 기러기의 모형을 놓고 예를 올렸다. 기러기에게는 사람이 본받아야 할 네 가지 덕목이 있다고 한다.

첫째, 기러기는 사랑의 약속을 영원히 지킨다는 것이다. 기러기 수명은 대체로 15~20년이라고 하는데 짝을 잃으면 결코 다른 짝을 찾지 않고 홀로 지내다 죽는다고 한다.

둘째, 상하의 질서를 지키며 예의를 안다고 한다. 날아갈 때도 행렬을 맞추어 날고, 앞서가는 선두가 울면 반드시 뒤따르던 후미가 화답을 하여 예를 지킨다고 하며 대열에서 낙오하는 동료를 끝까지 보살피는 동료애가 있다고 한다.

셋째, 기러기는 무리를 지어 자거나 행동하면서 반드시 한 마리 이상의 경계조를 두어 위험에 대비하는 지혜가 있다고 한다.

넷째, 기러기는 지나가는 흔적을 분명히 남기는 속성이 있는데 그것은 인간에게 해를 끼치는 것은 아니라고 한다.

기러기는 흥사단의 심볼

이러한 기러기의 아름다운 속성을 '규합총서'(1809년)에서 예찬한 것을 보면 우리 민족에게 옛날부터 친근한 동물이었던 것 같다. 특히 독립 운동가 도산 안창호 선생은 그가 설립한 시민운동 단체인 흥사단의 심볼 마크로 기러기를 채택했던 것이다. 그래서 기러기는 흥사단의 상징이고 도산이 생각한 리더십의 특징을 그대로 나타내 보여주고 있다.

우선 도산이 생각한 리더는 탁월한 능력을 보유한 사람이라기보다는 구성원 중 상대적으로 앞선 자라는 점을 언급하고 있다. 일단 리더가 결정되면 구성원들은 리더에 대해 비난이나 비판보다는 격려와 응원의 박수를 보내야 한다고 강조하였다.

리더는 조직원 위에 군림하는 것이 아니라 어려운 여건에서 조직원보다 더 많이 활동하고 노력하는 봉사자라는 사실을 기러기의 사례를 통해 시사하고 있다. 리더 기러기는 힘의 리더가 아니라 봉사의 리더로서 반드시 책임을 져야 하기에 리더의 역할을 할 수 없다고 판단되면 서슴지 않고 그 자리를 다른 기러기에게 내어주고 자신은 다시 본래의 조직원 상태로 돌아간다. 이는 도산이 강조한 민주적 리더의 전형인 것이다.

또한 기러기의 행동에는 도산이 리더십의 핵심이라고 생각한 사랑의 정신이 깃들어 있다. 전체 기러기를 위해 거센 바람을 혼자 막아내려는 리더 기러기의 행동은 동료 기러기에 대한 사랑이 없으면 가능하지 않은 일이며, 리더 기러기에게 끊임없이 격려와 응원을 보내는 다른 기러기의 행동 역시 리더 기러기에 대한 사랑이 없이는 불가능하다고 볼 수 있다.

특히 대열에서 이탈하여 낙오된 기러기를 두 마리의 동료 기러기가 끝까지 보호한다는 것은 기러기 무리들의 서로에 대한 배려와 사랑을 상징적으로 잘 보여주는 단면이 아닐 수 없다.

이러한 기러기들은 서로의 사랑으로 뭉치어 지속적으로 사랑을 나눔으로써 여러 가지 악조건 속에서도 장거리 비행을 가장 효과적으로 해내는 놀라운 성과를 거둔다. 우리는 기러기의 리더십을 통해 생존에서 가장 근

본적인 것은 사랑임을 깨닫게 된다.

박목월과 기러기

달 밝은 가을밤 하늘에 '기럭~ 기럭~' 기러기가 날아가는 것을 보면 우리는 잊지 못하는 가곡이 하나 있다. 박목월 선생의 러브스토리에서 만들어진 '이별의 노래' 이다. 대강 이런 얘기다.

1952년 6.25전쟁이 끝나갈 무렵 박목월 선생이 중년이 되었을 때 그는 서울대 국문학과 제자인 여대생과 사랑에 빠져 모든 것을 버리고 종적을 감추었다.

가정과 명예 그리고 서울대 교수 자리도 버리고 빈손으로 사랑하는 여인과 함께 홀연히 자취를 감추었다. 얼마간 시간이 지난 후 박목월의 아내는 그가 제주도에 살고 있다는 소식을 듣고 남편을 찾아나섰다.

부인은 남편과 여인을 마주한 후 살아가는 궁한 모습을 보았다. 그리고 두 사람에게 힘들고 어렵지 않느냐며 돈봉투와 추운 겨울을 따뜻하게 지내라며 겨울옷을 사놓고 서울로 올라왔다.

목월과 그 여인은 그 모습에 감동하고 가슴이 아파 견딜 수가 없었다. 그래서 그들의 사랑을 끝내고 헤어지기로 한 후 목월이 서울로 떠나기 전날 밤, 스산한 가을하늘 기러기 지나가는 것을 보며 이 시를 지어 사랑하는 여인에게 이별의 선물로 주었다고 한다. 여기에 김성태 선생이 곡을 붙여 '이별의 노래' 라는 명곡이 탄생되었다.

이별의 노래 _ 박목월 작사 / 김성태 작곡

기러기 울어예는 하늘 구만리
바람이 싸늘불어 가을은 깊었네
아~ 아~ 너도 가고 나도 가야지

한낮이 끝나면 밤이 오듯이
우리의 사랑도 저물었네
아~ 아~ 너도 가고 나도 가야지

산촌에 눈이 쌓인 어느 날 밤에
촛불을 밝혀두고 혼자 울리라
아~ 아~ 너도 가고 나도 가야지

03
백석 시인 그리고 길상화

버스에서 내려 약속 장소로 열심히 걸었다. 선배 사진작가들이 한 수 가르쳐 준다는데 늦게 가면 안 되지 하면서 빠른 걸음으로 비탈길을 올랐다. 길상사였다. 오늘은 꽃무릇 사진을 찍을려고 한다.

이곳의 꽃무릇이 아름답다고 아마추어 사진사들이 많이 모이는 곳이다. 몇 시간 동안 열심히 돌아다니면서 사진작가 흉내를 내고 있는데 어느 팻말 옆에서 길상사의 유래를 보게 되었다. 여기가 제3공화국 시절에 그 유명했던 대원각이었다. 그리고 완전히 잊어버리고 있었던 백석과 김영한의 사랑 이야기를 여기서 만나다니 행운이었다.

백석과 김영한의 사랑 이야기

왕년에 장안의 삼대 요정이라 하면 청운각, 삼청각, 대원각이라 했는데 그 중 대원각의 주인이 김영한이었다. 그 김영한이 꿈에도 그리던 연인이 백석 시인이다.

당대에 엘리트로 미남이며 멋쟁이, 일본 아오야마 대학에서 영어를 전공하고 러시아어, 중국어, 일본어가 능통했던 백석은 6년 선배인 김소월을 존경했고 후배 윤동주가 따랐던 시인이었다.

호감가는 미모에다 가무와 글씨가 빼어난 여인 김영한은 장사술이 뛰어나고 문단에 등단할 정도의 글재주를 가진 인재였다. 두 사람의 선남선녀는 첫눈에 반해서 사랑을 하게 된다.

백석이 얼마나 맘에 들었으면 처음 만나는 날 "오늘부터 당신은 영원한 내 마누라야. 죽기 전에 우리 사이에 이별은 없어요"라고 말했고, 기생 진향(김영한의 기명)도 그런 백석이 좋아 둘은 사랑에 빠졌다.

그 때 백석은 함흥 영생여고 영어교사, 김영한은 진향이라는 기생, 어울리기 어려운 사랑은 동거로 시작되고 백석 집안의 강력한 반대에 부딪쳐 우여곡절로 얼룩진다.

결국 같이 떠나자고 했으나 서로의 생각이 달라 백석은 먼저 만주로 떠나고 영한과 헤어지게 된다. 아마 백석은 영한이 오기를 기다리며 틀림없이 올 것이라 믿었던 것 같다. 이 시기에 백석은 이태백의 시에 나오는 '자야오가'에서 따온 자야(子夜)를 영한의 애칭으로 불렀고 나타샤로 상징하기도 하였다. 그리고 이런 시를 남겼다.

나와 나타샤와 흰 당나귀

가난한 내가
아름다운 나타샤를 사랑해서

오늘밤은 푹푹 눈이 나린다

나타샤를 사랑은 하고
눈은 푹푹 날리고
나는 혼자 쓸쓸히 앉아 소주를 마신다
소주를 마시며 생각한다
나타샤와 나는
눈이 푹푹 쌓이는 밤 흰 당나귀 타고
산골로 가자 출출이 우는 깊은 산골로 가
마가리에 살자

눈은 푹푹 나리고
나는 나타샤를 생각하고
나타샤가 아니 올 리 없다
언제 벌써 내속에 고조근히 와 이야기한다
산골로 가는 것은 세상한테 지는 것이 아니다
세상 같은 건 더러워 버리는 것이다

눈은 푹푹 나리고
아름다운 나타샤는 나를 사랑하고
어데서 흰 당나귀도 오늘밤이 좋아서
응앙응앙 울을 것이다

*마가리: 오두막

백석의 본명은 백기행(1912~1996), 1912년 7월 1일 평북 정주 출생이다. 오산학교 출신으로 당시 조만식 선생이 설립하고 임꺽정의 작가 홍명희 선생이 교장이었다. 김소월 선배를 따라 시인이 되겠다고 일찍이 롤모델로 생각했고, 소월이 죽고 난 뒤 소월의 생애라는 기사로 조선일보에 기고하기도 했다.

　오산학교 졸업 후 대학 진학을 포기하고 문학에 전념, 단편소설 '그 모와 아들'이 조선일보 신춘문예에 당선되기도 했다. 30세가 되기 전에 이미 서정시인으로 자리를 굳힐 정도로 시성이 특출하였다고 볼 수 있다. 고향이라는 시가 가슴에 와닿는다.

고향

나는 북관에 혼자 앓아 누워서
어느 아침 의원을 뵈이었다
의원은 여래 같은 상을 하고 관공의 수염을 드리워서
먼 옛적 어느 나라 신선 같은데
세끼손톱 길게 돋은 손을 내어
묵묵하니 한참 맥을 짚더니
문득 물어 고향이 어데냐 한다
평안도 정주라는 곳이라 한즉
그러면 아무개씨 고향이란다
그러면 아무개씨를 아느냐 한즉
의원은 빙긋이 웃음을 띠고

막역지간이라며 수염을 쓴다
나는 아버지로 섬기는 이라 한즉
의원은 또 다시 넌즈시 웃고
말없이 팔을 잡아 맥을 보는데

손길은 따스하고 부드러워
고향도 아버지도 아버지의 친구도 다 있었다

　백석의 집은 넉넉지 못하여 부모님이 오산학교 앞에서 하숙집을 했다
고 하며 백석의 재주를 아깝게 생각한 조선일보 방응모 씨의 후원으로 일
본 아오야마 대학 영문학과에 유학하게 되었다.
　졸업 후에 조선일보사에 입사해서 조만식 사장, 방응모 부사장, 주요한
편집국장과 같이 일하였다고 하는데 백석은 편집과 교정 일을 하면서 시
작활동도 하였다고 한다.
　일제의 언론탄압이 강해지면서 백석은 평소에 하고 싶었던 영어교사를
하기 위해 함흥으로 가게 되고 거기서 김영한을 만나게 되었다고 한다.
그의 마음속에는 언제나 사랑하는 여인이 자리하고 있었다.

바다

바닷가에 왔더니
바다와 같이 당신이 생각만 나는구려
바다와 같이 당신을 사랑하고만 싶구려

구붓하고 모래톱을 오르면
당신이 앞선 것만 같구려
당신이 뒤선 것만 같구려

그리고 지중지중 물가를 거닐면
당신이 이야기를 하는 것만 같구려
당신이 이야기를 끊은 것만 같구려

바닷가는
개지꽃에 개지 아니 나오고
고기비늘에 하이얀 햇볕만 쇠리쇠리하여
어쩐지 쓸쓸만 하구려 섧기만 하구려

*개지꽃: 강아지풀 꽃

백석은 1936년 첫 시집 『사슴』을 출판한다. 모닥불, 여승 등 총 33편의
시가 수록되었고, 100부 한정판으로 발간하였는데 시집을 구하지 못한
윤동주 시인이 도서관에서 어렵게 빌려 노트에 모두 필사했다는 일화도
있다. 백석의 시를 보고 시인 김기림은 향토적인 분위기에 모더니티까지
겸비했다고 극찬했다고 한다.

정주성

산(山) 턱 원두막은 비었나 불빛이 외롭다

헝겊 심지에 아주까리 기름의 쪼는 소리가 들리는 듯하다

잠자리 조을던 무너진 성(城)터
반딧불이 난다 파란 혼(魂)들 같다
어데서 말 있는 듯이 커다란 산새 한 마리 어두운 골짜기로 난다.

헐리다 남은 성문이
하늘 빛같이 훤하다
날이 밝으면 또 메기수염의 늙은이가 청배를 팔러 올 것이다

*고향 정주성이 폐허가 되어가는 허망함을 읊음.

　백석은 일제강점기의 모던보이였다. 키가 무려 190㎝로 훤칠하게 큰데다가 남들보다 몇 배나 비싼 양복을 입는 등 패션감각 또한 특별하여 당시로는 배우 뺨치는 최고의 멋쟁이였다. 성격이 깔끔하여 수화기를 손수건으로 싸거나 문고리를 손등으로 여는 등 결벽증도 심한 편이었다. 잘생긴 외모만큼 여인들에게 인기가 많아 어디를 가든지 관심의 대상이었다. 김영한과의 사랑 이야기 전에 박경련과의 연애 일화도 유명하였다.
　친구 허준의 축하 회식을 통해 알게 된 박경련에게 '난' 이라는 애칭을 지어줄 정도로 서로 사랑하였다. 통영 출신인 박경련 때문에 통영에 관한 시를 두 편이나 남기기도 했다.
　하지만 백석의 또 다른 절친 신현중이라는 친구가 박경련을 좋아하여 서로 연적 관계가 되면서 일이 복잡하게 되었다. 백석의 가족사에 좋지 못한 일이 있다는 헛소문이 나더니 얼마 안 되어 박경련과 신현중이 결혼하게 되었다.

조선일보사를 그만 두고 함흥에서 영어교사를 하고 있던 백석은 멀리서 친구의 배신 소식을 듣고 무척 상심하였다고 한다. 그리고 한 편의 시를 쓰게 되었다.

내가 생각하는 것은

밖은 봄철 날 따디기의 누굿하니 푹석한 밤이다
거리에는 사람도 많이 나서 흥성흥성할 것이다
어쩐지 이 사람들과 친하니 싸다니고 싶은 밤이다

그렇건만 나는 하이얀 자리 위에서
마른 팔뚝의 새파란 핏대를 바라보며
나는 가난한 아버지를 가진 것과
내가 오래 그려오던 처녀가 시집을 간 것과
그렇게도 살틀하던 동무가 나를 버린 일을 생각한다

또 내가 아는 그 몸이 성하고 돈도 있는 사람들이
즐거이 술을 먹으러 다닐 것과
내 손에는 신간서 하나도 없는 것과
그리고 그 '아서라 세상사' 라도 들을
유성기도 없는 것을 생각한다

그리고 이러한 생각이 내 눈가를 내 가슴가를

뜨겁게 하는 것도 생각한다

아직도 마음속에 남아 있던 박경련이 결혼했다는 소식을 듣고 김영한과의 관계는 더욱 깊어졌다. 아마 친구에 대한 배신감, 사랑에 대한 배신감 등의 감정이 얽혀 반사적으로 더욱 좋아하지 않았을까?

백석의 부모는 기생인 김영한, 자야를 며느리로 받아줄 리가 없었다. 부모의 강요로 두 번이나 결혼을 하였지만 두 번 모두 첫날밤에 도망 나와 자야에게 달려간 것을 보면 자야에 대한 사랑도 대단했던 것 같다.

백석과 김영한의 이별

결국 백석은 따라오리라고 생각한 김영한과 헤어져 만주로 떠났고, 여러 가지로 어려움이 많았던 만주생활에서 기다림의 시간을 보낸 것으로 추측된다.

잠시 만주국 말단 공무원으로 일한 적이 있지만 일제의 압박과 회유가 심해지자 방응모 등 주변 지식인들이 변절하는 것을 보고 개탄하던 중에 창씨개명을 강요받자 공무원직을 그만두고 절필하고 은둔생활을 하였다고 한다. 해방 후에 한국동란으로 분단이 더욱 고착화되면서 두 사람은 소식조차도 알기 힘들었다.

북한에서는 잠시 조만식 선생의 러시아어 통역비서로 일한 적이 있고, 러시아 문학을 번역하여 약간의 동시와 시를 발표하였다. 하지만 1962년 이후에는 별다른 작품활동을 못한 것으로 보인다. 오히려 한국에서는 1988년 납북시인 해금조치로 백석의 시가 재조명되었다.

교과서에 가장 많이 실린 작가가 되었으며 2005년에는 시인들에게 가장 영향력 많이 끼친 시인 1위에 올라 롤모델이었던 김소월 선배를 능가하는 시인이 되었다고 볼 수 있다. 한편 백석을 평생 그리워하며 삶을 보냈던 김영한(1916~1999), 자야의 인생은 눈물겨운 내공으로 열심히 살았다.

김영한, 진향, 자야, 나타샤, 길상화 등의 이름으로 불렸듯이 때로는 가냘픈 여인으로 때로는 여장부 같은 기질로 살았던 사람이다.

본래 종로구 관철동에서 몰락 양반의 자제로 태어나 어릴 때 아버지가 돌아가시고 할머니와 홀어머니 슬하에서 자라나 가난했기에 16세의 어린나이에 시집을 가게 되었다. 그런데 심약한 남편이 사고로 죽어 청상과부가 되었는데 신랑 잡아먹은 귀신이라는 시어머니의 구박에 못이겨 가출하였다.

그리고 기생의 길로 들어서 진향이라는 기명으로 활동했다. 가무와 글, 예술과 문학에 소질이 있는 진향은 점차 장안에 소문이 나게 되고 유명인이 되어갔다. 이 즈음 진향의 재주를 알아본 신윤국 선생을 만나 많은 조언을 받게 되고 그분의 도움으로 일본 유학을 갔다.

오래지 않아 독립운동하던 그 스승이 일본 경찰에 체포되어 함흥감옥에 수감되었다는 소식을 듣고 옥바라지를 위해 귀국한 진향은 함흥으로 달려가서 다시 음식점, 요정일을 시작하였다.

그곳에서 학교회식 장소에 나온 백석과 김영한이 운명적으로 만나 첫눈에 반해 사랑에 빠지게 되었다. 그리고 평생 잊지 못할 사랑의 동거에 들어갔는데 그리 오래지 않아 자야가 서울로 돌아가 버리는 사건이 발생, 두 사람은 헤어지게 되었고 백석의 노력으로 서울서 재회하여 다시 살았다고 한다.

하지만 국내에서 사는 것이 여러 가지 제약이 많다고 느낀 백석이 만주로 가자고 제의하고 자야의 동의 없이 먼저 떠나 버린 것이 다시는 만나지 못하는 비극이 되어 버렸다고 한다.

그리움 속에서 재산의 사회환원 결심

그리움과 아픈 상처를 가슴에 안고 해방을 맞았고 6.25 동란을 겪으면서도 김영한은 억척스럽게 주경야독하였다. 1953년 늦은 나이에 중앙대학교 영문학과를 졸업하였다.

그리고 1954년부터 기회 있는 대로 성북동에 땅을 사들여 큰 음식점, 요정 대원각(大苑閣)을 만들 계획을 세웠다. 드디어 기생 진향이 사업가 대표 김영한이 되었고, 사회적 격동기를 지나면서 그는 1000억이 넘는 재산가로 성장하였다.

나이가 들어가면서 모은 재산을 사회에 환원하는 방안을 생각하게 되고 가슴속에 묻어둔 백석을 대중속에 내어놓게 되었다. 1989년 법정스님의 '무소유'를 읽고 감동한 그는 당시 1000억이 넘는 대원각 재산 전부를 시주하겠다고 하였으나 법정스님은 한 마디로 단호하게 거절하였고, 다만 10년 후에도 마음이 바뀌지 않는다면 받겠노라고 했다고 한다.

시대의 어른이시며 무소유를 실천하여 우리들에게 소중한 가르침을 주신 진정한 수행자이신 법정스님이 김영한의 간절한 간청으로 대원각을 시주받아 길상사를 창건하게 된 것은 1997년이었다. 그리고 이보다 먼저 김영한은 길상화라는 법명을 받아 신실한 불자인 보살이 되어갔다.

1990년대 그러니까 김영한이 나이 70을 넘기면서 '내 사랑 백석─김자야 에세이'란 책을 발간하게 되었다. 백석을 그리면서 쓴 회고록과 같은 책인데 백석에 대한 사랑과 그리움이 절절히 배어 있다.

> 나는 지금도 젊은 그 시절 백석을 자주 꿈에서 본다. 그는 방문을 열고 나가면서 아주 천연덕스럽게, "마누라! 나~ 갔다 오리다"하고 말한다. 한참 뒤에 그는 다시 들어오면서 "여보! 나 다녀왔소!"라고 말한다.

> 어떻게 이럴 수가 있는가? 세월을 반백년이나 흘러 보냈는데도….
> 내 나이 어언 일흔 셋! 홍안은 사라지고 머리는 파뿌리 되었지만 지난 날 백석과 함께 살았던 그 시절의 추억은 아직도 내 생애의 전부라 해도 과언이 아니다.
> 그만큼 우리들의 마음은 추호도 이해로 얽혀 있지 않았고 오직 순수 그 자체였다.

> 나에겐 백석, 당신이 지어 준 '자야(子夜)'라는 이름이 그 무엇보다 진귀하고 소중한 선물이 아닐 수 없었다. 그날부터 자야는 우리 둘만이 부르는 나의 애칭, 너무 정겨운 나의 이름이다.
>
> — 〈백석, 내 마음에 잊혀지지 않는 이름〉 중에서

자야 여사는 1997년 시인 백석의 문학정신을 기리기 위해 '백석문학상'을 제정하였다. 출판사에 사재 2억을 기부하면서 시작하여 1회 때에는 자야 여사가 직접 시상하고 매년 유능한 문학인들에게 주어지고 있다.

그리운 당신이여!
어느덧 팔순이 가까운 내가
만상이 고요히 잠든 깊은 야삼경에
혼자 등불을 밝혀 놓고
당신과의 애틋했던
기억의 사금파리들을 떠올립니다.
오늘은 당신의 생신일 7월 1일
그러나 저는 매년 하는 일이지마는
오늘도 하루 종일 곡기를 끊고
당신이 26세 때 찍은 사진만을
바라보고 있을 뿐입니다.
이 안타까운 심정을
어찌하면 좋겠습니까?
두 사람의 빗나간 운명이
그저 원망스럽기만 합니다.

천 억이 그 사람 글 한 줄만도 못해

자야는 오로지 백석을 향한 사랑으로 한평생을 보낸 사람이다. 그 사랑
이 그의 살아갈 힘이었고 저력이었던 것이다. 그가 이 세상을 이별하기
열흘 전에 조선일보 기자와의 인터뷰에서 기자가 물었다고 한다.
시주로 천억을 내어놓았는데 후회되지 않느냐고 하니, "무슨 후회?"라
며 반문했다고 한다.

그리고 또 그 사람이 언제 제일 생각나냐고 했더니, "사랑하는 사람 생각나는데 어느 때가 있나?" 그랬다고 한다.

기자가 다시 그 사람이 어디가 그리 좋더냐고 물었더니, "천 억이 그 사람 시 한 줄만도 못해!"라 대답하였다고 한다.

이렇게 애틋한 사랑과 이별이 너무 아파 후배시인 이생진이 '내가 백석이 되어'라는 시를 발표하여 이승에서 못다한 사랑을 위로하였다.

내가 백석이 되어 _이생진

나는 갔다

백석이 되어 찔레꽃 꺾어 들고 갔다
간밤에 하얀 까치가 물어다 준 신발을 신고 갔다
그리운 사람을 찾아가는데 길을 몰라도
찾아갈 수 있다는 신비한 신발을 신고 갔다

성북동 언덕길을 지나
길상사 넓은 마당 느티나무 아래서
젊은 여인들은 날 알아채지 못하고
차를 마시며 부처님 이야기를 나누고 있었다
까치는 내가 온다고 반기며 자야에게 달려갔고
나는 극락전 마당 모래 위를 밟으며 갔다
눈 오는 날 재로 뿌려달라던 흰 유언을 밟고 갔다

참나무 밑에서 달을 보던 자야가 나를 반겼다
느티나무 밑은 대낮인데
참나무 밑은 우리 둘만의 밤이었다

나는 그녀의 손을 꼭 잡고 울었다
죽어서 만나는 설움이 무슨 기쁨이냐고 울었다
한참 울다 보니

삼각산 길상사

미완의 삶과 사랑

그것은 장발이 그려 놓고 간 그녀의 스무살 때 치마였다
나는 찔레꽃을 그녀의 치마에 내려놓고 울었다
나는 죽어서도 눈물이 나온다는 사실을
손수건으로 닦지 못하고 울었다

나는 말을 못했다
찾아오라던 그녀의 집을 죽은 뒤에 찾아와서도 말을 못했다
찔레꽃 향기처럼 속이 타들어갔다는 말을 못했다

　백석이 북한에서 이세상을 떠났다고 알려진 지 삼년 후 1999년 자야 여
사는 눈이 푹푹 오는 날, 길상사 마당에 나의 몸, 나타샤의 뼛가루를 뿌려
달라는 유언을 남기고 백석을 따라갔다.
　길상사는 사랑하는 사람을 평생 간직하고 살아온 자야 여사의 지고지
순한 사랑과 맑고 향기로운 시대의 스승 법정스님, 그리고 아름다운 시인
백석이 주고 간 선물이 되어 대중들 속에 함께하는 도심속의 산사이다.

04

좋은 친구 이야기

남자의 길에는 만나야 할 중요한 일, 세 가지가 있다고 한다. 그 하나는 인생을 걸고 싶을 만큼 귀한 친구를 사귀는 것이고, 다음으로는 험난한 인생길에 지침이 되어 주는 선배가 필요하고, 마지막으로 자신을 성숙하게 하는 책이 중요하다고 한다.

또한 좋은 부모 밑에서 태어나서 자라면서 좋은 친구를 만나는 것이 중요하고, 장성하면서 좋은 스승을 만나는 것이고, 좋은 아내를 만나 좋은 자식을 두고 건강하면 최고의 행복이라고도 한다.

환경적으로는 그러리라고 생각된다. 나도 나이가 들어가니 점차 옛 선인들의 이야기가 예사로 들리지 않는다. 물론 경제적인 문제도 도외시하기 어렵지만 지낼 만하다면 친한 친구가 제일 높은 순위가 아닌가 싶다.

언제나 만나면 반가웠던 친한 친구들이 건강 때문에 하나 둘씩 떠나가게 되니 마음이 무겁다.

최근만 해도 두 사람이나 떠났다. 진주에 살던 김군이 오랫동안 신장투석으로 고생하면서 지냈는데 지난 해 하반기에 하늘나라로 갔다는 소식이다.

너무 술을 좋아해서 걱정하면서도 술을 멋있게 마셨기에 그 모습이 선하다. 점심 국밥에 소주 한 병을 시켜놓고 맥주잔에 부은 소주를 세 번 정도 나누어 맛있게 마시고 '커어~' 하며 씨익 웃고 식사하곤 했다. 날씬하면서도 잘 생기고 성실하여 여자들이 좋아하는 타입이었다.

거기다 명연기, 자기를 좋아하다가 죽은 삼순이 타령을 자작극으로 공연하면 그 연기가 일품이라 웬만한 여자들은 뿅 갔다. 그래서 우리 친구들이 약간 외설적인 별명, '물총' 이라고 붙여주었는데 싫어하지 않고 곧잘 반응하던 신사였지만 이제는 다시는 만날 수 없는 길을 가고 말았다.

하와이 신 선배도 하늘나라에 있는 그의 어머니 곁으로 갔다고 한다. 산업은행 조사부 시절에 조사역과 행원 사이로 만나 50년을 서로 교제하며 지냈는데 너무 서운하다.

아버지가 일찍 돌아가시고 어머니가 교회 전도사 생활을 하시면서 두 아들과 딸 하나를 키우셨는데 아들들과 딸이 모두 잘 자라서 사회의 훌륭한 일꾼이 되었다.

신 선배는 고생한 어머니의 은혜를 늘 이야기하면서 서울에 근사한 선교센터를 세워 어머니의 이름을 붙이겠다고 하는 꿈을 갖고 있었다. 원리적이고 보수적인 성향이 강하여 고집스런 데가 지나치기도 하였지만 배울 점도 인정도 많아 서울 올 때면 몇 번씩 만나 회포를 풀었다.

연세대 경영과를 다니면서도 미국 선교사 집에서 살아서 그런지 영어를 잘 하여 미국에 정착하게 되었다. 코로나 끝나면 한국에 왔다 가겠노라고 얼마 전에 전화한 것 같은데 이루지 못한 꿈을 갖고 하늘나라로 갔다.

김형석과 이어령 교수의 친구

몇 년 전에 도산기념사업회 사무총장으로 있을 때 몇 번 만났던 김형석 교수의 이야기가 생각난다. 도산 선생을 만났던 유일한 생존자이어서 해마다 모시고 강연 듣고 난 뒤 기념사업회 임원들과 식사하곤 하였는데 그 때 잊을 수 없는 친구 세 사람을 회고하며 그리워하는 모습이 인상 깊었다.

김 교수는 서울대 철학과 김태길 교수, 숭실대 철학과 안병욱 교수와 가장 친하게 지낸 소위 철학 삼총사였다고 한다. 그런 친구들을 만날 수 있도록 환경이 만들어진 것에 감사하면서 평생에 제일 잘한 선택이라고 회상하였다.

우연히 세 사람이 모두 철학을 전공한 교수이고 많은 독자를 갖고 있는 문필가요 존경받는 학자였다. 50년을 서로 끌어주고 밀어주고 격려하면서 지난 세월이 가장 행복했다고 했다. 때로는 사람이니까 경쟁자로서 시기 질투도 있음직했지만 두 사람의 인품은 늘 감싸주고 포용하고 사랑했다고 하면서 친구이면서 스승같았다고 하였다.

어머니와 아내가 하늘나라로 떠났을 때는 집이 텅빈 것 같았지만 두 친구가 떠나고 나니 세상이 텅 빈 것 같았다고 한다. 50년 동안 나에게 행복과 보람을 준 친구들이 못다 하고 떠난 일들을 해 주어야 한다고 생각하면서 나름대로 열심히 하고 있지만 진척이 너무 더디다고 아쉬워했다.

2014년인 것 같다. 내가 소망교회 남선교회 회장으로 있을 때 이어령 교수를 초빙한 적이 있었다. 중학교 때 '흙속에 저 바람속에' 라는 책을 읽고 얼마나 감명을 받았던지 60년이 지난 지금도 고마움을 느끼는 그 분을 모셨다.

그의 책은 언제나 사람들의 관심을 받았고 그의 지성 또한 많은 사람의 존경을 받고 있었다. 그런데 자신의 인생은 실패한 삶이었다고 고백하는 것이었다.

겸손이 아니라 나는 실패한 사람이라는 것을 절실하게 느끼고 있다고 하였다.

"내게는 친구가 없어요. 그래서 내 삶은 실패했어요."

친구가 없기 때문에 인생에 동행자가 없다는 의미이다. 그저 혼자서 내 그림자만 보면서 달려갔던 세월이었고, 동행자가 중요하다고 생각지도 못하고 달렸다고 한다. 때로는 동행자가 있다고 생각했지만 나중에 보니 모두가 경쟁자였다는 것이다.

똑똑하고 머리 좋은 사람들 중에 친구 없이 외롭게 지내는 사람이 더러 있다. 그들의 머리는 회전이 빠르니까 항상 계산적이라 절대로 손해 보는 일이나 시간적으로 낭비하는 일은 하지 않는다.

그러기 때문에 친구가 없다. 친구는 계산 없이 만나 사랑으로 만들어지기 때문이다. 친구가 없다는 것은 사랑에 실패한 것이다. 이어령 교수도 사랑에 결핍증이 있었다고 인정하고 사랑을 주어 보지도 않았기에 받지도 못했다고 말했다.

돌이켜 보면 사랑을 준 사람이 왜 없었겠는가? 마음을 다해 자식처럼 아끼며 도와주었던 사람이 배신한 뒤부터 어떤 사람이 나를 좋아하고 가까이 하려 하면 두려운 마음이 들었다고 했다. 언제 이 사람이 나를 배신할까 하는 두려움이 앞섰다는 말이었다.

그러나 다시 생각해 보니 내가 그 사람을 깊이 사랑했다면 그가 나를 배신했을까? 배신당했더라도 섭섭한 마음이 있었을까? 결국 사랑을 받지 못한 것은 내가 사랑을 주지 못했기 때문이라고 결론내렸다.

시골 구석에서 태어난 예수님은 잘난 사람이든 못난 사람이든 간에 동행자가 그렇게 많았지 않았는가? 그 동행자들은 때로는 경쟁자처럼 되었다가 헐뜯는 비난자가 되었다가 돌아서서 좋은 동행자로 좋은 친구가 되었던 것이 아닌가.

예수님이 십자가에 못 박혀 돌아갔을 때 제자들이나 동조자들이 모두 배신하고 헤어졌다가 다시 돌아온 사람들이다. 심지어 바울 같은 경우에는 예수 믿는 사람을 죽일려고 갔다가 회심하고 평생 그의 동행자가 되지 않았나? 여러 가지 이유가 있겠지만 무엇보다도 예수님의 깊은 사랑 때문에 다시 돌아와서 동행자로 거듭났다고 생각한다.

그래서 이 글의 시작에 남자에게는 인생을 걸만한 친구가 중요하다고 했는데 그런 의미에서 예수의 제자들은 인생을 걸만한 친구 같은 스승을 만난 행운아였던 것 같다.

뒤러의 친구 프란츠

친구간의 사랑과 우정을 얘기하면 독일의 화가 알브레흐트 뒤러와 그 친구 프란츠 크니그슈타인이 생각난다. 알브레흐트 뒤러는 세계적으로 유명한 독일의 화가다.

뒤러의 작품 중 많은 사람들의 심금을 울린 작품이 '기도하는 손'이다. 그가 그린 기도하는 손은 뒤러 자신의 손도, 어머니의 손도, 가족의 손도 아닌 사랑하는 친구 프란츠 크니그슈타인의 손이다.

가진 것 없이 자란 청년 시절의 뒤러는 자신과 비슷한 처지에 화가라는 같은 꿈을 가진 프란츠를 만났다. 절친한 친구 사이가 된 두 사람은 함께 미술공부를 했지만 가난한 형편에 공부를 계속하기가 너무 어려워 중단했다가 계속하기를 여러 번 반복하였다. 고민 끝에 프란츠가 뒤러에게 제의했다.

"내가 일해서 네 학비를 먼저 대줄게. 네가 그림을 배워서 성공하면 그때 내가 성공할 수 있도록 학비를 대주라."

그래서 뒤러는 프란츠의 도움을 받아 미술공부에 전념할 수 있었고 화가가 되었다.

세월이 흘러 뒤러는 화가가 되어 프란츠를 찾아갔다. 그리고 우연히 프란츠의 기도하는 소리와 그 모습을 보게 되었다.

"하나님, 저는 고된 일을 하면서 손이 거칠어지고 굳은살이 박혀 손을 섬세하게 움직이기 어렵게 되었습니다. 그래서 더 이상 그림을 그리기가 어렵습니다. 대신에 뒤러만큼은 꼭 유명한 화가가 되어 성공할 수 있도록 도와주소서."

이에 깊이 감동한 뒤러는 그 자리에서 기도하는 친구의 손을 그렸다. 그 작품이 바로 '기도하는 손'이다.

우정이란 때로는 서로 경쟁하며 싸우며 그리고 소침하면 격려해 주면서 쌓아가는 것이기도 하지만 결국 진심으로 서로를 위하고 행복을 빌어주는 마음에 있는 것이 아닌가 생각된다.

뒤러는 참으로 좋은 친구, 영혼을 위해 기도하는 친구, 진정한 우정으로 기도해 주는 프란츠를 만난 것이 인생의 가장 소중한 행복이 아닌가 싶다.

예경회라는 내가 소속된 소그룹 모임이 있다.
예수 믿는 경남고 19회 동기 모임의 첫 글자 이름이다.
2021년 말 현재 결성된 지가 제법 30년이 지난 것 같다.
지금은 내가 회장(2018년 이후)을 맡은 지
5년쯤 되는 시점인데 정겹고 따뜻한 모임이다.
한 달에 한 번씩 꼭 만나는데 한 때 코로나 때문에
대면 모임이 어려워 줌(zoom)으로 캐나다, 미국 뉴욕,
로스엔젤레스, 일리노이, 태국, 대만 등 친구들이
다 같이 컴퓨터로 모여 예배하고 대화한 적도 있었다.

크리스천의 길

01
고마운 선교사들 이야기

　예경회라는 내가 소속된 소그룹 모임이 있다. 예수 믿는 경남고 19회 동기 모임의 첫 글자 이름이다. 2021년 말 현재 결성된 지가 제법 30년이 지난 것 같다. 지금은 내가 회장(2018년 이후)을 맡은 지 5년쯤 되는 시점인데 정겹고 따뜻한 모임이다. 한 달에 한 번씩 꼭 만나는데 한 때 코로나 때문에 대면 모임이 어려워 줌(zoom)으로 캐나다, 미국 뉴욕, 로스엔젤레스, 일리노이, 태국, 대만 등 친구들이 다 같이 컴퓨터로 모여 예배하고 대화한 적도 있었다.

　대면으로 모일 때는 주로 마지막 토요일 저녁에 사랑의 교회에 모여 말씀 나누고 서로 이야기 보따리를 풀고 난 뒤 식사하고 헤어졌다.

　언제나 고등학교 동기들 모임이니 만나면 구수한 경상도 사투리에다 모두들 각 사회단체에서 한 가닥했다는 사람들이라 수준 높은 이야기들이 오간다. 기본적으로 기독교인들이라 성경이야기, 교회의 동정, 선교의 방법 등의 문제를 비롯해서 서로가 고민하고 기도하던 문제를 의논하고 자연히 지금 이 나이에 사회를 위해서, 세계를 위해서 무엇을 할 것인가를 토론하는 시간이 많았다. 역시 선교에 대한 관심과 선교사를 지원하는 방안도 자주 등장하는 화두이다.

자랑스런 우리 친구 선교사들

왜냐하면 20명 정도의 회원, 부부 합해 40명 중에는 선교사가 8명이나 되기 때문이다. 멀리 파라과이 김 선교사, 대만 옥 선교사, 키리기스스탄 최 선교사, 태국의 안 선교사 등의 부부는 각 나라의 오지에서 예수의 신앙뿐 아니라 교육, 봉사, 의료 등 여러 분야에서 현지인의 교화와 생활수준 향상을 위해 열심히 노력한 사람들이다. 선교사를 돕는 사람도 선교사라 하니 40명이 모두 선교사인 셈이다.

우리나라는 2000년에 들어 선교사의 파송이 더욱 많아져서 세계에서 인구비례로 가장 많은 선교사 파송국이 되었다. 내가 소망교회 남선교회 연합회장 시절(2014년)에는 해외 파송된 선교사를 돕기 위해 여러 가지 행사를 기획 실행하였고, 고생하는 선교사들을 초빙해서 현지보고를 듣고 그들의 노고를 격려한 일들이 많았다.

내 스스로도 태국의 산지마을, 캄보디아 오지, 중국의 상하이, 베이징, 연변 등 해외 현지 단기 선교활동에 직접 참가하면서 잠깐이나마 현지인과 생활하고 고민한 것이 인상 깊은 추억으로 남게 되었다.

이렇게 선교에 대해 관심을 갖게 되면서 나도 일찍이 우리 한국 땅에서 어려운 여건을 극복하며 고생한 외국 선교사들에 대한 노고와 헌신에 대해 더욱 감사하게 되었으며 그들의 업적을 다시 한번 챙겨보는 계기가 되었다. 조선 말기와 일제강점기에 우리나라에 온 선교사들의 활동을 보면 참으로 눈물겨운 일들이 많았다.

근대 의료와 근대 교육에 대해서는 그래도 많은 부분에서 그 공을 인정하는 바이지만 신분제와 남녀 차별에 대해서도 참으로 많은 역할을 한 것이 아닌가? 중상을 입은 민영익을 서양 의술로 살려낸 알렌 선교사 덕분에 근대적 병원인 광혜원이 생겼고, 언더우드와 아펜젤러 같은 선교사가 근대식 학교를 세움으로써 새로운 지식을 얻게 되었고 조선의 말 많던 서원시대로부터 벗어나게 되었다. 조폭집단 같은 조선의 신분제도를 타파해 간 것도 이름도 갖지 못했던 여자들에게 교육의 혜택을 준 것 또한 선교사들의 덕택이었다고 해도 과언이 아니다.

초창기 선교사들의 한글 사랑

이 과정에서 선교사들의 눈물과 땀의 역사가 어려 있으며, 그 증거가 지금 양화진의 외국인 선교사 묘지에 묻혀져 있다.

오로지 하나님의 사랑을 붙들고 이 땅의 사람들을 사랑한 그들의 사례가 너무 많지만 그 중에도 낙후된 조선의 문화를 다시 일으켜 재창조의 견인차가 된 한글의 부활을 들지 않을 수 없다.

선교사들은 조선글(한글)을 보물, 경이, 행운, 희망 등으로 표현하면서 한글 사랑을 예찬하였다. 중국글(한자)을 숭상하고 중국의 사상과 지식 등에 매여 오랜 기간 예속되었던 조선의 문화와 역사를 개탄하며 자각을 촉구한 선교사들의 호소가 여러 곳에서 발견된다. 이를 깨닫지 못한 당시 지도층, 사대부들은 아무 거리낌도 없이 외면했다니 참으로 부끄러운 일이 아닐 수 없다.

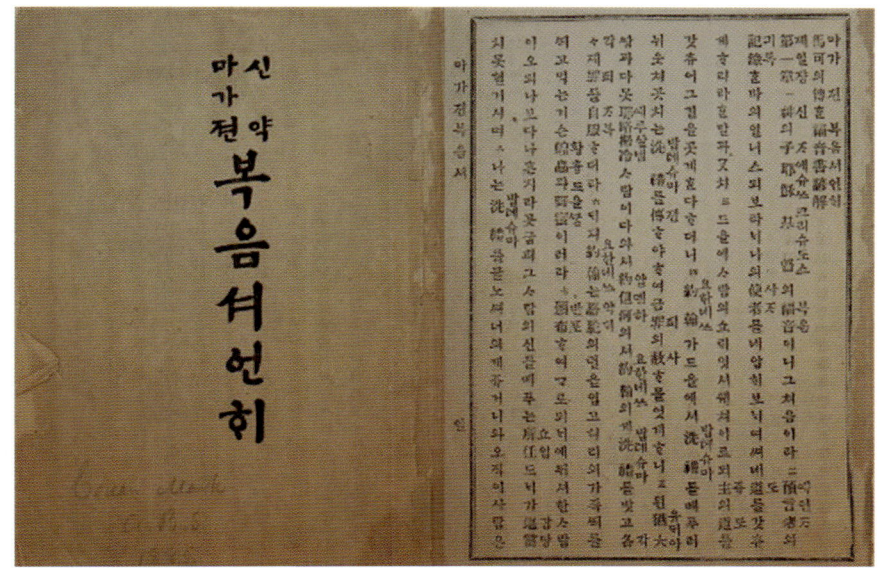

초창기 번역 성경

한 선교사가 기록한 글에 의하면 "정부의 8개의 큰 학교에서는 중국문학과 중국 과학만을 연구할 뿐이고 조선어는 무시되고 업신여김을 받는다. 이 이상한 사실은 이 나라의 역사로 설명된다. 두 세기 전부터 조선은 중국문화에 예속되어 와서 한문이 조선정부와 조선사회의 공용어가 되어왔다. 정부의 관리는 모든 문서를 한문으로 써야만 한다. 국왕과 왕국의 연대기, 보고, 수령의 명령, 재판소의 판결, 과학서적, 상인들의 회계장부, 상점간판 등도 모두 한자로 쓰여진다."

한글이라는 훌륭한 글자가 있는데도 무시하고 방치되어 사라지고 있었다. 한글로 된 책자를 구하려고 하면, 대부분 필사본으로 된 것이 다리 밑에 있는 쓰레기더미 같은 곳에 있었다고 한다.

"나는 수차례 조선의 선비들에게 자신들의 모국어를 가꾸어야 한다고 종용해 봤고, 심지어 영국 작가들의 예를 들면서 수치심을 느끼게끔 해보려고도 시도해 보았다. 그러나 모두 헛수고였다. 그야말로 마이동풍이었다"고 어느 선교사는 한탄하였다.

1500년대의 유럽에도 라틴 문화권이라 인구의 70~80%는 문맹이었고 성서도 라틴어, 중요서적이 모두 라틴어라 독자도 한정되어 있었다.

그러나 마틴 루터가 독일어로 성서를 번역하고 나서 유럽 국가들에게 문자와 출판 혁명이 일어나기 시작하였다. 프랑스, 영국 등이 각각 자기 나라 언어로 성서가 번역되고 인쇄술의 발달에 힘입어 모든 분야에서 출판 붐이 일어나고 위대한 문학 작품들이 쏟아져 나오는 계기가 되었다. 성서의 번역으로 시작하여 언어가 살아나게 되면서 영국의 대문호 셰익스피어의 '햄릿', 존 밀턴의 '실낙원'이 등장하고 영문학, 독문학, 불문학 등이 성황을 이루게 되었다.

유럽 역사의 단면을 설명한 선교사들의 이야기를 우리나라의 사대부들은 알지 못했다. 그래서 선교사들이 이 운동을 전개하여 조선의 국민들을 깨우기 시작했다. 지금 한글이 없는 대한민국을 상상할 수 없는 만큼 한글의 진가를 미리 알아본 사람은 선교사들이었다.

한글은 소중한 보물

쉽게 배울 수 있는 한글을 익히면 많은 조선 사람들이 글을 읽을 수 있게 되어 문맹률이 크게 낮아질 것이고 동시에 기독교를 전파하는 데도 도움이 될 것이다. 한글을 발견하고 단번에 알아본 선교사들의 예상은 적중하였다. 한편 조선어를 배우기 위해 어려움을 겪던 선교사들에게도 한글은 큰 축복이 되었다고 한다.

언더우드 박사는 어느 인터뷰에서 조선글(한글)의 발견은 "천일야화의 알리바바에서 '열려라 참깨!' 하고 나온 보물보다 더 감격한 보물이었다"고 술회하였다. 이런 기가 막힌 보물이 그냥 버려져 있더라는 것이다.

존 로스 목사는 "한글은 내가 배운 세계의 모든 문자 중에서 가장 완벽한 문자다. 나는 이 문자를 연구해서 널리 보급할 것이다"라고 말했다. 그 후 언더우드, 아펜젤러, 스크랜턴 등 성서 번역위원이 결성되고 1900년에 비로소 '신약성서'가 처음으로 번역 출판되었다. 이어 존 로스는 한글의 가로쓰기를 창안하여 최초로 성서 발

한글의 띄어쓰기

행에 적용하는 등 기독교 관련 서적이 한글 보급을 주도하였다.

이와 같이 한글을 창제하신 분은 세종대왕이지만 한글을 알아주고 글자답게 만들어 준 사람들은 선교사들이었다. 근대적 출판물로 발행한 한글 책자는 드디어 단행본 성경으로부터 시작되고 한글의 우수성과 활용 방법을 연구한 사람도 선교사였다. 그 중 미국인 선교사 헐버트(Homer Hulbert) 박사는 한글학자가 되었는데 한글의 글자 개선과 맞춤법에도 조예가 깊었고, 특히 띄어쓰기를 연구하여 최초로 적용하였다.

헐버트 한글학자의 띄어쓰기

세종대왕이 한글을 창제할 당시에는 중국어와 일본어처럼 띄어쓰기가 없었다. 물론 중국어와 일본어도 띄어쓰기가 없기 때문에 뜻이 달라지는

경우가 더러 있지만 한글도 마찬가지다.

예를 들면 띄어쓰기가 없는 글은 '아버지 가방에 들어가신다' 라는 어처구니가 없는 문장이 되고 만다. 띄어쓰기가 없는 한글의 불편을 맨 처음 지적하고 띄어쓰기를 주창한 사람이 헐버트 선교사였다.

헐버트 선교사가 띄어쓰기를 계도해 주지 않았다면 우리는 아직도 중국어나 일본어처럼 띄어쓰기가 없는 불편한 글을 그대로 쓰고 있을는지도 모른다. 당시 23세 청년이었던 헐버트 박사(선교사)는 조선의 청년들에게 서양문화와 영어를 가르쳐 달라는 조선 정부의 요청을 받고 1886년 제물포를 통해 조선에 입국했다. 조선에서 생활을 시작한 헐버트 박사는 조선인보다 조선을 더 사랑한 사람이라고 할 정도로 조선에 대한 관심과 애착이 남달랐다고 한다.

그는 조선에 들어온 지 3년 후 1889년에 선비와 백성이 모두 다 읽어야 할 책이라는 뜻의 '사민필지(士民必知)' 라는 책을 저술했는데 이 책은 순한글로 만들어진 조선 최초의 교과서라 할 수 있다.

미국인으로서 짧은 시간에 한글학자가 된 그는 다수의 논문을 통해 한글의 우수성을 알리기 시작했고 서재필, 주시경 등과 함께 독립신문을 발행했는데 그 신문은 최초로 띄어쓰기를 한 신문이었다. 누구보다 한글의 우수성을 알고 있던 헐버트 박사는 자신의 저서를 통해 익히기 어려운 중국의 한자를 버리고 한글사용을 강력히 주장할 정도였다.

헐버트 선교사는 1949년 8월 5일 서울에서 눈을 감았고, 대한민국 정부는 역사상 최초로 외국인 헐버트의 장례식을 사회장으로 거행한 후 현재의 양화진 외국인 선교사 묘지에 안장하였다.

정부는 1950년에 외국인으로는 최초로 대한민국 건국 공로훈장을 주었고, 2014년 한글날에는 대한민국 금관문화훈장을 추서했다. 그가 죽은

양화진 선교사 묘역

지 50년이 되는 1999년에 세워진 그의 기념비에는 "한국인보다 한국을 더 사랑했고 자신의 조국보다 한국을 위해 더 헌신했던 호머 헐버트 박사 이곳에 잠들다"라는 글귀가 새겨져 있다.

이 밖에도 많은 선교사들이 노력하여 일제 수난기에 한글을 지켜내었고 현대 한글의 구조 변화뿐만 아니라 보급에도 지대한 공헌을 했다고 생각한다. 한글에의 기여뿐만 아니라 의료, 교육, 문화 등에 미친 영향은 실로 크다고 할 수 있지만 국민적 감사는 너무 인색한 면이 많았다.

헐버트 박사의 경우에는 다행히 국민적 관심을 받았지만 대부분의 선교사들의 업적은 묻혀서 사라졌다. 역사 바로 세우기는 이념적인 잣대로 볼 것이 아니라 역사적으로 저평가된 부분을 바르게 알리는 것도 필요하다고 생각한다. 더욱이 기독교계가 신앙의 선조들의 업적을 반추하고 감사하는 차원에서도 이러한 사실을 간과해서는 안 되며 우리 기독교가 추진하고 있는 해외 선교활동에서 분야별로 좋은 선교의 교본이 되도록 종합적으로 정리되고 홍보되기를 바라는 마음이다.

02

알렉산더 박사의 천국에 대한 간증

　죽음의 실체와 사후세계관에 관해 관심이 많았지만 그동안 좋은 경험이나 자료를 접하지 못하다가 도산기념사업회 사무총장으로 있을 때 흥사단 송주방 목사님이 책 한권 주시면서 꼭 읽어보라고 추천한 책이 미국 하버드대학교 의대 정신과 알렉산더 교수의 임사체험이었다.

　흥미 있어 완독하고 나니 더욱 많이 궁금하고 묵상할 기회가 되었는데 인간의 기억장치가 뇌에만 있는 것이 아니라 또 다른 곳에도 있지 않을까 하는 의문이 풀릴 것 같은 기대가 부풀어졌다. 하나님이 인간을 창조하시고 영의 세계가 있다면 틀림없이 지워지지 않는 또 다른 기억장치가 있을 것이라는 나의 생각이었다.

　인간육체의 뇌에는 기억을 담당하는 최첨단 메모리장치가 있는 것은 모두가 알고 있다. 인간 뇌의 기억장치는 매우 정교하게 설계되어 있고 인체와 유기적으로 작동하여 자신이 알게 모르게 육체를 제어하여 육체를 안전하게 영위되도록 하는 것이다.

　그런데 인간이 죽거나 뇌의 기능이 정지되어 뇌사상태가 되면 인체의 기능은 무너지고 인간의 기억도 멈추게 되어 인간 구실을 못하는 것으로 알려지고 있다. 현대의학은 여기까지이고 임사상태나 혹은 근사상태에서의 기억은 전혀 설명을 못하고 있다.

그러나 수없이 보고되고 있는 유사죽음의 사례를 환상이나 환각의 굴레로 밀어 버리는 것은 관련 학문을 연구하는 사람들의 자세가 아니라고 생각한다. 물론 창조의 비밀만큼이나 어려운 과제지만 반드시 미래에는 규명되어야 하고 규명되리라 생각한다.

기독교도인 나의 입장에서도 오랫동안 뇌사상태에 있었던 사람들의 경험이나 종교적 입신의 경지에서 간증한 분들의 이야기를 믿을 수가 없었다. 그래서 사후세계의 설명 또한 납득하기가 어려웠다. 성경에 나타난 인간은 육체와 혼과 영으로 구성되어 있고 육체는 썩어 없어지지만 혼과 영은 없어지지 않는 영원한 존재라고 한다. 하지만 다음 부문에서 이해가 어려웠던 것이다.

인간은 영적 존재다. 그렇다면 인간은 태어날 때부터 원초적으로 영을 불어넣어 만든 피조물이라면 겉껍질인 육체의 탈을 쓰고 혼과 영을 가진 인간으로 살다가 죽은 후 세계로 돌아간다면 혼과 영의 기억장치가 당연히 존재하되 오히려 영원히 지워지지 않는 메모리가 있는 것이 아닐까.

오랫동안의 번민과 묵상속에서 여러 사람의 증언을 들어보고 동서양 문헌을 나름대로 분석해 보았다. 그러면서 나의 생각이 조금씩 달라지기 시작했다. 즉 임사체험을 경험한 사람들의 이야기가 거짓일 수 없다는 신뢰가 생겼고, 분명히 인간의 의식과 기억체계가 인간의 뇌에만 존재하는 것이 아니라는 사실이 굳어지게 되었다.

인간의 뇌 활동이 정지되면 모든 사고능력이나 기억이 없어지는 것이 아니라 영의 시스템에서 모든 인간활동이 저장되기 때문에 만약 인간이

가사상태에서 헤매다가 깨어나게 되면 자동 복구되는 컴퓨터의 원리처럼 인간의 영과 혼과 몸이 유기적인 관계를 갖고 작동되는 것이라는 성경적인 그림(살5;23)이 그려지게 되었다.

말하자면 인간도 영과 혼과 몸의 삼위일체로 구성되어 있다. 인간의 내면 깊숙이 영적 세계를 관계하는 영(spirit)이 존재하고, 다음 인간의 정신세계를 관계하는 혼(soul)이 있고, 그리고 인간의 오감과 물질세계를 관계하는 몸(body)이 외형을 갖추고 인간을 형성하고 있다는 것이다. 태어날 때부터 하나님이 주신 것이고 모든 기능이 인간의 노력에 따라서 개발되는 것이다. 특히 영은 인간의 부단한 영적 활동 없이는 잠자는 상태로 존재하게 되지만 인간의 행적은 남아 있다는 것이다.

대부분의 인간활동 즉, 인간의 이성, 감정, 의지 등을 포함한 의식 생각 지식 판단 등 정신활동이 혼의 영역이고, 오감과 멋있는 외형을 갖춘 몸이 합하여 인격적인 인간이 완성되는 것처럼 보인다. 따라서 성경에서는 혼(soul)을 인간이라 번역하는 경우가 많다.

고도의 지적 활동과 예술적 능력을 발휘하여 세상을 쥐락펴락하는 명성을 날리는 것도 모두 혼과 몸의 역할로 충분하고 여기에 멋있는 외모까지 갖추었다면 최고의 인간으로 추앙 받는 것이다.

워싱턴, 처칠 같은 정치가나 뉴톤이나 아인슈타인 같은 과학자, 베토벤, 모짜르트 등 음악가도 훌륭한 혼의 소유자요 출중한 인간이다. 그러나 영적인 면에서는 다르다. 인간의 올바른 양심이 영의 영역에 속하고 하나님과 영적 교류속에서 거듭난 혼(사람), 죄에 흔들리지 않고 성령 충만한 혼(사람)으로 영적 세계를 넓혀가는 것이 보다 높은 차원으로 인간이 완성되어 가는 것이다.

영적 활동이 활발하여 하나님의 뜻을 몸과 마음으로 깨닫게 되면 그 사람의 인품과 행동은 보통사람과 구별되고 바울과 같은 사도의 성품에 가까워진다고 한다. 따라서 혼과 영은 유기적으로 연결되어 있지만 엄연히 구분되는 것이며, 영혼으로 혼합되어 있는 것은 아니라는 의미이다.

인간이 죽게 되면 제일 먼저 영이 떠나고 그 다음 혼이 떠나는데 마지막까지 혼은 몸의 고통과 함께 머물다 몸과 분리된다고 한다. 영은 어떤 계기가 있으면 유체이탈하는 경우도 있으며, 하나님의 특별한 은사는 덤으로 보강되기도 하는데, 특히 혼이 거듭날 때 영의 움직임이 크다고 한다. 인간이 죽으면 몸은 땅에서 소멸되지만 혼은 죄과에 따라 응분의 대가를 받게 된다고 한다. 영과 혼은 불멸이고 그 메모리에 모든 인생의 기록이 수록되어 있다고 하니 우리 인간이 얼마나 오묘한 존재인지 모르겠다. 그러나 이 모든 것이 과학적으로 증명된 것이 아니고 합리적 추측일 뿐인데 다만 의식은 뇌에만 있는 것이 아니라는 이론, 그리고 죽음은 끝이 아니라 또 다른 변화의 시작이라는 이론이 많은 호응을 얻고 있어 앞으로의 전개가 기대되는 바이다.

알렉산더 박사의 임사체험

그런 의미에서 이븐 알렉산더 박사의 임사체험이 여러 가지 시사점을 제시해 주었다. 미국의 유명 신경외과 의사이며 뇌과학자로서 이름을 떨

치던 그가 어느 날 희귀한 뇌손상을 입고 혼수상태에 빠진다. 인간으로서 생각과 감정을 조절하는 뇌의 한 부분 기능이 완전히 멈춘 것이다.

그는 거의 죽은 상태였고 의사들은 모든 생명 연장기구의 철수와 함께 생물학적인 사망판정을 내리려 하고 있었다. 7일째 되는 날 눈을 번쩍 뜨면서 현대의학이 판정한 죽음의 문턱에서 이승의 세계로 되돌아 왔다.

알렉산더 박사는 '뇌와 의식'에 대해서는 세계적으로 유명한 뇌과학자이자 신경외과 전문의로서 뇌질환에 대해서도 명의였다. 좀 더 자세히 말하면 그가 2008년 11월 10일 54세의 나이에 박테리아성 뇌막염이란 난치성 희귀병에 걸렸다.

그 병은 사망할 확률이 높고 완치가 거의 어려울 뿐 아니라 치료 후에도 식물인간이나 불구가 되는 경우가 대부분이었다. 발병 일주일 동안 뇌사상태에 빠지면서 내적으로 엄청난 일들을 경험하고 외적으로 아무 일 없었다는 듯이 부작용 없이 살아나는 기적이 일어났던 것이다. 참으로 믿을 수 없는 일이 일어났던 것이다.

혼수상태의 7일간, 그는 천국을 경험하고 '천국의 증명'(Proop of Heaven)이란 책을 저술, 베스트셀러가 되었고, 오프라 윈프리 쇼 등 수많은 방송에서 그를 초빙하는 등 한때 큰 관심을 불러 일으켰던 것이다. '뉴스위크'지는 2012년 10월 '천국은 실재한다'(Heaven is real)는 타이틀의 커버스토리로 다루었다.

종교잡지도 아닌 전세계 뉴스를 다루는 세계적 뉴스전문지의 커버스토리 제목을 '천국은 있다'라고 뽑았으니 매스컴에서도 놀라지 않을 수 없었다. 한국에서도 '천국을 보았다'는 제목으로 번역 출판하여 베스트셀러가 된 바 있다.

그의 뇌사상태의 일주일 동안은 인간으로서 생각과 감정을 조절하는 뇌의 기능이 완전히 멈춘 것이라 한다. 인간이게끔 해 주는 뇌의 겉 표면인 대뇌피질이 기능을 멈춰 버렸고 그것이 작동하지 않았으니 사실상 뇌가 부재한 상태였다. 우리의 뇌가 부재하면 우리 자신이 부재하는 것이나 다름없다.

알렉산더는 "뇌가 작동하지 않으면 당연히 우리 인간의 의식활동이 꺼진다. 왜냐하면 뇌는 인간의 의식을 나타내는 기계이기 때문이다"라고 말했다. 뇌사(腦死)라는 것은 TV보다가 전원을 뽑아 버리면 TV가 바로 꺼져 버리는 경우와 같이 인간의 의식이 순간 끊어져 버리는 상황과 똑같다고 쉽게 설명하였다. 그렇게 설명하던 뇌과학자인 자신이 나의 뇌가 그 기능을 멈추었는데도 그 동안의 일들을 뚜렷한 의식으로 생생하게 기억할 수 있었던 것이다.

종전에는 도저히 설명할 수 없는 경험을 하게 됨으로써 '육체와 뇌의 죽음'이 곧 '의식의 종말'은 아니라는 결론에 도달하게 된 것이다.

인간이 죽게 되면 의식은 영으로 몸을 탈출하여 머나먼 우주세계로 들어가는 것이고, 그 세계는 또 다른 원리와 질서에 따라 운행하게 되는데 이를 보살피는 거대한 지성의 집합체인 신이 존재한다는 사실을 굳게 믿게 되었다고 한다.

알렉산더는 처음에는 그 영혼이 육체를 떠나서 어둡고 음산하면서도 숨이 막힐 듯한 동굴에 들어가 고통을 느꼈고 차츰 푸르고 빛나는 관문을 지나 우주의 중심 근원에 이르기까지 여러 번 반복되는 위기와 힘든 고비를 넘겼다고 한다. 중심 근원에 들어가니 시간개념이 없어지고 의사소통은 언어가 아니라 의식, 텔레파시로 통하게 되고 모든 것은 느낌으로 정확하게 인지할 수 있었다.

우주의 무한 신비함이 감동으로 다가왔으나 그 심오함이나 우주 존재

자체의 이해는 전혀 불가능하다는 것을 금방 알았다고 한다.

그가 천국의 관문에 도착했을 때, 수많은 나비가 평화롭게 날고 있었는데 그 아름다운 나비는 천국의 상징처럼 보였고 그에겐 변화의 표상으로 떠올랐다고 했다. 그는 나비의 날개 위에 얹혀 함께 천국을 순회했던 안내 천사에게 세 가지 메시지를 전해 들었다고 한다.

"그대는 사랑받고 있다. 두려워할 것은 아무 것도 없다. 그리고 그대가 저지를 수 있는 어떤 잘못은 없다"고 하면서 그를 격려했다고 한다. 한 마디로 천국은 사랑이고 그 사랑의 에너지가 천국에 가득차 있었다.

안온함과 평안함 그리고 장엄함이 온몸을 감싸면서 영원히 머무르고 싶은 곳, 바로 천국임을 느낄 수 있었다고 한다.

알렉산더 박사는 천국에서의 경험이 자신의 모든 삶을 송두리째 변화시켰다고 하면서 세계적인 뇌과학자가 자칫하면 매장될 수도 있는 위험한 책을 어떻게 저술하고 그런 주장을 과감하게 하게 되었는지를 이렇게 말했다. 뇌가 정지되는 경험을 한 뒤에 육체와 뇌의 죽음이 의식의 종말은 아니라는 사실을 깨닫게 되었고, 죽음 이후의 세계가 분명히 있다는 놀라운 사실을 알게 되었다.

그러나 주위의 사람들, 특히 나와 같은 의사나 과학계에 종사하는 사람들은 이런 사실을 인정하지 않고 있다. 이들에게 이 사실을 알려야 한다는 소명 때문에 이 책을 쓰게 되었고 우리 삶이 육체나 뇌의 죽음과 더불어 끝나는 것이 아니라 뭔가 더 있다는 것을 알려주고 싶었다는 것이다.

잘못 알고 있는 그들의 지식을 교정하고 올바른 진실을 알리기 위해서 책을 썼다는 설명이다.

그럼 알렉산더 박사의 신앙관은 어떠했을까. 그는 스스로 크리스천이라고 여겼지만 지금 생각해 보니 실제 믿음의 영역에서는 명목상의 신자였을 뿐 믿음과 과학간의 괴리속에서 혼란스러워 했던 것 같다. 무조건적인 사랑을 베푸시는 하나님이 계시다는 것은 관념적으로 알고 있었지만 믿지는 못했다고 한다.

과학적 사고속에서 살다 보니 확실한 것, 가시적인 것 그리고 신뢰할 만한 것만 수용되고 보이지 않는 영적 세계에 대한 깊은 믿음은 없었다고 한다. 그래서 신앙과 과학은 양립하기 어려웠고 하나님을 믿는 믿음과 과학을 신뢰하는 마음이 늘 갈등하면서 신앙과 삶을 이분법적으로 갈라놓았다고 고백했다.

알렉산더 박사의 천국 실재 증언

신경외과 의사로서 뇌과학자로서 수많은 임사체험자를 만나 상담 치료하고 토론한 그였지만 정작 그들의 경험을 신뢰하기 어려웠다고 한다. 그러다가 그 스스로 코마상태에서 경험한 천국은 그의 모든 지적 체계를 흔들어 놓았던 것이다. 의학전문 기자들과의 기자회견에서 어느 기자는 확실히 그가 이 땅에서 경험한 것보다 심오한 뭔가 더 있다는 확신이 왔다고 한다. 그가 경험한 천국의 실체는 무엇일까.

알렉산더가 말한 천국의 체험은 이 땅의 필설로 도저히 표현할 수 없고 마치 꿈같은 삶이 다가올 때의 설레이는 느낌이랄까. 때로는 황홀함으로, 안온함으로 머무르고 싶은 곳, 그곳보다 더 좋은 곳이라고 상상해 보라고 한다. 과학적 탐구를 소명으로 생각했던 그가 이전에는 상상할 수 없었던 궁극적 실체를 본 것이다. 지금까지 경험한 것보다 더한 실체가 존재한다는 사실이 알렉산더 박사의 모든 것, 원형질까지 변화시켰다.

그는 "보다 높은 차원의 세계를 염원하는 나의 마음자세가 곧 그곳에 잠시 머물게 만들어 주었다"고 말했다. 그는 그 궁극의 실체를 보았기 때문에 세계적 최고 레벨의 뇌과학자이며 뇌전문의사라는 명성은 더 이상 중요하지 않다는 것이다. 더 중요한 것을 발견한 사람은 덜 중요한 것, 그것이 그에게 큰 의미가 있다 하더라도 아낌없이 버릴 수 있다고 한다.

알렉산더 박사는 그가 체험한 천국을 통해 이 세상에는 중요한 것과 위험한 것이 있다는 사실을 알았다고 한다. 가장 중요한 것을 발견하고서야 그는 반세기 이상 이 땅에서 정말 위험한 삶, 바로 궁극적인 것과 궁극 이전의 것을 혼돈하는 삶을 살았다는 사실을 알았다고 했다.

그는 절박한 심정으로 다음과 같이 토로했다.

"내가 생각했던 것, 내가 경험했던 것, 내가 상상했던 것보다 더 좋은 것이 있었고, 내가 중요하게 생각했던 것보다 더 중요한 것이 있었다. 더 좋은 것, 더 중요한 것이 있다는 것을 아는 한 나는 이전과 같을 수는 없었다. 어떤 대가를 지불하더라도 더 좋은 것, 더 중요한 것을 알아야 하고 그것을 택해야 했다."

천국과 하나님의 실재를 경험한 알렉산더 박사는 이를 부인하는 무신론자들을 안타깝게 여겼다. 특히 '만들어진 신'의 저자로 대표적인 무신론 학자인 리처드 도킨스 옥스포드대 석좌교수에게 만약 기회가 된다면 한 마디 충고하고 싶다고 했다.

"도킨스 교수님! 자기 확신을 갖고 이 땅에 사는 것은 자유이지만 이것 한 번 생각해 보세요. 당신이 신은 없으며 인간은 죽음으로써 모든 것이 끝난다고 주장했는데 정작 당신이 이세상을 떠났을 때 천국이 있고 하나님이 존재한다면 어떻게 할려고 그래요?"

그는 도킨스 교수에게 할 말은 이것 하나라고 단호히 말했다.

알렉산더는 분명히 천국을 보았고, 정말로 천국은 실재했고, 언젠가 누구나 천국을 인정하게 될 것이라고 단언했다.

그런데 알렉산더와 도킨스의 차이가 무엇일까? 분명한 것 한 가지. 알렉산더는 보았고, 도킨스는 알렉산더가 본 것을 보지 못한 것이다.

그 한 가지 이유가 영원의 차이를 만들었고, 지금도 전세계 무수한 사람들이 겪고 있는 차이라 할 수 있다. 그런 관점에서 보면 이 땅에는 본 사람과 보지 못한 사람이라는 두 부류가 존재하며 서로 갈등하는 것 같다. 보지 못한 사람은 본 사람의 이야기를 도저히 이해하지 못하고 본 사람은 이 세상 언어로서는 본 것을 제대로 표현할 수 없어 답답해 한다.

그러나 제대로 표현하지 못한다 해도 분명히 본 것은 없어지는 것도 실재하지 않는 것도 아니라는 점이다. 알렉산더는 이렇게 천국과 하나님의 존재를 고백했다.

"인간의 어떤 생각도 그곳을 품을 수 없고 그곳을 표현할 수 없다. 어떤 단어로도 그분을 형언할 수 없고 그분은 언제나 스스로 존재하신다. 그분은 우리가 생각하거나 상상하는 모든 것을 초월하신 분이시다."

알렉산더 박사는 하나님이 주신 사랑을 인간사에도 으뜸이라고 중요시하였다. 바로 조건 없는 사랑이야말로 우리 지구의 모든 것을 맑게 정화

시켜 주는 핵심단어라는 것이며 우리의 마음 깊은 곳, 특히 우리 무의식의 근저에서는 그 진실의 근원을 잘 알고 있다는 것이다.

사랑은 영적인 문제를 동반하는 중요한 에너지인데 이러한 영적 능력을 계발하지 않고 가시적인 물질적 문제에 익숙해져 있어 비가시적인 영적 문제를 무시하거나 간과하게 되면서 우리의 삶이 어두워지고 피폐해져 가고 있는 것이라고 강조한다.

그가 평생 몸 바친 뇌과학의 연구만 하더라도 현실적이며 가시적 문제에 잘 길들여져 있기 때문에 편협한 과학적 사고를 벗어나지 못하고 비가시적인 영적 문제에 소홀한 것이 사실이라는 점도 또 다시 지적하고 있다.

영적인 것과 과학적인 것은 서로 상충되거나 배제될 문제가 아니라 오히려 차원 높게 레벨업할 수 있는 것으로 보았다. 우리가 비록 과학적 세계에 살고 있지만 보다 깊은 영적인 실재가 있다는 생각을 해야 하고 그 영적 실재가 본질이라는 것을 잊지 말아야 한다고 충고했다. 알렉산더 박사는 코마상태에서 의식이 회복된 후 그 감격을 이렇게 표현했다.

"나는 내가 사랑하는 사람들에게로 돌아오게 되어 얼마나 행복했는지 모른다. 그러나 내가 행복했던 또 다른 이유는 내가 누구인지를 처음으로 알았고, 그리고 내가 살고 있는 세상이 어떤 종류의 세상인지를 이해했기 때문이다. 나는 내가 믿는 하나님이 비로소 어떤 분인지 알게 되었고 사랑의 하나님이심을 새롭게 바라보게 되었다. 이것이야말로 천국에서 발견한 내 인생에 최대의 보람이며 내 행복의 근원이 되었다."

이렇게 술회하는 그의 결연한 모습에서 황홀한 천국에서 다시 돌아온 그의 사명감을 엿볼 수 있었다.

03

전도 그리고 믿음

작가 박완서의 글 중에 자식 잃은 어머니의 애절한 마음이 절절이 담겨져 있는 책이 있다.

의대를 졸업하고 레지던트 과정에 있는 아들이 교통사고를 당해 싸늘한 시신이 되어 있는 모습을 본 엄마는 그만 실신하였다. 그리고 자기가 어떤 일을 했는지는 기억나지 않고 다만 짐승처럼 울부짖고 있더라는 것이다. 며칠을 그러고 있었던 것 같다.

큰딸이 이러다가 큰일나겠다 싶었는지 자기 집에 업어다 놓고 밀착경호를 하고 잠잘 때 외는 같이 있었다. 밥이 목구멍으로 넘어가지 않아도 딸의 성의를 생각해서 억지로 먹고 토하기를 몇 번을 했는지 모른다. 남편도 있고 애도, 자기 일도 있는데 오로지 엄마를 위해 헌신하는 딸이 고맙기도 했지만 오히려 불편할 때도 있더라는 것이다.

울고 싶을 때 소리 내어 울지 못하고 흐느껴야 할 때는 큰 고통이었다고 했다. 본인의 그 슬픈 경험을 매일 일기로 쓴 것인데 이것이 '한 말씀만 하소서' 라는 책이다. 가톨릭 신자인 자신이 생각할 때 하나님이 왜 나

를 이렇게 철저히 버리시는지 한 말씀만 해달라는 애원의 울부짖음이다. 얼마 전에 남편이 죽어 땅에 묻었을 때는 이러지 않았는데 하나밖에 없는 외아들을 가슴에 묻고 어찌하란 말입니까?

우리 장모님의 개종

이렇게 가슴 아픈 박완서 작가의 절규가 바로 내 장모님의 이야기이기도 하다. 박완서 씨는 딸 넷에 아들 하나, 우리 장모님은 딸 다섯에 아들 하나. 애지중지 키운 외아들인데 연세대 공대 2학년 때 군에 다녀오겠다고 떠난 아들이 6개월 만에 한 봉지의 재가 되어 돌아왔다.

그 소식 듣고 장모님이 털썩 주저앉아 쓰러진 뒤 곡기가 목에 넘어가지 않아 며칠을 물만 먹고 살았다고 한다. 나중에 뱃가죽이 등에 붙어 쓰리고 아파도 무슨 힘인지 국립묘지 아들 무덤 앞에 울고 있는 자신을 발견하곤 했다고 하니 한동안은 정신줄 놓아버리지 않았나 싶다. 실컷 울고 나면 힘이 없어 엉금엉금 기어 수돗가로 가서 물 한 모금 먹고 내가 아직 키워야 될 아이들이 많은데 이러면 안 되지 하면서 심기일전하려 해도 몸이 말을 듣지 않더라고 했다.

어느 날 '부처님 참으로 무심도 하십니다' 원망하며 또 울었더니 쉰 목에서 소리는 나지 않고 피가 올라오더라는 것이다.

내가 장가가니 이미 10년이 지난 일인데도 아직도 아들이 떠난 뒷자리를 메우지 못하고 힘들어하고 있었다.

그래서 나는 장모님을 전도해서 하나님의 사랑 안에서 새로운 소망을 갖도록 해야겠다고 결심하고 기도하기 시작했다.

그러나 쉽지 않았다. 독실한 불자인 데다 유교사상에 둘러싸인 고집이 다른 사상을 용납할 틈을 주지 않았다. 그래도 기회 있을 때마다 하나님의 역사를 얘기했다.

그랬더니 어느 때인가, 농담 삼아 강 씨에 대한 지독한 고집을 말하는 것이다. 우리나라 성씨 중에 고집 세기로 유명한 3대 성씨, 1번 안 씨, 2번 강 씨, 3번 최 씨라고 했다. 안강최의 3대 성씨 중에 강 씨 고집도 보통이 아닌데 죽은 강 씨 한 사람이 살아있는 최 씨 세 사람 고집을 능가한다는 말이 있다고 하니 가히 그 고집을 짐작할 만하지 않는가.

불자가 기독교로 개종한다는 것이 쉽지 않을 것이라는 의미로 들렸지만 흔히 전도도 하나님이 하는 일이라고 하지 않았던가. 나는 기도만 할

뿐이라 생각하며 기도에 게을리 하지 않았다.

장인어른이 돌아가시고 나니 장모님이 외로워하시더니 건강마저 좋지 않게 되면서 우리 내외가 믿는 예수에 점차 관심을 갖게 되었다. 완고하던 장인도 돌아가시기 전에 기독교 묘지에 묻혀도 좋으니 알아보라는 당부도 있었기에 분위기가 매우 좋아졌다.

어느 날 장모 모시고 부흥회에 참석한 뒤 며칠 고민하시더니 교회에 다니겠다고 결심하시는 것이었다. 믿는 과정이 길었지마는 일단 결심하고 나니 전광석화처럼 빨리 진행되었다.

성경과 찬송, 기도하는 법을 공부하고 3개월 지나서부터는 새벽기도에 참석하기 시작했다. 내겐 고마운 일이었고 보람된 일이기도 했다. 이제 좋은 목사님 만나는 것이 중요한 과제였다.

그동안 장모님을 지도할 좋은 목사님을 찾아 기도하던 중에 대치동 목양감리교회에 배 목사님이 좋을 것 같다는 생각이 들었다.

경남 함안에서 가난한 농부의 아들로 태어나 연세대 신학대학과 감신대를 거쳐 목사가 되었는데 노인네들을 자기 부모처럼 모시는 분이셨다. 자갈논 팔아 연세대 들어가 1년 공부하고 나니 돈도 떨어지고 마음도 지쳐 휴학을 할까 망설이고 있는데 연세대 민주화 대부인 김찬국 목사를 만나 학업을 계속할 수 있었다고 한다.

"이봐 배 군! 길 가다가 힘들면 살짝 앉았다가 일어나야지, 퍼질러 앉으면 못 일어나네. 인생도 마찬가지야!"

이렇게 격려해 준 스승 덕분에 열심히 노력하여 미국 대학에 유학하게 되었다.

그리고 신학박사를 취득하고 첫 설교하는 날 우연히 그 교회 주일예배에 참석하여 감명 깊은 설교 말씀을 들었다. 가난한 고학생이 미국의 유명대학에서 신학박사 학위까지 받고 이 교회의 담임목사가 된 것, 첫째는 하나님의 은혜요, 둘째는 스승의 은혜라 했다. 단상의 옆자리에 앉은 스승이 바로 나를 퍼질러 앉지 말고 일으켜 세우신 분이라고 소개하여 우레와 같은 박수를 받았다.

이웃집 아저씨처럼 수더분하고 친절하던 배 목사가 우리 장모를 15년간 신앙으로 이끄시고 명예권사로 추대하여 참으로 좋은 신앙생활을 하도록 인도해 주었다. 예수를 영접한 후 의식이 있는 날까지 새벽기도에서 나라와 이웃, 자식들을 위한 기도를 빼놓지 않으셨던 장모님의 모습이 선하다. 암치료로 거동이 불편하던 2년 동안 내가 모시고 살았을 때 간혹 가다 차 한잔하면서 신앙과 성경에 대한 의문점을 물어보시던 것이 어제 같다. 그 때의 질문이 오늘날 나의 묵상에 중요한 화두가 되기도 하였다.

예수를 어떻게 믿어야 잘 믿는 걸까? 아직도 초신자인 장모님의 생각에는 의문이 너무 많은 것 같았다. 구원은 믿기만 하면 된다고 했는데 어린아이와 같지 않으면 안 된다고 하더니 또 거듭나야 한다고 한다. 그리고 야고보는 행함이 없는 믿음은 믿음이 아니라고 했다. 그러면 어떻게 믿어야 할 것인가? 송곳같이 예리한 질문이었다.

나는 좋은 믿음을 가진 사람, 믿음의 면에서 성공한 사람은 이런 사람이 아닐까 생각한다고 설명했다. 간단하게 말한다면 일반적으로 사람들이 그 사람이 믿는 예수라면 나도 믿겠다고 한다면 성공한 믿음이고, 그 사람이 믿는 예수를 나는 절대로 안 믿겠다면 실패한 믿음으로 간주한다고 하였다.

믿음은 주관적 관점이 강하다고 하지만 행함을 통해 객관적인 관점도 중요하다는 점을 강조했다. 올바른 신앙인이라면 행함이 있는 신앙인이라는 결론이다. 장모님의 질문 이후 나는 많이 생각하고 묵상했다. 장모님의 소천 후 20년이 지났지만 때때로 내가 올바른 신앙을 가진 사람인지를 돌아보게 되었다.

그리고 한국인으로 행함이 있는 믿음의 롤모델은 누구일까. 일본의 우치무라 간조 같은 사람이 아니라도 평범하면서도 심금을 울리는 생애를 사신 분을 찾아보았다. 전라북도 김제에 있는 금산교회 창립자 조덕삼 장로와 이자익 목사의 이야기가 감명 깊게 다가왔다. 전라북도 문화재로 등록되어 있는 'ㄱ자' 교회의 주인공들이다.

조덕삼 장로와 이자익 목사의 만남

조덕삼(1867~1919) 장로는 조부 때 김제 금산에 정착하게 되었다. 조부는 함경도 풍산에서 중국과 무역업을 하여 부자가 되었다. 평소에 광산에도 관심이 많아 금광업을 하기 위해 찾던 중 금산을 지목하고 이사를 하였다고 한다. 북한보다 비옥한 농토를 사들여 부농으로 성장하여 인근 각지에 알려지게 되었고, 손자인 조덕삼은 가난한 시절에 머슴들에게도 주인과 똑같이 쌀밥을 주었다고 소문이 났다.

조선시대 말 혼란한 시기에 남다른 인품을 가진 사람이었다. 금수저로서 학문에도 게을리 하지 않고, 또한 마방을 운영하면서 말을 타고 오가는 길손들과의 친분도 쌓고 새로운 소식을 접하는 데에도 관심이 많았다.

이 시기에 조덕삼은 12세 아래인 이자익(1879~1958)이라는 청년을 만나게 되었다. 이자익은 본래 고향이 남해군 이동면 석평리 사람으로 일찍이 조실부모하여 친척집에서 기식하며 불쌍하게 성장하였다. 나이 17세가 되었을 때 동네 앞에 닿아있는 어선에 승선하여 배가 출항하자 선장에게 자기 처지를 하소연하면서 육지에 내려줄 것을 간청하였다고 한다.

밥이라도 실컷 먹을 수 있으면 머슴이라도 살겠다고 했더니 선장이 불쌍히 여겨 노잣돈 몇 푼 쥐어주며 잘 살라고 하면서 섬진강가 하동포구에 내려주었다. 구례를 거쳐 남원 땅에 가서 어느 사랑방에서 하룻밤을 묵으며 어디 좋은 머슴살이할 곳에 대해 물었더니 어떤 사람이 김제금산에 조덕삼 집을 추천하였다. 그 집은 머슴에게도 쌀밥을 준다는 말에 너무 기대되어 잠이 안 오더라고 술회했다.

날이 밝자 한 걸음에 조덕삼 어른을 찾아가 자기의 형편과 각오를 얘기하고 밥만 먹여주면 이 집에서 일하겠다고 했더니 찬찬히 살펴보시더니 마방에서 일하라는 허락을 받아 너무 좋았다고 했다.

1900년대 말에 우리나라는 참으로 어려웠다. 열강들에 둘러싸여 정치는 갈팡질팡 풍전등화였고 백성들의 생활은 초근목피로 연명하듯 참으로 어려웠다. 그래도 백성들에게 희망을 주는 사람은 선교사들이었다. 이곳에도 한 달에 몇 번씩 지나다니는 선교사가 있었다. 테이트(Lewis B. Tate) 선교사였다.

전주에 본부를 두고 전라도 남쪽 지방, 김제 정읍 부안지방 등에 말을 타고 다니면서 선교활동을 하였다. 그래서 당연히 금산마을의 조덕삼 마방에서 쉬어가는 날이 많았다.

어느 하루, 조덕삼이 테이트 선교사를 만났다. 그동안 지켜보던 테이트 선교사의 행적과 사상이 너무도 궁금했던 차에 단도직입적으로 물었다고 한다. 잘 사는 나라에서 이렇게 못 사는 나라에 와서 무엇 때문에 이 고생을 하시는지 모르겠다.

테이트는 차분하게 "내가 사랑하는 하나님께서 이 나라에 가라고 하셨습니다. 그리고 이 나라를 복음화시켜 잘 살게 하고 사랑하라고 하셨기 때문에 여기에 왔습니다"라고 설명했고, 조덕삼은 크게 감명 받아 그런 하나님을 나에게도 가르쳐 달라고 부탁했다고 한다. 평소에도 호탕하고 사람을 좋아할 뿐 아니라 나그네를 대접하고 소홀히 하지 않는 조덕삼은 테이트를 만나 새로운 역사를 만들어 가기 시작했다.

1905년 봄에 조덕삼의 사랑채에서 조덕삼 부부, 마부 이자익, 박화서 부부, 마을 주민 등 모두 8명이 테이트 선교사의 주재로 시작된 예배와 성경공부가 금산교회의 시작이었다.

테이트 선교사의 지도 아래 교인들의 신앙이 자라고 교회가 빠르게 성장하였다. 조덕삼은 이자익을 인간적으로도 무척 신뢰하여 아들과 같이 서당에서 정식으로 공부시켜 한시를 지을 정도로 실력가로 만들었고, 앞으로 지도자로서 길을 갈 수 있도록 배려하기도 했다.

이즈음 교회도 날로 부흥하여 1906년에 두 사람이 모두 세례를 받고 집사가 되었다. 다음 해 두 집사는 교회를 운영하고 말씀을 전할 수 있는 영수, 지금의 안수집사나 감리교회의 권사 같은 직위를 임명받았다.

교회의 성장에 발맞추어 테이트 선교사는 규정에 따라 교회의 장로 한 사람을 선출하도록 권면하였다. 당연히 영수 두 사람 중에서 선출하는데 1번으로 조덕삼 영수가 장로가 될 것으로 예상하였다.

머슴이 장로 피택, 주인은 탈락

교회의 설립자요 교회의 재정 지원자였기에 의심할 여지가 없었다. 그러나 장로선거의 뚜껑을 열어보니 조덕삼이 아니라 이자익이 장로로 선출된 것이다. 온 교인이 놀라고 교회가 술렁대기 시작했다.

이제 금산교회에서 조덕삼 영수는 13세나 아래인 자기 머슴인 이자익 장로의 설교를 들어야 하고 교회의 내규에 따라 명령에 따라야 하는 것이다.

함부로 반말도 할 수 없고 이 장로를 도와 교회를 운영해야 하는 상황이 되었다. 당시 한국 교회는 신분상의 문제로 진통을 겪던 시기였다. 서울 송동교회는 백정 출신인 박성훈이 장로로 피택되자 양반들이 대거 떠나 안동교회를 세웠고, 서울 연동교회에서는 갓바치 출신 고찬익이 먼저 장로로 선출되자 양반들이 반발 분리되어 묘동교회가 창립되었다.

금산교회는 조덕삼에 대한 의존도가 매우 높았기 때문에 모두들 숨죽이고 있는 순간에 조덕삼이 뚜벅뚜벅 걸어나갔다. 그리고 천천히 단호하게 말하였다.

"여러분! 이것은 하나님이 내린 결정입니다. 우리 금산교회 교인들은 참으로 훌륭한 결정을 하였습니다. 저희 집에서 일하고 있는 이자익 영수는 저보다 신앙의 열의가 대단합니다. 나는 교회의 결정을 순종하고 이자익 장로를 받들어 열심히 교회를 섬기겠습니다."

이에 걱정하던 교인들은 모두 기립, 감동적인 박수를 보냈다. 이 장면은 보통 인격자가 할 수 있는 일이 아니라고 생각한다. 행함이 있는 믿음이 바로 이것이 아닐는지? 특히 조덕삼의 인격은 크리스천의 모델이 되어 내 머릿속에 남아 있다.

장로선거 후, 이들 두 사람의 관계가 참으로 미묘할 것 같았지만 집에서는 주인과 머슴의 관계로, 교회에서는 장로와 영수의 관계가 되어 서로를 향한 직분을 다하였다고 한다.

반년 뒤 그 해 가을, 조덕삼이 장로가 되었을 때 교인들은 모두 진심으로 축하했고 존경하는 마음을 보냈다고 한다. 이어 조 장로는 역사적인 교회를 만들기 위해 고심 끝에 착공한 교회가 전라북도 문화재로 등록된 'ㄱ字' 교회로 1908년 4월에 헌당하였다.

일제강점기에 민족정신을 일깨우는 지식도, 가난을 벗어나는 지혜도 신앙을 통한 민족복음화가 중요하다는 조덕삼식 인생철학을 갖고 교회교육과 인재양성에 노력하고자 하였다. 이 중에 이자익 장로가 기독교 지도자로 자질이 있다고 생각하고 그를 평양신학교로 보내기로 했다.

입학자격부터 문제가 있었지만 여러 사람들의 노력으로 극복하고 평양 신학생이 되었고, 생활비와 학비는 조덕삼의 지원으로 졸업하여 목사가

금산 ㄱ자 교회

되었다. 목사안수 후에 금산교회로 청빙하여 목사로 취임하게 되니 비로소 조덕삼—이자익의 공든탑이 이름있는 교회로 우뚝 섰다.

이 목사는 일제강점기와 해방 전후의 어려운 시기에 한국 기독교계의 갈등과 분열을 화합하며 조정하여 오늘날의 장로교 통합교단의 기초를 닦고 헌법을 만들어 교회질서를 정립하는 등 기독교 발전에 엄청난 공헌을 하였다.

특히 우리나라에서 유일하게 장로교 총회장을 세 번이나 하여 위기 때마다 교회화합에 기여하였다. 해방 후 정부의 입각 권유도 있었지만 단호히 거절하고 오로지 하나님만 바라보는 목회자의 정도를 고집하며 걸어온 진정한 주의 종의 모습을 보였다.

한 마디로 훌륭한 조덕삼이 걸출한 이자익을 만들었으며 이들은 행함이 있는 신앙인으로 영원히 남을 것이다. 언제 또 기회되면 김제 금산교회에 갈려고 하는데 그곳에서 두 분의 발자취를 다시 한번 보면 감회가 다를 것 같다. 이자익 목사의 고향은 내가 태어난 곳과 가까운 동네인데 그분에 대해 알 만한 사람들을 수소해 보았으나 자세히 아는 사람이 없는 것 같아서 서운했다.

04
설날 아침 가정예배

지난 몇 년간 코로나로 고통 받으며 언제 이런 팬데믹에서 벗어날까? 공부하는 아이들한테 나쁜 영향을 미치면 어쩌지 걱정되었다. 손녀 딸 서영이가 서울 강남 대치동에서 두 달 정도 특별 과외지도를 받는다는데 보고 싶지만 볼 수가 없다.

세상이 너무 빨리 바뀌고 있으니까 열심히 준비할 수밖에 없지만 오늘 설날 하루쯤 집에 데려오고 싶은데 서운하다. 해운대중학교에서 제일 공부 잘 하는 학생이라 하니 좋긴 하지만 공부만 너무 시키는 것 같아서 걱정이 된다.

나를 걱정하는 나 자신

이제 나도 나이가 들어가나 보다. 올해 70하고도 중반이니 참으로 별 볼일 없는 늙은 나이가 되었나 싶다. 몇 년 전에 김형석 교수를 도산기념관에서 초빙하여 강연을 들었는데 너무도 정정하고 생생한 기억력을 갖고 계셔서 한편으로 놀래고 부럽기도 했다.

이제 명절 되면 자식들 기다리던 부모님들의 기분을 알 것도 같다. 어느 설날, 84세가 넘은 내 할머니가 가만히 내 손을 잡고 만지작거리면서 "이렇게 좋은 내 새끼를!" 하셨는데 그 해에 돌아가셨다.

친한 친구는 휴대폰 영상으로 모든 인사를 끝냈다고 해서 격세지감이 느껴진다. 나는 아직 장가 안간 자식이 있어 올해를 넘기면서 못 다한 숙제를 남겨 둔 것처럼 마음 한 구석이 막힌 것 같다.

올해는 대통령 선거가 있는 때라 모두들 걱정이 많다. 언제부터 모두 애국자가 되었는지 모르지만 지금 같은 체제로는 안 된다는 말이 많다. 나라가 보수와 진보가 첨예하게 나누어져 싸우는 것 같다. 보릿고개라는 가난을 겪은 세대들은 지금의 진보들이 하는 운동권적 사고가 나라를 위태롭게 하는 정책이기에 수용하기 어려운 것이 사실이다.

이런 걱정들이 올해 설날을 맞으면서 마음 무겁게 하는 일들이다. 그 중에 어떤 유력한 대통령 후보라는 사람의 프로필 그리고 그 가정사와 행동을 보면서 나라를 맡기기에는 너무 우려되는 바가 많다. 인간의 본성은 변하기가 어려운데 그의 형과 형수에게 한 말과 행동은 이미 상식의 범위를 벗어났다고 보는데 변할 수가 있을까?

거듭남의 한해 기원

그래서 올해 화두로 거듭남을 생각해 보았다. 성경(요한복음 3장)에 보면 니고데모라는 유대인 고위관리가 밤에 남의 눈을 피해 예수님께 찾아와서 영생의 길을 물었을 때 거듭나야 한다는 중생의 진리를 가르쳤다. 거듭남, 즉 중생을 체험한 자만이 하늘나라를 볼 수 있고 그 나라의 백성이 될 수 있다고 하는 것이었다.

니고데모는 어떻게 거듭날 수 있느냐고 물었고, 성령의 능력으로 말미암아 죄인의 마음속에 일어나는 위대한 거듭남의 변화를 말했다. 한 마디로 말하면 성령으로 거듭나야 한다는 말이다. 거듭나게 되면 이때부터 하늘 문이 열리고 우리속에 죽었던 영이 살아나면서 영적 생활을 하게 된다는 것이다. 어떤 종교는 득도하기 위해서 평생을 고행하고 공부해야 하는데 하나님께서 주신 중생의 비밀이 얼마나 오묘한지 모르겠다.

중생이라 함은 나의 본성을 바꾸는 거듭남인데 결코 쉽게 이루어질 수가 없을 것이다. 과거의 자아를 버리고 새로운 자아를 찾는 과정이라는 점을 니고데모도 알았기에 두 번째 모태에 들어갔다 나오는 것은 불가능

한 일이라는 점을 말하고 싶지 않았을까. 성령을 받으라, 그리하면 중생할 수 있다.

지금까지의 잘못된 본성은 버리고 하나님이 주신 좋은 본성으로 갈아입기 위해서는 자기의 노력만으로 결코 이루어지지 않고 성령의 도움으로 가능하다는 것이다.

인품이 고매한 사람은 좋은 본성을 가졌다고 볼 수 있을 것이다. 내가 중국의 역사소설 '삼국지연의'에 탐닉해 있었을 때 유비와 제갈량 같은 친구가 있으면 참 좋겠다고 생각하였다. 특히 제갈량은 언제나 자기의 지식과 경륜에 의해 판단해서 진언하고 주군의 신념과 철학을 존경하는 그 태도가 믿음이 가는 인물이었다. 그의 주군인 유비의 인품에 감읍해 삼고초려를 수락하고 군사가 되었다.

이런 일화도 있다. 유비가 먼 친척인 유표라는 인물이 당시 중국의 전략적 요충지인 형주지역의 주인이었는데 유비가 오갈 데 없이 난처한 상황에 직면했던 시절 잠시 유표에게 얹혀 산 적이 있었다. 나이가 많고 건강이 좋지 않던 유표는 능력 없고 미덥지 못한 아들들에게 형주를 맡기지 못해서 고민이 깊었다. 그래서 인품이 좋고 덕이 있는 유비에게 형주를 맡아 달라고 간곡히 부탁했다. 하지만 유비는 절대로 안 된다며 한사코 거절한다.

이에 제갈공명이 유비에게 진언했다.

"주군, 우리에게는 명분이 생겼습니다. 형주를 이 기회에 물려받아서 천하통일의 초석을 마련하시지요."

유비가 단호한 태도로 제갈공명에게 대답했다.

"군사는 내가 그 정도의 사람으로 밖에 보이지 않습니까? 나는 내 은인의 땅을 빼앗아서 천하를 도모하는 데 쓰는 그런 사람이 아닙니다."

그리고 가 버렸다. 이에 대해 제갈공명은 속으로 생각한다.

'유비의 말이 계획된 말이라면 상당히 무서운 사람이다. 그러나 계획된 말이 아니라 진심에서 우러나온 말이라면 정말로 무서운 사람이다.'

대중의 칭송이 절로 나오도록 기획하는 사람은 무서운 지도자일 수 있다. 그러나 기획이 아닌 인생자체가 칭송의 스토리가 되는 것은 실로 엄청난 파괴력이 있다고 할 수 있을 것이다.

모든 일에는 기획이 중요하지만 그것을 뛰어넘는 감동을 가진 진심이 세상을 바꾸는 원동력이라는 점을 강조하고 싶다. 치밀하고 기획된 가식으로 무장한 사람보다 타고난 성품과 기질 그리고 지혜를 가진 진실한 사람이 지도자가 되어야 하는 것이다.

가장 좋을 때에 더욱 조심

링컨은 사람의 성품은 역경을 이겨낼 때가 아니라 권력의 힘이 주어졌을 때 잘 드러난다고 했는데 맞는 말인 것 같다. 이 나이 되기까지 제법 많은 사람을 접촉하면서 느끼고 경험한 것이 그렇다는 말이다.

중국의 고사에도 그런 상황이 더러 나온다.

중국의 춘추시대 와신상담의 고사에서 월나라 범려의 사례가 감동을 준다. 월나라 왕 구천이 상담(嘗膽), 즉 매일 쓸개를 핥으면서 복수를 다짐할 때의 재상이 범려인데 그는 여러 가지 방법을 강구하여 원수인 오나라를 멸망시키고 왕의 복수를 마무리하게 하였다.

왕이 얼마나 고마웠으면 나라의 반을 떼어주겠다고 하였으나 미련 없이 떠났다. 오왕 구천은 어려울 때는 좋은 군주지만 태평성대에는 섬길 군주가 아니라면서 자기 친구인 동료 문종에게 같이 떠나자고 하였으나 문종은 더 있겠다고 해서 남았고 범려는 미련 없이 유유히 사라졌다.

몇 년 후 범려는 사업을 해서 큰 부자가 되었다. 그래서 범려는 떠날 때를 아는 사람, 월급쟁이의 귀재로 칭송하는 사람이 많으나 문종은 결국 왕으로부터 사약을 받고 억울한 신세를 한탄하며 죽었다.

일단 권력을 쥐게 되면 인격이 좋은 사람은 많은 사람들을 위해 권력을 정당하게 사용하지마는 인격이 못 미치는 사람은 남을 무시하고 자기를 위해서 쓴다고 한다. 그래서 사람을 잘 만나는 것이 인생의 큰 복이라고 한다.

프랑스의 시인이자 우화작가인 라 퐁텐이 쓴 '전갈과 개구리'라는 이야기가 동물의 본성이 어떤 것인지를 잘 나타내주고 있다.

물가에 서 있던 전갈이 개구리에게 자신을 업고 강 건너편으로 데려다 달라고 부탁했다. 그러자 개구리가 물었다.

"네가 나를 독침으로 찌르지 않는다는 것을 어떻게 믿지?"

전갈이 말했다.

"너를 찌르면 나도 익사할 텐데. 내가 왜 그렇게 하겠어?"

전갈의 말이 옳다고 생각한 개구리는 전갈을 등에 업고 강을 건너기 시작했다. 하지만 강 중간쯤에서 전갈이 개구리의 등에 독침을 박았다. 둘 다 물속으로 가라앉는 와중에 개구리가 숨을 몰아쉬며 물었다.

"왜 나를 찔렀지? 너도 죽을 텐데."

전갈도 숨을 몰아쉬며 말했다.

"그것이 내 본능이니까."

성품은 쉽게 변하지 않는다. 학식, 경력, 지위, 환경 등도 타고난 성품을 대신할 수 없고 바꾸기가 어렵다고 한다. 그래서 타고난 성품, 인성을 천성이라고도 하고 타고난 직종이나 직업을 천직이라 부르는 것이 아닌가 싶다. 아무튼 인간의 심성은 스스로 노력해서 바꾸는 것이 불가능하다는 것을 니고데모의 고백에서도 알 수 있다.

거듭남의 변화

제법 오래 전 TV에서 '김치 먹는 강아지'가 소개된 적이 있다. 어느 할머니가 버스에서 내려 집으로 걸어가고 있는데 조그마한 강아지 한 마리가 귀찮게 따라오더라는 것이다.

쫓아도 자꾸 따라오고 하더니 집 앞 돌계단까지 따라와서 앉아서 쉬고 있는 할머니를 슬픈 표정으로 쳐다보고 있어서 저놈도 외로워서 그러나 보다 하면서 이리 오라 하니 그만 꼬리치며 안기더라는 것이다. 데리고 들어와 찬밥에 김치 찢어 먹는데 자꾸 입맛을 다시는 표정을 짓길래 김치 한 가닥을 주었더니 그냥 받아먹더라는 것이다.

그때부터 강아지는 김치를 먹기 시작했다고 한다. 할머니의 사랑에 감동한 강아지가 김치를 먹는 순간 체질이 확 바뀐 것이라고 한다. 본래 고

기 먹는 강아지가 어느 순간 할머니와 같이 김치 먹고 밥 먹는 강아지로 변한 것이다.

바로 그 순간이 강아지의 일생에 가장 중요한 순간이 된 것이다. 그래서 김치 먹는 신기한 강아지가 되었다고 소개하였다. 인간도 마찬가지다. 성령 받고 거듭나면 성격도 체질도 순간적으로 바뀌는 것이다.

불같은 성격의 베드로도 온화한 성격으로 변하여 많은 사람을 전도하는 사도가 되었고, 마지막 십자가에 거꾸로 매달려 순교했다고 하지 않는가? 우리는 예수를 믿는다고 하면서도 아직도 니고데모의 신앙에 머물러 있는지도 모른다.

거듭나지 않으면 천국을 볼 수 없다는 예수님의 말씀을 명심하고 올해는 나의 부족한 부분을 채우기 위해서 열심히 기도해야 되겠다. 그런데 무엇보다 나의 성품을 갈고 닦는 기도, 성령의 도움으로 거듭나는 한해가 되기를 간절히 기도한다.

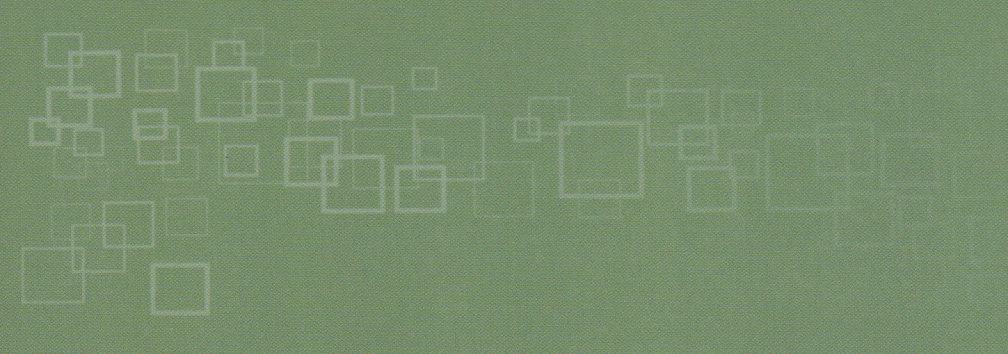

사람마다 잊을 수 없는 해가 있을 것인데
나도 그런 때가 있었다.
1992년 내가 일본 도쿄에서 근무할 당시,
그 해 뜻하지 않던 어머니의 소천 소식을 듣고
하늘이 노래지는 아픔을 느꼈다.
며칠 전에 통화할 때 잘 계신다고 하시면서
일본에 오고 싶다고 하셨는데
그렇게 쉽게 떠나 버리셨다.

제5장

사랑하는 아들들에게

1. 아버지의 마음

2. 내 아들들에게

01
아버지의 마음

사람마다 잊을 수 없는 해가 있을 것인데 나도 그런 때가 있었다. 1992년 내가 일본 도쿄에서 근무할 당시, 그 해 뜻하지 않던 어머니의 소천 소식을 듣고 하늘이 노래지는 아픔을 느꼈다.

며칠 전에 통화할 때 잘 계신다고 하시면서 일본에 오고 싶다고 하셨는데 그렇게 쉽게 떠나 버리셨다. 일시 귀국했다가 양지바른 우리 산에 묻어 놓고 돌아오는데 오만 가지 생각이 들면서 잘못한 일들이 주마등처럼 스치는 것이었다.

부모가 무엇인지

일본 여행을 하고 싶어 하셨는데 조금 서둘렀더라면 좋았을 것을 바쁜 해외업무 때문에 그만 기회를 놓치고 말았다. 효도라고 하기도 그렇지만 잘 해드리고 싶어도 부모는 기다려주지 않는다고 하더니 역시 나에게도

그러 했다.

참으로 고생하시면서 자갈논 다섯 마지기에 다섯 아들을 모두 남부럽지 않게 키우셨는데 이제 약간 여유를 가질려고 하는데 갑자기 돌아가셨다. 나에겐 상당기간 동안 충격이 있었다. 멍 때리는 시간이 많아지고 중요한 일을 지나치는 일들이 생기는 것이었다.

어머니가 돌아가시고 난 뒤에 가을이 되어가는데 친한 친구인 서울시 은평구 대조동에 사는 김군이 건강이 좋지 않아 입원했다는 소식이 들렸다. 그 친구 아들이 백혈병이라 여러 사람이 수술비에 보태라고 모금을 하였는데 별다른 차도가 없이 지내다가 하늘나라로 가버렸다. 공부도 잘하고 아버지도 끔찍이 생각한다고 늘 자랑하던 아들인데 먼저 보내게 되어 아빠가 무슨 소망을 갖고 어떻게 살지 걱정되었다.

자기가 못다한 것이 많아 아들에게 기대를 하고 살았고, 그 사정을 내가 잘 알기에 마음이 아팠다. 그런데 이번에는 내 친구인 그 아버지가 또 백혈병이란다. 무슨 조화일까? 어찌하면 좋을까?

얼마 후, 저녁 때 그 친구로부터 국제전화가 왔다. 병원에서 마지막 전화가 될 것 같다고 하면서 힘없는 목소리로 유언처럼 말하는 것이었다. 용기 잃지 말고 열심히 치료하면 하나님이 길을 열어주실 것이라며 위로하며 전화를 끊었으나 내 마음이 안정되지 않았다. 그리고 3일 후에 세상을 떠났다고 한다. 아마 자식 죽고 생의 의욕을 놓아 버리지 않았나 싶었다.

내겐 참 좋은 친구인데 너무도 아깝고 슬펐다. 경제적으로는 나에게 도움이 되지 못하고 오히려 짐이 되는 경우도 많았지마는 언제나 내 마음을 편하게 해 주는 친구였다.

아무리 어려운 부탁이라도 거절하는 일이 없었으니까 우리 어머니 장례식에 와서 온갖 어려운 일 다하고 돌아간 친구인데, 어머니에게 길을 넓히고 주차장 만들어 놓으면 세단 타고 오겠다고 허풍 치던 친구였는데, 웃으며 받아주던 어머니도 그리고 그 친구도 일년 남짓한 시간에 다 떠나 버렸다. 내게 소중한 것도 일순간에 없어지는구나 하면서 며칠을 하나님께 기도하며 울었다.

그런 일은 빨리 잊어야지 하였지만 나는 그 뒤에 6개월을 넘어서까지 일종의 무력증 같은 병에 빠져 남몰래 고생하며 지낸 적이 있다. 중요한 일인데도 놓치고 기억나지 않을 때도 있었고, 때로는 무력증에다 공황장애 비슷한 증세가 있어 스스로 걱정되기도 하였다.

그래서 정신과 의사에게 찾아가서 물었더니 정신적인 충격으로 일시적으로 그런 일이 있을 수도 있다고 하면서 점차 나아질 것이라고 조언해 주었다. 강한 척하지만 나도 별 수 없이 참 약한 사람이라는 것을 다시 한번 깨달았다.

자식이 무엇인지

나도 나이가 70을 넘고 80에 가까워지니 생각나는 일들이 많다. 자식으로 부모를 생각하는 것보다 부모로서 자식을 생각하는 시간이 많아지는 나이인가 보다. 자식이 무엇인지? 어느 할아버지가 손자에게 어버이 친(親) 자(字)를 이렇게 설명하였다고 한다.

어느 마을에 어머니와 아들이 살았단다. 하루는 아들이 멀리 볼 일을 보러 가면서 저녁 다섯 시에는 돌아온다고 하였다. 그런데 여섯 시가 되어도 일곱 시가 되어도 돌아오지 않는 것이었다. 어머니는 걱정이 되기 시작하여 마을 밖으로 나가 보았다.

아들이 보이지 않아 멀리까지 보기 위해 높은 데를 올라가야 했다. 어머니는 큰 나무 위에 올라가서 아들이 오는가 하고 눈이 빠지도록 바라보고 있었다.

드디어 멀리서 걸어오는 아들을 발견하고 너무 기뻐했다는 이야기다.

그 정성스런 광경을 글자로 표현한 것이 어버이 친(親)자라고 하는데 나무(木) 위에 올라서서(立) 아들이 오기를 바라보고(見) 있다는 뜻. 동화 같은 얘기지만 맞는 말인 것 같다. 그리고 보니 친자가 붙은 말 치고 나쁜 말이 하나도 없다.

부친, 모친을 비롯해서 친구, 친척 등 가깝고 친근한 단어이고 친절, 친목, 친애, 친화 등 셀 수 없이 좋은 말을 만들었다.

모두 정겹고 사랑이 스며들어 있는 말들이라 그러하리라 생각된다. 나무 위에 올라서서 기다리며 멀리서 바라보고 있는 친(親)자를 보면 제일 먼저 생각나는 사람이 부모가 아닌가 싶다.

아버지의 눈물

시인 이채의 '아버지의 눈물' 이라는 시가 있다

남자로 태어나 한평생 멋지게 살고 싶었다
옳은 것은 옳다고 말하고
그른 것은 그르다고 말하며
떳떳하게 정의롭게
사나이답게 보란 듯이 살고 싶었다

남자보다 강한 것이 아버지라 했던가
나 하나만을 의지하며 살아온 아내와
눈에 넣어도 아프지 않을 자식을 위해
나쁜 것을 나쁘다고 말하지 못하고
아닌 것을 아니라고 말하지 못하는 것이 세상살이더라

오늘이 어제와 같을지라도
내일은 오늘보다 나으리란 희망으로
하루를 걸어온 길 끝에서
피곤한 밤손님을 비추는 달빛 아래
쓴 소주잔을 기울이면
소주보다 더 쓴 것이 인생살이더라

변변한 옷 한 벌 없어도

번듯한 집 한 채 없어도
내 몸 같은 아내와
금쪽 같은 자식을 위해
이 한 몸 던질 각오로 살아온 세월
애당초 사치스런 자존심은 버린 지 오래구나

하늘을 보면 생각이 많고
땅을 보면 마음이 복잡한 것은
누가 건네준 짐도 아니건만
바위보다 무거운
무겁다 한들 내려놓을 수도 없는
힘들다 한들 마다할 수도 없는
짐을 진 까닭이다

그래서 아버지는
울어도 소리가 없고
소리가 없으니 목이 메일 수밖에

용기를 잃은 것도
열정이 사라진 것도 아니건만
쉬운 일보다 어려운 일이 더 많아
살아가는 일은 버겁고
무엇 하나 만만치 않아도
책임이라는 말로 인내를 배우고

도리라는 말로 노릇을 다할 뿐이다

그래서 아버지는
울어도 눈물이 없고
눈물이 없으니 가슴으로 울 수밖에

아버지가 되어본 사람은 안다
아버지는 고달프고 고독한 사람이라는 것을
아버지는 가정을 지키는 수호신이기에
가족들이 보는 앞에서
약해서도 울어서는 안 된다는 것을

그래서 아버지는 혼자서 운다

아무도 몰래 혼자서 운다
하늘만 알고
아버지만 아는

그러고 보니 내 아버지도 그랬던 것 같고 나도 그런 범주를 맴돌다 여
기까지 온 것 같다.

02

내 아들들에게

우선 녹명이란 말을 생각하기 바란다. '사슴 녹(鹿)에 울 명(鳴)'으로 먹이를 발견한 사슴이 다른 배고픈 사슴들을 부르기 위해 내는 울음소리라고 한다. 울음소리라기보다 부르는 소리다.

울음소리라고 한다면 세상에서 가장 아름다운 울음소리일 것이다. 수많은 동물 중에서 사슴만이 좋은 먹이를 발견하면 함께 먹자고 동료를 부르기 위해 내는 소리가 녹명이라고 한다.

화목이 최고의 행복

세상에서 가장 아름다운 이 울음소리를 나는 들어 본 일이 있지만 동료를 부르는 소리라고는 알지 못했다. 흔히 듣는 소리인데도 사람들은 알지 못하는 경우가 많은 것이다. 그러나 생각만 해도 기분이 좋다. 여느 짐승들은 먹이를 발견하면 혼자 먹고 남는 것은 숨기기에 급급한데 사슴은 오히려 울음소리를 높여 다른 동료를 불러모아 함께 나눈다는 것이다. 그래서 '시경(詩經)'에도 나온다.

사슴무리가 평화롭게 울며 풀을 뜯는 풍경을 어진 신하들과 임금이 함께 어울리는 것에 비유하고 있다. 녹명은 홀로 사는 것이 아니라 함께 살고자 하는 마음이 담겨져 있는 아름다운 말이다.

구약성경에 보면 다윗과 요나단이라는 생사의 갈림길에서도 목숨 걸고 도와주는 친구가 있는가 하면 인간의 빗나간 이기심으로 말미암아 어처구니가 없는 일도 발생한다. 가인과 아벨의 관계에서 부모와 하나님의 사랑을 독차지하기 위해 형제간에 서로 시기하다가 다시는 돌이킬 수가 없는 사건이 일어나고 말았다.

우리나라의 역사속에서도 오성과 한음같이 평생동안 변치 않는 우정을 가꾸며 아름답게 인생을 살아가는 친구 이야기가 가슴을 따뜻하게 해 주지만 조선 초기 이방원과 그 형제들끼리의 처절한 권력다툼은 참으로 기분을 우울하게 해 준다.

명분이야 있겠지마는 근본은 모두가 알량한 이기심 때문이다. 그래서 인간의 이기심이 어떻게 작용하느냐에 따라 역사도, 나아가 생존의 문제도 달라진다고 본다. '이기적 유전자'라는 책을 써서 세계적인 베스트 셀러 작가로 유명해진 리처드 도킨스는 이렇게 설명한다.

"남을 먼저 배려하고 보호하면 마지막 남은 것은 결국 내가 될 수 있다."

말하자면 서로 지켜주고 함께 협력하는 것은 내 몸속에 이기적 유전자를 지키고 보전하는 데 가장 좋은 방법이 된다는 것이다. 약육강식, 즉 강한 유전자만이 살아남는 것이 아니라 상부상조하는 종(種)이 더 우수한 형태로 살아남는다는 주장이 도킨스의 이론이다. 결국 이기심보다는 이

타심, 내가 잘 살기 위해서 남을 해치는 것이 아니라 남을 도와야 결국 모두 잘 살게 되고 살아 남게 되는 길이라는 것이다.

크게 성공하지 못해도 서로 도우며 오손도손 화목하게 지내는 것이 인간에게 최고의 낙(樂)이고 복(福) 받는 밑천이라고 일러준 내 선친의 말씀과도 일맥상통한다. 이것을 나는 협력의 리더십이라 부른다.

나도 어릴 적부터 많이 가진 것이 없지만 형제들끼리 화목을 제일의 모토로 하며 살아왔다. 부모님도 그런 가치를 존중해 주었기에 우리 형제들은 남의 칭송을 듣고 자랐다.

저 집 아이들 같으면 걱정이 없겠다고 칭찬 들어가며 지냈다. 그러나 다들 장가를 가고 가족이 생기면서 점차 상황이 달라지고 형제간에 금이 가기 시작하였다. 다른 이질적인 식구가 며느리로 들어와서 조화롭게 지내지 못하고 계속 말꼬리 잡고 불화를 조성하는 미꾸라지 한두 마리가 있어 점차 개울물을 혼탁하게 하는 것이었다.

옛날을 되찾고 싶지만 너무 상처가 깊고 오래된 것 같다. 나의 부덕을 탓할 수밖에 없는 일이다. 다시 한번 기회가 올는지 모르지만 이것은 나에게 깊은 상처로 남아 있고 나의 기도 제목으로 되었다.

덕과 복이 있는 사람

나의 자식들! 너희들은 무엇보다 복 있는 사람이 되었으면 좋겠다. 복 있는 사람은 온유하고 이타적인 인간이고 협력하고 배려하는 인간이라고 생각한다. 그래야 하는 일과 인생이 힘차고 즐겁기도 하지만 보람 있고 가치 있는 열매를 맺게 되는 것이다.

성경에는 하나님이 사랑하는 사람이 복 있는 사람이라 했는데 이는 하나님을 경외하고 하나님의 뜻을 헤아리고 늘 기도하는 자세를 잊지 않는 사람을 말한다.

그러나 말이 쉽지 어찌 인간이 하나님의 뜻대로만 살겠냐마는 수많은 인생살이에도 부단한 회개와 자기성찰로 정화해 가는 노력이 무엇보다 중요하다는 점이다. 종국적으로 너희들은 하나님을 향한 확고한 정체성을 가진 복 있는 신앙인으로 살아가기를 항상 기도하고 있다.

내가 어릴 때 좋아했던 중국 역사소설 '삼국지연의'라는 책의 한 대목에 '지자막여복자(智者莫如福者)'라는 말이 생각난다. 아무리 지혜로운 사람이라도 복 있는 사람만큼은 못하다는 말이다.

이는 조조가 한 말인데 극적인 요소가 있어서 그런지 지금도 머릿속에 남아 있다. 촉나라 장비의 군사들이 위나라 조조 군사들에게 쫓기다가 큰 수풀을 발견하고 그속으로 숨어 들어갔다. 그러나 뒤쫓아가던 조조가 이를 예견하고 있었다. 지략 있는 조조는 화공(火攻)으로 장비의 군사를 일시에 전멸시킬 수 있는 절호의 기회라고 생각하고 있었던 것이다.

조조는 즉시 수풀에 불을 질렀고 장비의 군사들은 꼼짝없이 전멸을 당할 수밖에 없었던 그 때, 하늘에서 한 무리의 검은 구름이 몰려오더니 난데없이 소나기를 퍼붓는 것이 아니겠는가. 대승을 눈앞에 두고 회심의 미소를 띠고 있던 조

조는 이를 보고 지자막여복자(智者莫如福者)라고 탄식했다. 지략이 아무리 뛰어나고 지혜로운 사람이라도 복 있는 사람만큼은 못하다는 말이다. 복이란 하늘이 주는 것이지 인간의 소관이 아니라는 것을 누구보다 병법을 잘 아는 조조는 다음을 기약하고 과감하게 철수하였다고 한다.

십년동안 무도를 수도하고 하산하려는 제자가 스승에게 마지막 하직인사를 하면서 "스승님! 이제 떠나는 저에게 마지막 가르침을 청하옵니다" 하였더니 스승의 말씀은 "그만하면 누구를 만나더라도 지지 않을 것이지만 단 한 가지는 주의해야 한다. 절대로 하늘의 복을 받은 사람과는 함부로 대적하지 말라"라고 당부했다는 고사가 있다.

이는 하나님의 사랑에 대한 배려이며 한편으로는 복 받은 사람은 항상 기도하며 준비하는 리더십이 얼마나 중요한지를 알려주는 것이다.

유머 있는 사람

우리 아들들에게 부탁하고 싶은 또 한 가지는 유머(Humor)가 있는 사람이 되기를 바란다. 영국 속담에는 신사라면 반드시 우산과 유머를 가지고 다녀야 한다고 했다. 영국과 같이 비가 자주 오는 나라에서는 우산은 꼭 가지고 다녀야 하는 필수적인 물품이지만 유머는 왜 그럴까? 음산한 기후 때문에 생활에 활력을 주고 기분을 전환하기 위한 사회적 이유도 있지만 기계에 기름을 치면 부드럽게 돌아가듯 유머는 인관관계를 부드럽게 하는 기름과 같은 역할을 하기 때문이다.

영국의 정치인 중에 유머가 유명했던 사람은 윈스턴 처칠(1874~1965)이었다. 대기업의 국유화를 주장하던 노동당과 싸우고 있던 어느 날, 처칠 수상은 소변을 보기 위해 화장실에 갔다. 마침 먼저 와서 볼일을 보던 노동당 당수 애틀리(1883~1967) 옆에 빈자리가 하나 있었다.

그러나 처칠은 그 곳에서 볼 일을 보지 않고 다음 자리가 나길 기다렸다가 볼 일을 보았다. 이를 본 애틀리 당수가 "저와 마주치기 싫어서 그랬습니까?" 하고 묻자, 처칠은 "아니요, 당신네 당은 큰 것만 보면 국유화하자고 하는데 내 소중한 물건이 국유화되면 큰일이지 않겠소?"

애틀리는 폭소를 터뜨렸고 두 사람은 크게 웃었다고 한다.

그 후 노동당은 국유화 정책을 철회하고 두 사람의 협치의 정치가 시작되었다고 한다. 이렇게 유머는 때로는 사람의 마음을 여는 계기가 된다는 것이다.

미국의 정치인 중에서도 재미있는 일화가 많다. 그 중에도 단연 내가 좋아하는 링컨 대통령의 유머가 유명하다. 링컨이 상원의원 선거에 입후보했을 때, 경쟁자인 더글러스 후보가 합동연설회에서 목소리를 높여 열변을 토했다.

"링컨은 자신이 경영하는 상점에서 팔아서는 안 될 술을 팔았습니다. 이것은 분명한 위법이며, 이렇게 법을 어긴 사람을 상원 의원으로 선출한다면 이 나라의 법질서가 어떻게 되겠습니까?"

더글러스는 의기양양해 했고 청중들은 술렁거렸다. 그 때 링컨이 연단에 올라가 태연하게 말했다.

"존경하는 유권자 여러분! 방금 전 더글러스 후보가 말한 것은 모두 사실입니다. 그리고 그 때 우리 가게에서 술을 가장 많이 사서 마신 최고 우량 고객이 더글러스 후보라는 것 역시 사실입니다."

상대편의 음해에 대해 링컨이 재치 있는 위트로 응수하자 청중은 웃음바다가 되었다고 한다.

어느 일요일 아침, 링컨은 백악관에서 자기의 구두를 닦고 있었다. 마침 방문한 친구가 깜짝 놀라며 물었다.

"아니, 미합중국의 대통령이 손수 구두를 닦다니 이래도 되는 건가요?"

그러자 링컨 대통령이 깜짝 놀라며 대답했다.

"아니, 그러면 미합중국 대통령이 거리에 나가 남의 구두를 닦아야 한단 말입니까?"

배우 출신 대통령 레이건의 유머도 재미있다. 1981년 3월, 레이건이 괴한의 저격을 받아 중상을 입었을 때의 일이다. 간호사들이 지혈을 하기 위해 레이건의 몸을 만졌다.

레이건은 아픈 와중에도 간호사들에게 이렇게 농담했다.

"우리 낸시(영부인)에게 허락은 받았나?"

또 응급실에 모인 많은 보안관과 경호원들이 침통한 표정을 짓고 있는 것을 보고, 레이건은 다음과 같은 말을 해서 응급실의 분위기를 확 바꾸어 놓았다.

"할리우드 배우시절에 내 인기가 이렇게 폭발적이었으면 배우를 그만두지 않았을 텐데."

얼마 후 부인 낸시 여사가 응급실에 나타나자 이렇게 말했다.

"여보, 미안하오. 총알이 날아왔을 때 영화에서처럼 납작 엎드리는 걸 깜빡 잊었어."

이런 응급실 유머가 알려진 이후, 레이건 대통령의 지지율은 83%까지 올라갔다.

부시 대통령의 유머도 빠지지 않는다. 몇 년 전 부시 대통령이 자신의 모교인 예일대 졸업식에서 다음과 같은 연설로 식장을 웃음바다로 만들었다고 한다.

"우등상과 최고상을 비롯하여 우수한 성적을 거둔 졸업생 여러분! 진심으로 축하드립니다. 그리고 C학점을 받은 학생 여러분은 이제 미합중국의 대통령이 될 수 있는 자격을 갖추었음을 알려드립니다."

이쯤 되면 유머의 위력을 충분히 알 만할 것이다. 나쁜 말이나 욕할 정도로 화가 날 경우에도 성질부리지 말고 차분하게 유머 한 마디를 할 수 있는 그릇이 되기 바란다. 이렇게 유머의 리더십이 중요하다고 생각한다.

아량과 포용력 있는 사람

그리고 남의 진정을 알기 위해 여유를 갖고 기다리는 아량을 갖기 바란다. 말하자면 기다려주는 사랑을 잊지 말았으면 좋겠다.

어린 여자아이가 양손에 사과를 들고 있었다.

엄마가 "네가 사과 두 개를 갖고 있으니 하나는 엄마 줄래?" 라고 말했다. 아이는 고개를 갸웃거리더니 왼손 사과를 한 입 베어 물었다. 그리고 엄마를 빤히 바라보다가 오른쪽 사과를 한 입 베어 물었다.

엄마는 깜짝 놀랐다. 이 아이가 이렇게 욕심 많은 아이인 줄 미처 몰랐다. 그런데 잠시 뒤 왼손을 내밀면서 "엄마! 이것 들어요. 이것이 더 달아요" 하는 것이었다. 순간 이 아이의 진정에 엄마는 감동의 눈물을 삼켰다고 한다. 이렇게 사랑이 많은 아이인데도 엄마는 순간적으로 몰랐다.

엄마도 오해할 수 있다. 그러나 만약 양쪽 사과를 베어 무는 아이에게 엄마가 참지 못하고 "이 못된 것, 너는 왜 그렇게 이기적이니?"라고 화를 냈다면 어떻게 되었을까? 섣부르게 행동해 버렸다면 아픔과 상처가 남을 수밖에 없었을 것이다. 의도적이라도 조금 기다리는 여유가 필요하다는 말이다.

또한 좋아하는 친구나 좋은 이웃을 만나서 좋은 인간관계를 만들어가는 것도 중요하다는 점을 잊지 말기 바란다. 교회 친구, 직장 친구, 고향 친구, 학교 친구 모두 멀리 헤어져 살면 멀어지고, 심지어 혈족도 이해관계가 맞지 않으면 떠나는 세상이 되었다. 사랑을 부르짖는 교회도 떠나면 그만이고 직장 친구도 직장 떠나면 만나기가 어려워지는 것이다.

아무나 너무 믿고 보증서서 낭패 보는 일은 없어야 하겠고 좋은 이웃, 좋은 친구와 가까이 살았으면 좋겠다. 내가 어릴 때 남해 고향집 바로 건너편에 임씨 성을 가진 종철이네가 살았는데 김해로 이사를 가면서 그 엄마가 형제자매보다 가깝게 지내던 우리 할머니를 붙들고 소리 내어 울면서 "형님! 평생 못 잊을 거요. 보고 싶을 거요" 하면서 주저앉아 눈물 흘리던 모습이 기억난다.

좋은 친구와 이웃을 가진 사람

가까운 곳에 정다운 부모나 형제가 살게 되면 좋겠지마는, 또는 좋은 친구나 이웃을 만나는 것도 쉬운 일이 아니지만 노력하고 기도하는 것도 필요하다고 생각한다.

중국 고사에도 남북조시대 송계아라는 사람이 여승진이라는 사람의 집 옆으로 이사를 가면서 백만금도 안 되는 집값에 천백만금을 썼다고 한다. 여승진이 그 이유를 물으니 송계아는 백만매택(百萬買宅)이요 천만매린(千萬買隣)이라 했다. 백만금으로 집값을 지불하였고 천만금으로 당신과 이웃이 되기 위한 프리미엄으로 지불한 것이라 했다. 좋은 친구, 좋은 이

복 있는 사람은

웃을 얻기 위해 집값의 10배를 프리미엄으로 지불한 두 사람의 관계가 얼마나 중요하게 생각했는지 새롭게 돌아보게 된다.

꽃의 향기는 백리를 간다는 화향백리(花香百里)라는 말이 있는가 하면, 술을 좋아하는 사람의 주향천리(酒香千里), 즉 술의 향기는 천리를 가지만 사람의 향기는 인향만리(人香萬里)라 하여 만리를 가도 남는다고 한다. 말하자면 좋은 사람과의 인연이 가장 소중하고 또 오래간다는 말이다.

문득 너희들 생각이 나서 몇 가지 적어 보았다. 너희 둘 다 전문직으로 심한 경쟁과 스트레스로 어려움이 많겠지마는 항상 남을 배려하고 우애 있게 지내는 마음을 잊지 말기 바란다. 사람이 재산이다. 내게 좋은 사람을 만들어라. 아빠의 부탁이니 꼭 명심하고 실천하면 좋겠다.

●
맺
는
말

지금까지 '미완의 삶과 사랑' 이란 제목으로 '이산의 인생 이야기'를 엮어 보았다. 참으로 보잘것이 없는 이야기들을 정리했지만 나에겐 귀한 자료들이다. 지극히 평범하고 상식적인 이야기를 써서 무얼 하겠다고, 무슨 교훈이 된다고 말할는지 모르지만 나의 80 평생이 녹아 있다고 생각해서 우리 아이들을 비롯한 후학들에게 작은 보탬이라도 된다면 남기고 싶은 생각이다.

쓰다 말다 망설이다 제법 많은 시간이 걸렸다. 좀 더 지나면 송두리째 잊어버릴 것 같은 이야기를 더듬어 가면서 찾아가는 기쁨도 있었지만 내 인생을 정리해 보면서 잘못된 것, 후회되는 것이 수두룩하여 너무도 부끄러웠다.

중학교 2학년 때부터인 것으로 기억된다. 나는 나의 진로와 신앙문제에 깊이 고민하기 시작하였다. 이 때 나라를 위한 위인들의 이야기 특히 이승만, 안창호 선생의 생애와 저서가 감명 깊었고, 이 분들의 사상과 종교에 깊은 관심을 갖게 되었다. 그리고 이 분들은 신앙심이 깊은 독실한 크리스천이라는 점이 나에게는 우연한 읽힘이 아니라는 느낌이 들었다.

그래서 나도 기독교에 대해 더욱 심취하게 되었고 자연스럽게 성경을 읽고 공부하는 시간이 많아졌다. 토요일마다 친구들과 어울려 성경공부를 하고 실력 있는 선배들을 찾아다닌 적도 있었다.

이 시기에 정립된 나의 신앙이 중간에 다소 흔들린 적도 있었지만 기본적으로 지금까지 나를 지탱한 기독교 사상의 기본이 되었다. 왜냐하면 유교적 관습에서 얻지 못하는 오묘함이 있고 창의적이고 도전적 정신이 내게 소망으로 다가왔고 이것은 내가 평생 붙들고 살 만한 진리라고 생각했기 때문이다.

내가 태어난 해방 직후를 돌아보면 참으로 변화가 많았고 혼란의 연속이었다. 6.25전쟁 이후 파괴된 경제는 일어설 기미가 없었고 정치인들은 날마다 싸우며 날새는 줄 모르다가 드디어 5.16군사쿠데타가 일어났다. 반공을 국시로 내세우고 경제발전을 천명한 군사정부는 일사분란하게 국가 및 사회발전을 추진하였다. 참으로 신선한 충격이었다.

당시에는 치안도 엉망이었고 서민경제는 어려움의 연속이었다. 1961년은 내가 중3 때였는데 북한과의 경제력 차이도 상당한 수준이었다. 통계에 따라 차이는 있지만 5.16 당시 남한의 1인당 국민소득이 82달러, 북한이 우리보다 2~4배 정도 많았고, 남한의 국민소득은 전 세계에서도 꼴찌에서 2~3등 정도였다.

개발연대, 소위 박정희 시대의 20년은 우리 국민이 열심히 일하며 노력했다. 민관군이 합심하여 오로지 국가발전과 경제개발에 증진하여 획기적인 발전을 이룩해 갔다. 특히 노동자들의 근면 성실함이 세계적으로 알려지면서 국내뿐만 아니라 해외에서도 그 능력을 인정받게 되었고 성장의 견인차 역할을 하였다. 연 8%의 경제성장을 이룩한 한국경제는 중진국의 선두주자가 되었으며 점차 세계 경제에 굴지의 경제대국이 되었다. 지금 우리나라의 경제력은 대충 북한의 60배 정도로 발전했다.

이것은 아버지 세대와 우리 세대가 참여하여 이룩한 성과였다. 참으로

국가발전과 경제개발을 이룩한 박정희 대통령

신나게 영광스럽게 일했다. 꿀벌의 리더십이 유감없이 발휘되는 한 시대였다. 무엇보다 이를 받쳐준 위대한 지도자, 영민하면서도 청렴한 박정희 대통령이 있었기 때문에 가능했다. 오늘날 이를 폄하하는 세력이 있지만 이는 역사에 큰 죄인이 될 것으로 확신한다.

조부모와 부모세대가 그렇게 염원하던 시대, 중국에 이어 일본도 누르고 세계에 우뚝 서는 시대에 들어왔다. 참 대단한 역사를 만들었다고 생각한다. 천년 동안을 괴롭혔던 중국, 삼백년을 귀찮게 하던 일본, 모두 좋은 이웃이라고 하기에는 너무 탐욕스러웠다. 우리 세대는 엄청나게 고생했지만 참 행복한 한 시대를 살았다.

우리는 경제도, 민주화도 이룩했고, 그리고 스포츠도 한 단계 높아짐에 따라 새로운 시대적 긍지를 갖게 되었다. 이제 우리 세대가 후대에 물려주고 싶은 나라는 오직 통일된 한국이다. 이것이 우리의 최대 과제가 아닌가 싶다.

내가 그동안 통일문제에 관심을 가져 통일교육위원과 평화통일 자문위원을 합해 거의 10년 동안 활동하고 있는데 대북관계만큼 어려운 문제도 없는 것 같다. 무엇보다 중요한 신뢰관계를 쌓기가 어렵다. 지금 약간 좋아지더라도 언제 변할는지 모르기 때문에 지속적인 관계를 장담할 수가 없다. 호전되다가도 금방 적대적 관계로 변할 수 있기 때문에 긴장하지 않을 수 없다.

지금 북한의 경제 사정으로는 상호 협력이 좋은 대안인데도 통치에 장애가 된다면 용납이 안 되기 때문이다. 진정으로 국민과 민족의 장래를 생각한다면 해결책이 있을 것 같은데 참으로 답답한 마음이다.

2030년까지 한국의 국운이 큰 호재로 도래할 전망이라 한다. 여러 미래학자들이 예측하고 있으니 잔뜩 기대된다. 만약 그렇게 된다면 여러 가지 우려에도 불구하고 대한민국은 세계가 주목하는 새로운 나라로 도약할 것으로 기대된다.

이제 나도 나이가 80이 되어간다. 우리 세대는 통일을 보기 어려울지도 모른다. 우리나라에서는 평균연령이 남자 80세, 여자 86세라 하니 남자 나이 80이면 천수를 다했다고 보는 것이다. 그러나 성경에 보면 모세는 80세에 하나님께 불려가서 이스라엘 백성을 에굽 땅에서 구출하라는 사명을 받았고 그 일을 이루어내었다.

에굽에서 왕자교육을 받은 모세는 에굽의 문화, 조직, 인맥의 구성 등을 너무도 잘 안다. 무엇보다 군대의 규모와 능력을 잘 안다. 그래서 자기 능력으로 가능한 것이 단 한 가지도 없었고 오합지졸의 이스라엘 집단의 에굽 탈출 시 이집트에 대항이 불가능하다는 사실도 누구보다 잘 알고 있었다.

거기에 나이도 80이고 말도 어눌한 편인 데다가 자기를 알아주는 사람, 소위 인맥이 에굽에도 이스라엘에도 없었다. 리더십과 협상력뿐만 아니라 모든 면에서 부족한 능력 때문에 네 번이나 거절하고 자기는 아니라고 다른 사람을 찾아보시라고 사정했다.

그러나 하나님은 모세의 잠재능력을 더 잘 알고 있었고 일찍이 그의 자질과 리더십을 예비했다. 젊은 시절 40년 동안 에굽에서의 왕자교육, 40년의 광야에서 인고의 세월을 거쳐 지도자의 자질을 준비, 완성시켰던 것이다. 나이 80이 되어 마지막 40년, 하나님의 명령을 받들고 그의 도우심으로 이스라엘 백성을 구출하는 대장정을 시작하게 되었고, 여기서 어려운 역사를 이루어가는 하나님의 섭리속에서 성공적인 임무수행을 완수하게 되었다. 이에 대한 역사가 성경에 상세하게 기록되어 있다.

내 나이 80에 하나님께서 무슨 사명을 어떻게 주실는지 모르지만 지금 이 시점에서 과거를 돌아보고 앞으로 미래를 생각해 보지 않을 수 없다.

그리운 사람은
기록으로 남고

향기로운 사람은
추억으로 남고

사랑하는 사람은
곁에 남는다

우선 역사를 보면 하나님은 자기의 뜻을 받들어 열심히 일하는 민족이나 사람에게 시련은 주시되 퇴보의 길을 걷게 하지는 않으셨다.

한국이란 나라는 초창기 미국의 청교도같이 근면 성실한 사람 그리고 유럽의 위그노처럼 창의적 기독교인이 많기 때문에 지금의 어려움을 충분히 극복하여 더욱 진보하고 발전할 것으로 믿는다.

이와 더불어 우리 가족 이야기도 계속 진보하리라 생각한다. 부모세대 보다도 나의 세대가 나아졌듯이 나보다는 아들 세대가 그리고 다음 손자 세대가 더 풍성하고 유익한 이야기를 남기며 발전할 것이다. 비록 나 자신은 나라를 위해서나 우리 가문을 위해서도 별다른 족적을 남기지 못하고 평범한 소시민으로 착실하게 일해 왔을 뿐이나 한 시대에 참으로 긍지를 갖고 열심히 살았음을 자부한다. 나도 때로는 도약하기 위해 발버둥쳤지만 역시 능력 부족과 나의 때가 아님을 절감하였다. 하나님께서 '네 은혜로 족하다' 고 하시는 것 같았다.

나는 우리 민족의 저력을 믿는다. 국민과 정부가 하나가 되면 얼마나 무서운 힘을 나타내는지를 세계만방에 알려주었다는 것이 또한 자랑스러웠다. 확실히 하나님은 우리나라를 보우하셨고 사랑하셨음을 믿는다. 이제 내가 못 다한 '미완의 삶과 사랑' 도 차츰 진보되어 아름답게 완성되어 가리라고 생각한다. 부족한 점은 나의 후대가 열심히 보완하며 이루어 가리라 기대하면서 나의 글을 마무리하고자 한다.

미완의 삶과 사랑

•

지은이 / 홍승표
발행인 / 김영란
발행처 / 한누리미디어
디자인 / 지선숙

•

08303, 서울시 구로구 구로중앙로18길 40, 2층(구로동)
전화 / (02)379-4514, 379-4519
Fax / (02)379-4516
E-mail/hannury2003@daum.net

•

신고번호 / 제 25100-2016-000025호
신고연월일 / 2016. 4. 11
등록일 / 1993. 11. 4

•

초판발행일 / 2025년 6월 10일

•

ⓒ 2025 홍승표 Printed in KOREA

•

값 **20,000원**

•

※잘못된 책은 바꿔드립니다.
※저자와의 협약으로 인지는 생략합니다.

•

ISBN 978-89-7969-899-2   03810